Sigrid Wohlgemuth

Schrei in der Brandung

D1726686

Sigrid Wohlgemuth

Schrei in der Brandung

Impressum

TWENTYSIX – Der Selfpublishing-Verlag
Eine Kooperation zwischen der Verlagsgruppe Random House
und BoD – Books on Demand

©2020 Sigrid Wohlgemuth

Lektorat: Elke Schleich
Endlektorat und Buchsatz: Elsa Rieger
Coverdesign: Irene Repp
https://daylinart.webnode.com/
Bildrechte: © Zacarias Pereira Da Mata - 123rf.com

Herstellung und Verlag:
BoD – Books on Demand, Norderstedt.

ISBN: 978 3740 76 9031

Schrei in der Brandung

Widmung

Kreta –
Meine Herzenswärme. Lebenselixier.

Die Rückführung

»Ariane, das ist Humbug! An so etwas glaubst du doch etwa nicht wirklich, oder?!«, schrie Judith außer sich.

Ich legte den Finger auf die Lippen, bat sie, leiser zu sprechen. Wir befanden uns vor der Praxis von Thessa Schramer, der Spezialistin deutschlandweit für Rückführungen.

»Und warum bist du mitgekommen?«, flüsterte ich.

»Weil ich davon ausging, du würdest eine Psychologin aufsuchen.«

»Davon gibt es genug in Köln, da hätten wir keine zweihundert Kilometer nach Frankfurt fahren müssen. Denkst du, ich würde jede Woche eine solch weite Strecke zurücklegen?«

Judith zog die Schultern hoch. Sie schien perplex, dies konnte ich an ihrem Gesichtsausdruck erkennen.

Ich hatte meine Freundin aus der Schulzeit gebeten, mit mir zu fahren, jedoch verschwiegen, dass es sich um eine Art Hypnose handelte, die mich in mein früheres Leben zurückführen sollte.

»Du gehst da jetzt nicht rein«, sagte sie bestimmt und hielt mich am Ärmel fest.

»Ich muss.« Sanft löste ich mich von ihr, legte die Hand auf die Klinke.

Judith schob mich zur Seite, baute sich vor der Tür auf. »Bitte, tue es nicht. Das ist Scharlatanerie.«

»Es ist meine letzte Chance. Ich wüsste sonst keinen anderen Ausweg aus meinen Angstzuständen. Bitte, lass es mich wenigstens versuchen.«

»Hast du ernsthaft darüber nachgedacht, dass es deine Angstzustände verschlimmern könnte? Wer weiß, was diese Frau dir einrichtern wird, damit sie weiterhin Geld mit dir verdienen kann.« Sie schob sich eine Haarsträhne aus dem Gesicht, die sich aus einem bunten Band gelöst hatte.

»Ich geh das Risiko ein, mir bleibt keine Wahl.«

»Bist du ganz sicher, Ariane?«

Judiths besorgten Blick würde ich eine Weile nicht vergessen. Ich wusste, sie meinte es gut mit mir. Wir waren seit über drei Jahrzehnten befreundet. Durchlebten alle Höhen und Tiefen unseres Lebens gemeinsam. Ich hatte Judith im Vorfeld nicht erzählen können, was ich vorhatte, und stellte sie vor vollendete Tatsachen. Ein Vertrauensbruch, doch es ging nicht anders, weil ich wusste, dass sie von Esoterik nichts hielt. Allein wollte ich die Rückführung jedoch nicht durchstehen.

»Ich brauche dich, Judith, bitte.«

Sie schluckte trocken und nickte. Dann gab sie die Tür frei.

Stumm drückte ich Judith den Schlüssel in die Hand. Ging schleppend aufs Auto zu. Sie öffnete den Wagen und ich legte mich zusammengekrümmt auf die Rückbank. Seitdem wir die Praxis verlassen hatten, brachte ich kein einziges Wort über die Lippen und vermied den Blickkontakt zu ihr. Ich fühlte mich in einer Art Tunnel, wusste nicht, welche Richtung ich einschlagen sollte, um ans Licht zu gelangen. Würde ich es jemals erreichen?

»Bitte sprich mit mir, was ist passiert?« Judith hatte sich hinters Steuer gesetzt, zu mir gedreht und rüttelte mich am Arm.

Ich konnte nicht reagieren. Gefangen von den Bildern, die ich zu sehen bekommen hatte. Nachdem Judith ein weiteres Mal vergeblich versucht hatte, mich zum Sprechen zu bringen, startete sie den Wagen. Meine Freundin zog mit der Nase hoch, ich war mir sicher, sie weinte. Doch ich konnte mich nicht um sie kümmern, hatte genug mit mir selbst zu tun. Mit diesem gigantischen Teil in mir, den ich nicht zu fassen wusste.

Zügig kamen wir durch den Nachmittagsverkehr. Ich tat, als würde ich schlafen. Judith sprach mich auf der gesamten Heimfahrt nicht mehr an, drehte das Radio leise. Zuhause angekommen, gab mir Judith den Schlüsselbund zurück. Ein kurzes Aufblicken von mir, dann trat ich ins Haus, zog die Eingangstür hinter mir zu und hinderte sie daran, mir zu folgen.

Im Wohnzimmer ließ ich mich auf den Boden sinken, drückte den Rücken an die Couch, als wäre sie mein einziger Halt.

Judith war offensichtlich ums Haus herumgelaufen und klopfte an die Terrassentür. Presste das Gesicht an die Scheibe.

»Mach bitte auf. Lass uns reden. Du machst mir Angst«, rief sie dem Weinen nahe.

Ich war nicht fähig, mich zu rühren, selbst wenn ich es gewollt hätte. Irgendwann gab Judith auf. Die Dunkelheit hielt Einzug. Ich rollte mich auf dem Teppich zusammen, schlief ein. Wollte fliehen, egal wohin. Hauptsache weg von der Entscheidung, die ich zu treffen hatte. Weit weg.

Vor sechs Monaten

Judith und ich kannten uns seit dem ersten Schuljahr. Freundeten uns schnell an, wurden unzertrennlich. Gemeinsam entschieden wir, den Beruf der Steuerfachgehilfin zu erlernen. Mit vierundzwanzig kauften wir uns in eine Partnerschaft, einer Steuerkanzlei, ein. Nach einem Jahr und dem Abschluss zum Steuerberater zahlten wir den vorherigen Eigentümer aus. Niemals kam es zu Unstimmigkeiten, wir klärten alles in einem Gespräch.

Bis vor sechs Monaten. Ich hatte es satt jeden Morgen aufzustehen, um ins Büro zu gehen. Schlapp und ausgelaugt fühlte ich mich. Seit drei Jahren hatte ich durchgearbeitet ohne jeglichen Urlaub. Unsere Kanzlei lief gut, zu gut, denn mir fehlte die Zeit an meine persönlichen Wünsche zu denken. Judith nahm ihren Urlaub großzügig wahr. Verheiratet und zwei Kinder, da brauchte sie die Auszeit, um mit der Familie mehrere erholsame Wochen im Jahr zu verbringen. Ich gönnte es ihr. Doch dann kam der Tag, an dem ich einiges aufs Spiel setzte.

Im April, genau zu den Osterferien, buchte ich kurzfristig einen Flug auf die griechische Insel Kreta, ohne es vorher mit Judith abzusprechen.

Sie hatte längst die Ferien verplant, befand sich bereits in den Vorbereitungen. Mit meiner Spontanbuchung machte ich ihr einen Strich durch die Rechnung. Eine kurze Nachricht hinterließ ich auf Judiths Schreibtisch. *Es tut mir leid, ich muss raus, bevor ich durchdrehe. Torschlusspanik. Verzeih mir.*

Damit fiel für sie der Familienurlaub an der Nordsee im wahrsten Sinne des Wortes ins Wasser. Sie blieb zu Hause, ihr Mann und die Kinder fuhren. Das war das erste Mal in unserer dreiunddreißigjährigen Freundschaft, dass wir nicht über etwas gesprochen hatten, was uns am Herzen lag. Ich wusste nicht, was mich dazu trieb, einen solchen Vertrauensbruch zu begehen. Und ob ich mit den Konsequenzen leben konnte, stand nicht fest. Etwas wütete in mir, unterschwellig, ohne dass ich es wirklich greifen konnte.

Und ausgerechnet Kreta! Eine Insel, die im Mittelmeer lag. Bereits in meiner Kindheit scheute ich das Meer, sogar ein Fluss bereitete mir Angstzustände. Woher diese Ausbrüche kamen? Keine Ahnung, dies konnten weder meine Eltern erklären noch die zahlreichen Therapeuten herausfinden, die ich seit meinem zehnten Lebensjahr aufsuchte. Bis dato hatte ich in den Urlauben das Festland bevorzugt, weit vom Meer entfernt, am liebsten mit dem Auto in die Berge. Und jetzt hatte ich gebucht! Wie es dazu kam?

Mir fehlte die Anschrift eines Finanzamtes. Auf der Suche im Netz wurde auf der rechten Seite Werbung geschaltet. Zwei Wochen Kreta für sechshundertneunundneunzig Euro. Ein Last-Minute-Angebot, zwei Tage vor Ferienbeginn. Ich klickte auf den Link. Sah mir flüchtig das Angebot an und buchte, ohne weiter darüber nachzudenken. Ich fühlte mich ferngesteuert.

Auch nachdem ich den Ausdruck der Hotelbuchung in der Hand hielt, kam kein Gefühl in mir auf. Weder Freude noch Zweifel. Ich wusste einzig und allein, es war die richtige Entscheidung. Nach einer Stunde und dem Realisieren, was ich gemacht hatte, stellte sich Angst ein. Schließlich würde der Flug übers Meer führen. Ich musste unbedingt dafür sorgen, dass ich keinen Fensterplatz bekam.

Um die Angst zu unterdrücken, schluckte ich sofort Beruhigungstabletten, die ich seit Jahrzehnten mit mir führte und oft genug nahm.

Schließlich gab es in Köln Brücken, die überquert werden mussten. Allein schon, wenn ich zum Flughafen wollte. Auch bei starrem Geradeaussehen, einzig der Gedanke, dass der Rhein unter mir floss, trieb meine Furcht zum Höhepunkt. Nur mit einer schnell wirkenden Tablette, die sich unter der Zunge auflöste, konnte ich die Überfahrt schaffen. Auch an jenem Morgen, als ich die Flucht ergriffen hatte, um nach Kreta zu fliegen.

Nach drei Stunden Flug landete die Maschine auf dem Flughafen Níkos Kazanzákis in Heráklion. Ich befand mich in einem Zustand der Leichtigkeit, denn ich hatte die Medikamentenstückzahl erhöht, um die Reise zu überstehen. Leicht schwindlig stieg ich die Flugzeugtreppen hinunter und freute mich über festen Boden unter den Füßen. Obwohl es mir vorkam, als würde ich schweben. Zum Glück brauchte ich zum Hotel nicht selbst zu fahren. Ich schaffte es zum Bus, ließ mich auf einen der hintersten Sitze fallen, schloss die Augen. Der

Reiseleiter zählte durch die Reihen und teilte mit, dass eine knapp zweistündige Fahrt vor uns lag. Ich schlief erschöpft ein und bekam nicht mit, dass wir am Meer entlang in den Osten der Insel fuhren.

Jemand rüttelte mich an der Schulter. »Hallo, wir sind da«, vernahm ich eine männliche angenehme Stimme.

Ich schüttelte den Kopf, wollte nicht aus meiner Traumwelt gerissen werden. Das Rütteln wurde heftiger und nun schien die Stimme besorgt.

»Geht es Ihnen nicht gut? Brauchen Sie einen Arzt?«

Ich richtete mich auf, sah den Mann an. »Entschuldigung, ich muss wohl eingeschlafen sein.« Verlegen strich ich durch mein Haar. Sicherlich würde es nach allen Seiten abstehen und ich keinen guten Eindruck auf den nett aussehenden Mann machen. Er hatte strahlend weiße Zähne, ob sie gebleicht waren? Ich las sein Namensschild: Leftéris Solidákis. Er reichte mir die Hand, half mir hoch. Mir wurde schwindelig, ich lehnte mich kurz an ihn, denn ich hatte das Gefühl umzufallen.

»Möchten Sie sich lieber wieder setzen? Soll ich den Hotelarzt kommen lassen?«

»Nein, es geht.«

Woher spricht dieser Mann ein solch gutes Deutsch, dachte ich, während ich vorsichtig aus dem Bus stieg. Leftéris blieb an meiner Seite, stützte mich auf dem Weg zur Rezeption. »Wenn Sie mir Ihren Pass geben, melde ich Sie an, damit es schneller geht und Sie sich gegebenenfalls gleich hinlegen können.«

Stumm reichte ich ihm den Ausweis und meine Hotelbestätigung.

Vor der Rezeption warteten die anderen Gäste. Kinder hüpften in der Vorhalle umher oder zerrten an den Ärmeln ihrer Mütter. Laut meldeten sie an, endlich in den Pool springen zu wollen. Vergeblich versuchten die Eltern, die Sprösslinge zu beruhigen, versprachen ihnen ein Eis, wenn sie sich ein wenig gedulden würden.

Ich bekam diese Szenen verzerrt mit, es kam mir unerträglich laut vor. Die Versuchung, mir die Ohren zuzuhalten, war groß. Ich riss mich zusammen, lenkte mein Augenmerk auf den Reiseleiter. Leftéris drängte sich an den Gästen vorbei hinter den Tresen.

Keine fünf Minuten später brachte er mich zu meiner Unterkunft, einem weißen Haus mit blauen Fenstern. Eine rosafarbene Bougainvillea schlängelte sich über die gesamte Vorderfront bis hin zum Balkon auf der ersten Etage. Leftéris stieg die Treppe zum Obergeschoss hinauf. Ich hielt mich am Geländer fest, folgte langsam, indem ich mich stückchenweise hochzog und vorsichtig eine Stufe nach der anderen nahm. Leftéris öffnete die Eingangstür. Eiskalte Luft schlug mir aus dem Inneren des Zimmers entgegen. Die Klimaanlage lief auf Hochtouren, dabei waren die Temperaturen im April angenehm. Ich überlegte, wie sehr dieser Kühlluxus das Klima erwärmen würde und für einen Weltuntergang mitsorgte. War ich verrückt? Was für Gedanken durchquerten meine Gehirnhälften? Sicherlich lag es am übertriebenen Pillenkonsum. Ich sollte zukünftig vorsichtiger damit umgehen.

»Könnten Sie bitte die Klimaanlage abschalten?«, fragte ich und öffnete die Balkontür.

Verdammt! Ein Zimmer mit Meerblick. Ich hielt den Atem an, schlagartig überfiel mich der Schwindel, mir wurde schwarz vor Augen. Dass ich zu Boden stürzte, bekam ich wie durch einen Schleier mit.

Leise Stimmen drangen an mein Ohr. Ich spürte, dass mir jemand etwas um den Arm band und ließ es geschehen. In meiner Gedankenwelt hinter geschlossenen Lidern befand ich mich auf einem Berg, in den Alpen. Ein leichter Wind wehte mir um die Nasenspitze, die Stirn fühlte sich feucht an. Die Stimmen wurden deutlicher.

»Legen Sie ihr ein nasses Tuch in den Nacken, lagern Sie ihre Beine hoch«, vernahm ich eine weibliche Stimme.

Jemand hob meine Beine an, schob etwas darunter. Vorsichtig öffnete ich die Augen zu einem Schlitz und erkannte, dass mir der Blutdruck gemessen wurde. Eine weißgekleidete Frau saß auf dem Bettrand. Drei weitere Personen standen um mich herum. Dort! Ich erkannte Leftéris, öffnete gänzlich die Augen und lächelte ihn an.

Er beugte sich zu mir herunter. »Bin ich froh, da sind Sie ja wieder.«

»War ich weg?«

»Wissen Sie, wo Sie sich befinden?«, fragte mich die Frau, die mir die Manschette abnahm.

»Im Bett«, antwortete ich.

»Und wo?«

Ein Stich zog durch den Kopf. Das Herz schlug schneller, ich atmete hastig. Die Balkontür, das Meer! Ich richtete mich auf, wollte mir Gewissheit verschaffen.

»Bleiben Sie bitte liegen.« Sanft wurde ich aufs Kissen zurückgedrückt. »Ihr Blutdruck ist ziemlich niedrig, dazu haben Sie einen erhöhten Puls. Ich würde Ihnen gerne eine Spritze geben, damit Sie stabil werden. Nehmen Sie Medikamente?« Sie kramte in der Arzttasche.

»Nein, doch ...« Ich setzte mich auf. »Meine Handtasche, bitte.« Leftéris hob sie vom Boden auf und reichte sie mir. Ich holte das Päckchen Pillen heraus. »Ich habe wohl zu viel davon genommen«, flüsterte ich. Es war mir peinlich in Anwesenheit der Fremden den erhöhten Konsum zuzugeben. Mit einer bittenden Handbewegung schickte die Ärztin die Leute aus dem Zimmer.

»Ich schaue später nochmals nach Ihnen, wenn es recht ist.« Leftéris winkte mir zu.

Zur Antwort nickte ich. Dann sah ich die Ärztin an und erwartete eine Standpauke wegen des Missbrauchs von Medikamenten. Ich hatte es nicht absichtlich gemacht, es war passiert. Tränen traten in die Augen.

»Das Beste ist, Sie schlafen sich aus und wenn es Ihnen nicht gut geht, rufen Sie bei der Rezeption an, die werden mich sofort verständigen.« Sie erhob sich.

»Danke für Ihre Hilfe.«

»Das ist mein Job.« Sie räumte das Blutdruckmessgerät in den Arztkoffer, schloss ihn. Mit einem aufmunternden Lächeln verließ sie das Zimmer.

Meine Güte, Ariane! Ich versuchte mich bequem auszustrecken. Was hast du getan? Du sitzt jetzt ganz schön im Schlamassel und auf einer Insel fest. Rundherum Wasser! Was hast du dir dabei gedacht? Nichts habe ich gedacht, sonst hätte ich den Flug nicht gebucht. Fing ich langsam an zu spinnen? Wie konnte ich mich in eine solch ausweglose Situation bringen? Unmöglich, die

19

nächsten vierzehn Tage im Zimmer zu verbringen, mit geschlossenen Türen und Fenstern. Irgendwann würde der Hunger siegen und ich da raus müssen, vor die Tür, mit Blick aufs Meer.

Vorsichtig erhob ich mich, denn ich verspürte ein dringendes Bedürfnis. Schwindel und Übelkeit überkamen mich. Bis ins Bad waren es wenige Schritte. Ich versuchte mein Augenmerk nicht auf den Balkon zu richten, aus Angst, ich würde sofort wieder umfallen. Alleine, ohne dass mich jemand ins Bett legen würde. Im Spiegel erkannte ich mein eigenes Gesicht nicht. Kreideweiß, dunkle Augenränder und ein stumpfer Blick. Mein langes Haar sah struppig aus.

Ich setzte mich auf die Toilette, erleichterte mich. Beim Aufstehen zitterten die Beine vor Erschöpfung. Geht's noch? Ich zog mich am Handtuchhalter hoch. Der Wunsch kam in mir auf, zu duschen, doch die Angst auszurutschen und zu fallen siegte, sodass ich mir das Gesicht kurz wusch.

Aus dem Koffer holte ich das Nachtzeug. Ließ die getragene Kleidung auf den Boden sinken, zog den Schlafanzug über. Kurz sah ich mich auf der rechten Seite des Zimmers um. Bloß nicht zu weit nach links, dort erwartete mich das Meer.

Ein Kühlschrank stand in der Ecke. In der Hoffnung, etwas zu trinken darin vorzufinden, öffnete ich ihn. Holte Wasser heraus uns setzte die Flasche sofort an. Eiskalt rann die Flüssigkeit durch die Kehle und verbreitete sich im Körper. Mein Problem mit der Balkontür sollte ich schnellstmöglich hinter mich bringen. Es kostete mich

Überwindung, doch in der Nacht würde es sicherlich kühler werden. Wieso hatte ich zuvor niemanden gebeten, sie zu schließen. Verdammt!

Mit geschlossenen Augen tastete ich mich dorthin vor. Fand die Klinke und augenblicklich konnte ich besser durchatmen. Für den Moment hatte ich die Gefahr gebannt. Darüber, wie es weitergehen sollte, konnte ich mir im Moment keine Gedanken machen. Ich legte mich unter die Bettdecke und schloss die Augen. Bevor ich ins Traumland versank, hörte ich ein Klopfen an der Tür.

»Ja!«, rief ich.

»Hier ist Leftéris, ich wollte nochmals nach Ihnen sehen. Geht es Ihnen gut?«

»Danke, ich liege im Bett und versuche zu schlafen.«

»Gute Nacht.« Ich hörte Schritte, die sich entfernten.

Ein netter Mann, ging mir als letzter Gedanke durch den Kopf, bevor ich mich in meine Traumwelt verabschiedete, in der es kein Meer gab.

In den frühen Morgenstunden erwachte ich, sah auf die Uhr. Kurz nach acht. Im ersten Augenblick fand ich mich nicht zurecht. Erst jetzt betrachtete ich mein Zimmer genauer. Ich war auf der sicheren Seite, durch die Spalten an der Balkontür schimmerte das Tageslicht, kein Meer.

Erst jetzt erkannte ich, dass an der Tür ein Sonnenladen angebracht war. Ich lag in einem modernen Holzbett. Nachttisch und Schrank waren aus dem gleichen Holz gefertigt. In einer blauen Vase auf der Anrichte befand sich ein bunter Rosenstrauß. Der Duft der Blüten schwebte in der Luft.

Dass mir das gestern nicht aufgefallen war. Du warst im Rausch gefangen, kam mir in Erinnerung, ich lachte laut und kurz auf. Oje, was dachten die Menschen von mir, die alle ums Bett herumgestanden hatten.

Mein Magen knurrte. Seit dem gestrigen Morgen hatte ich keine Nahrung mehr zu mir genommen. Im Kühlschrank befand sich nichts Essbares, das würde für mich bedeuten, ich müsste es wagen, vor die Tür zu treten. Mit geschlossenen Augen würde ich den Speisesaal sicherlich nicht finden. Ob das Hotel einen Zimmerservice anbot? Irgendwo lag sicherlich eine Infomappe. Ich ging den Raum mit den Augen ab. Neben der Blumenvase wurde ich fündig.

Ich stand auf, verspürte dabei keinen Schwindel und schaffte es ohne Probleme bis zur Anrichte und zurück. Schnell überflog ich die Angebote. Da! Ich hatte Glück. Sie brachten Speisen aufs Zimmer. Eine Karte lag dabei. Ich entschied mich für Spiegeleier mit Speck, Brot, frisch gepressten Orangensaft und einen starken Kaffee. Während ich auf die Bestellung wartete, ging ich unter die Dusche, fühlte mich danach erholt und frisch.

Ich hatte mich gerade angezogen, als es an der Tür klopfte. Kurz hielt ich inne. Wenn ich öffnete, würde mich das Meer niederraffen, obwohl, ich war am Tag zuvor eine Treppe hochgegangen, vielleicht würde ich es nicht zu sehen bekommen. Ich ging auf Sicherheit.

»Es ist offen, kommen Sie bitte rein.« Statt dass jemand eintrat, erklang ein weiteres Klopfen. Ich wiederholte meine Bitte in Englisch. Es funktionierte.

Der Kellner stellte mir das Tablett auf die Anrichte, ließ

mich einen Zettel unterschreiben und verschwand mit einem freundlichen Gruß. Geschafft!

Ich setzte mich mit dem Frühstückstablett aufs Bett und ließ es mir schmecken. Mir war bewusst, dass ich mir danach Gedanken darüber machen musste, wie ich den Tag verbringen wollte. Doch mit vollem Magen dachte es sich besser, so verschob ich die Überlegungen eine Weile. Statt mir über meine Lage klar zu werden, verkroch ich mich zurück ins Bett.

Gegen Mittag wurde ich von Geräuschen geweckt. Ich vernahm weibliche Stimmen, die sich in der Landessprache unterhielten. Ein kurzes Klopfen, ein »Housekeeping«, schon öffnete sich die Tür. Eine Griechin trat ein. Ohne sich umzusehen, öffnete sie die Balkontür, ich zog mir die Bettdecke übers Gesicht. Die Frau summte fröhlich, ich hörte sie im Badezimmer hantieren, stellte mir vor, wie sie die Handtücher auswechselte. Ich gab keinen Laut von mir, hoffte, sie würde danach sofort gehen. Warum sollte sie das Zimmer putzen wollen? Ich war erst am Nachmittag zuvor angekommen.

Ein Schrei! Nun hatte sie mich entdeckt. Fremdsprachige Worte, gemischt mit »Sorry«, und die Tür schlug zu. Die Zimmertür ja, doch die Balkontür stand offen. Mein Herz bollerte bei dem Gedanken, ich fing heftig an zu atmen. Es half nichts, ich musste es wie zuvor mit geschlossenen Augen versuchen. Ich tastete mich am Bett entlang und schloss schleunigst das Draußen aus.

Erledigt, ich konnte mich im Raum frei bewegen. Ich kam nicht drumherum mir eine Lösung einfallen zu lassen. Was hatte ich zu bewältigen? Im Kopf erstellte ich mir eine Liste. Fakt, ich konnte das Zimmer nicht verlassen. Wie regelte ich Hunger und die Putzfrau? Essen konnte ich mir herbringen lassen, die Putzfrau müsste darüber informiert werden, dass ich immer im Zimmer anwesend sein würde. Im Grunde ganz einfach.

Ich rief die Rezeption an und brachte mein Anliegen vor. Erleichtert setzte ich mich aufs Bett, mit dem Fuß spielte ich mit den Sonnenstrahlen, die sich durch den Laden stahlen. Ich spürte die Wärme, die meine Zehen kitzelte. Schaute sehnsüchtig auf die geschlossene Tür.

Dort draußen erwachte der Frühling auf der Insel. Leichtes Meeresrauschen drang an mein Ohr und mich überlief eine Gänsehaut. Egal, ich fühlte mich sicher im Schutz des Fensterladens. Doch konnte ich die nächsten dreizehn verbleibenden Tage im Zimmer verbringen? Befand ich mich auf dem geraden Wege, verrückt zu werden? Sollte ich mich der Herausforderung stellen? Wenn mir meine Therapeuten sagten: ›Sie müssen ans Meer und sich Ihren Ängsten stellen‹, wechselte ich zu einem neuen, bis mir die gleichen Worte zu Ohren kamen. Wie auch immer, ich stand dazu, das Wagnis nicht einzugehen, aus Gewissheit, ich würde an einem Herzinfarkt sterben. Wollte ich das? Ausgerechnet auf einer Insel, vom Meer umgeben? Sicher nicht! Ich bestellte mir einen Club-Salat.

Danach machte ich es mir im Bett gemütlich, schob die Kissen hoch, setzte mich dagegen, nahm meinen E-Book-Reader zur Hand und entschied mich für einen Liebesroman.

Fünf Tage vergingen ohne große Vorkommnisse. Das Personal hatte sich daran gewöhnt, dass ich auf dem Zimmer speiste. Die Putzfrau ließ sich nicht davon abhalten, ihre Arbeit zu verrichten, während ich bei ihrem Erscheinen mit dem Rücken zur Tür saß und las. Stets grüßte sie freundlich. Ich beobachtete sie nie, aus Angst, ich könnte versehentlich einen Blick aufs Meer erhaschen, denn die Balkontür stand so lange offen, bis die Frau die Tätigkeit verrichtet hatte.

Am siebten Tag bat der Reiseleiter um Einlass.

»Ist offen.« Ich rückte schnell in meine sichere Ecke. »Schließen Sie bitte die Tür«, bat ich. Erst als ich das Klicken in die Rasterung hörte, drehte ich mich zu ihm um.

»Was kann ich für Sie tun?«, fragte ich und rieb mir die plötzlich feucht gewordenen Hände am Rock ab.

»Ich wollte nach Ihnen schauen. Mir wurde gesagt, dass Sie das Zimmer nicht verlassen. Geht es Ihnen nicht gut? Brauchen Sie einen Arzt?« Er lächelte, obwohl der Blick aus seinen dunklen Augen besorgt herüberkam.

»Mir geht es gut. Ich möchte meine Ruhe haben.«

»Entschuldigen Sie meine Frage, hatten Sie bei Ihrer Buchung nicht gesehen, dass es sich um ein All-inclusive-Hotel handelt?« Leftéris kam einen Schritt näher.

»Möchten Sie sich setzen?« Ich zeigte auf den Stuhl neben der Anrichte. Er zog ihn in die Mitte des Zimmers.

»Es ist ziemlich dunkel hier drinnen, haben Sie etwas dagegen, wenn ich die Balkontür öffne?« Er ging darauf zu.

»Nicht aufmachen!«, schrie ich.

Leftéris zuckte zusammen, drehte sich um. »Entschuldigen Sie.«

Ich versuchte meinen Atem unter Kontrolle zu bringen. Ein – aus, ein – aus.

Der Reiseleiter schritt auf mich zu. »Ich wollte Sie nicht ...«, fing er an, ich winkte ab.

»Schon gut.«

Nun ließ er sich auf den Stuhl fallen, sah mich dabei an. Ich nahm auf dem Bettrand Platz, faltete die Hände im Schoß, rieb sie aneinander. Leftéris behielt den Blick auf mich gerichtet.

Mich beschlich das Gefühl, dass er so lange dort sitzen bliebe, bis ich ihm mein Verhalten erklären würde. Wie oft hatte ich das im Leben bereits getan? All die Ärzte, die ich aufgesucht hatte, die mir helfen sollten und doch nur mit einem klug und gut gemeinten Ratschlag rüberkamen. Auf einmal mehr oder weniger darüber zu sprechen kam es nicht an.

»Ich leide unter Angstzuständen, die ausgelöst werden, wenn ich das Meer, einen See oder Fluss sehe, sogar beim Anblick einer gefüllten Badewanne passiert es.« Ich zählte die Schattenrisse der Balkontür auf dem Boden, um ja nicht aufschauen zu müssen.

Leftéris räusperte sich. »Okay.« Er dehnte es lang, schien verwirrt zu sein, mit der Situation nicht klar zu kommen. Nach gefühlten zehn Minuten brach er das Schweigen. »Und wieso buchen Sie ausgerechnet einen Inselurlaub?«

Ich schaute auf und ihm lange ins Gesicht, dann hob ich die Schultern hoch, ließ sie sofort wieder sinken.

Leftéris verzog keine Miene. Hatte er vor, die Angelegenheit gemeinsam mit mir auszusitzen? Hielt er mich für verrückt? War ich es nicht? Ein Schamgefühl stellte sich ein. Wie konnte es so weit mit mir kommen? Was war in mich gefahren, als ich den Flug buchte?

»Haben Sie niemanden, der Ihnen nahesteht, mit dem Sie darüber reden können?«, brach seine sanfte Stimme die Stille.

Judith! Sie hatte sicherlich versucht, mich zu erreichen. Mein Handy hatte ich ausgeschaltet, seitdem ich in den Flieger gestiegen war. Was war mit mir los? Ich besprach sonst alles mit ihr. Entschlossen stand ich auf, nahm das Mobiltelefon aus der Tasche, schaltete es ein. Dreiunddreißig verpasste Anrufe, die Mailbox voll.

Schuldgefühle! Genau die hatten mir gerade noch gefehlt. Ich drückte Judiths Nummer, um Sekunden später einen Abbruch vorzunehmen. Ihre Reaktion konnte ich mir bildlich vorstellen. Ausrasten würde sie, schließlich ging ihr verpatzter Familienurlaub auf meine Kosten. Doch was viel schlimmer war, ich hatte ihr einfach nur eine schriftliche Nachricht hinterlassen und sie im Ungewissen gelassen. Sie würde sich Sorgen machen.

»Möchten Sie, dass ich gehe?«

Leftéris! Ihn hatte ich bereits vergessen, dabei saß er mir genau gegenüber. Ich hielt mir die Hände vors Gesicht, hoffte dadurch unsichtbar zu werden. Einfach zu verschwinden, endlich die Ängste loszuwerden, die mich seit der Kindheit gefangen hielten.

Plötzlich spürte ich eine Hand auf meinem Arm. Ein wenig rau fühlte sie sich an, passte nicht zu seiner sanften Stimme. Ich wünschte ich könnte all meine Sorgen abschütteln.

»Darf ich fragen, wen Sie anrufen wollten?« Er setzte sich neben mich.

»Judith, meine beste Freundin.«

»Und warum haben Sie die Verbindung unterbrochen?«

»Ich habe sie im Stich gelassen, bin einfach geflogen. Ach, Sie wissen nicht, wie viel Unheil ich angerichtet habe mit meinem Flug auf die Insel. Was mich in dem Moment geritten hat – ich kann es nicht nachvollziehen.«

»Alles hat im Leben einen Sinn.«

Ach du meine Güte! Ob er Psychologie studierte und sich im Sommer Geld als Reiseleiter hinzuverdiente? Ich sah ihn an. Nonsens, der war ungefähr in meinem Alter. An den Schläfen glitzerten die ersten grauen Strähnen. Dann gehörte er zu der Männersorte, die tiefsinniger dachte. Vielleicht ein Frauenversteher. Ich lachte auf.

»Was ist daran witzig?« Verdutzter wie er konnte niemand schauen. Das brachte mich ein weiteres Mal zum Lachen. Er stand auf. »Ich wollte Ihnen behilflich sein.«

Bevor ich etwas erwidern konnte, öffnete er die Tür, ich verkroch mich in meine Ecke, schon war er weg. Was hatte ich angerichtet? Einen weiteren Menschen, der es gut mit mir meinte, vor den Kopf gestoßen. Ich hockte noch in meiner Sicherheitsecke, als die Tür erneut aufging und Leftéris im Rahmen stand.

Ich senkte den Blick zum Boden. Er hatte die Tür nicht geschlossen, stand einfach da wie ein Fels in der Brandung. Unbeweglich. Ich atmete erleichtert auf, er hatte begriffen, schloss die Welt dort draußen für mich aus.

Vorsichtig kam ich aus meiner Deckung, murmelte: »Es tut mir leid. Sie müssen denken, ich hätte nicht alle Tassen im Schrank, wäre durchgeknallt. Und wissen Sie was, ich glaube es langsam selbst.«

Er schritt auf mich zu, nahm mich bei den Armen, führte mich zum Bett. Wir setzten uns, ich war mir seiner Nähe bewusst, sie engte mich ein. Ich rückte ein Stück ab. »Was halten Sie davon, wenn wir uns duzen? Ich denke, dann redet es sich leichter.«

Ich nickte.

»Gut. Ich bin Leftéris.« Er hielt mir die Hand entgegen.

»Ariane.« Ich schlug ein.

»Das wäre erst einmal geschafft. Wenn ich dich richtig verstehe, kannst du das Haus nicht verlassen, weil du sofort einen Blick aufs Meer hast und damit deine Ängste ausgelöst werden.«

»Ja.«

»Heute Abend habe ich eine Gesprächsstunde mit den Gästen. Danach komme ich, verbinde dir die Augen, helfe dir die Stufen hinunter. Dann verlassen wir die Hotelanlage durch den Personaleingang und gehen spazieren. Richtung Berge. Bist du einverstanden?«

»Ich soll das Zimmer verlassen?«

»Ja. Wenn du mir vertraust, dass ich dich sicher die Stufen hinunterführe und dir verspreche, dass du das Meer nicht zu sehen bekommst.«

»Wie soll das funktionieren? Das Meer liegt direkt vor dieser Tür.« Um meine Aussage zu unterstreichen, zeigte ich in die Richtung.

»Ist es dir zuvor aufgefallen, als du das Zimmer bezogen hast oder erst, als du die Balkontür geöffnet hast?«

»Nach Öffnen der Balkontür.«

Mein Herz machte einen Sprung. Gab es eine Möglichkeit, meinem mir selbst auferlegten Gefängnis für kurze Zeit zu entkommen?

Den Nachmittag über beschäftigte ich mich mit der Kleiderwahl für den abnormen Spaziergang. Nach langer Überlegung entschied ich mich für eine Jeans, eine langärmlige blaue Bluse und festes Schuhwerk. Ungeduldig ging ich im Zimmer auf und ab, konnte Leftéris' Erscheinen kaum erwarten. Ich versuchte mir auszumalen, wie schön die Gegend sein würde. Aus Erzählungen war mir bekannt, dass südlich gelegene Inseln im Frühling grün und saftig aussehen sollten, bevor die große Hitzeperiode sie braun erscheinen ließ. Welche Bäume wohl in der Umgebung wuchsen? Palmen? Ich hatte die Herfahrt verschlafen, darum konnte ich mir nicht vorstellen, wie es vor der Tür aussehen würde, bis auf die Bougainvillea, die am Haus emporragte. Endlich war es so weit, ich hörte Schritte, ging ins Bad, um nicht in meiner Ecke zu hocken. Noch bevor Leftéris klopfen konnte, rief ich: »Ist offen!«

Erst als ich mich sicher fühlte, dass die Außenwelt vorerst ausgeschlossen war, kam ich aus dem Bad.

»Bist du bereit?« Er hob die Augenbinde hoch.

War ich so weit? Über meine Haut zog ein Kribbeln. Nahm die Angst mich in den Griff? Unterdrücken ging nicht, ich wusste, dann würde es schlimmer werden.

Ausstehen wollte ich es im Moment auch nicht.

Zum Glück reichte Leftéris mir die Hand, schlagartig verschwand das Unwohlsein. Mit Bedacht verband er mir die Augen.

»Es sind elf Stufen. Du musst mitzählen. Ich gehe vor, halte dich bei den Händen, und dann ganz langsam vorwärts. Einverstanden?« Meine Aufregung steigerte sich, darum bestand die Antwort aus einem Nicken.

»Bist du sicher, dass du bereit bist?«

»Ja«, kam es fast flüsternd über meine trockenen Lippen.

»Ich öffne jetzt die Tür.«

»Einverstanden.«

Er führte mich durch den Raum, dann schlug mir ein kühler Windzug entgegen. Ich fröstelte, traute mich auf einmal nicht mehr einen Fuß vor den anderen zu setzen.

»Ist dir kalt?«

»Es scheint ziemlich windig zu sein.«

»Nordwind. Hast du eine Jacke dabei?«

»Über dem Stuhl, bei der Anrichte.«

»Ich lass dich kurz los, um sie dir zu holen, ist das in Ordnung für dich?«

War es in Ordnung? Konnte ich den Moment meistern, ohne seine rauen Hände, an denen ich mich festzukrallen schien? Ich musste, sonst würde ich diesem Raum am heutigen Abend nicht entfliehen können, wer weiß, vielleicht niemals mehr im Leben! Ich würde einsam und verlassen in diesem Zimmer dahinvegetieren, bis mir das Geld ausging, und dann? Der Hotelmanager würde mich vor die Tür setzen. Schutzlos. Ich schüttelte heftig den

Kopf, wollte die Gedanken damit vertreiben. Leftéris nahm dies als Verneinung an. »Wir gehen gemeinsam zum Stuhl und holen die Jacke.«

Gute Idee, sogleich fühlte ich mich sicherer. Er half mir beim Anziehen, zog den Reißverschluss hoch.

»Ist es so okay?«

Wie fürsorglich er mich behandelte. Eine mollige Wärme stieg in mir auf, dass mir die Jacke in dem Moment überflüssig erschien. Auf der Treppe änderte ich die Meinung. Der Wind umwirbelte mich.

»Und ab jetzt zählen. Eins, zwei, langsam, gut so, drei ...«

»Elf«, kam es erleichtert von mir.

»Du hast es geschafft. Nun hake dich bei mir ein. Er nahm meinen rechten Arm, schob ihn unter seinen, legte eine Hand beruhigend auf meine. »Wie fühlst du dich?«

»Gut, obwohl mir salzige Luft in die Nase steigt und ich das Meer rauschen höre.«

»Die Wellen brechen an den Felsen. Wir gehen auf einem aus Steinen angelegten Weg hinüber zum Personaltrakt.«

Konzentriert auf seine Stimme, schritt ich weiter.

»Achtung, zwei Stufen. Sobald wir im Gebäude sind, nehme ich dir die Binde ab. Das Meer liegt hinter uns.«

»Und du bist sicher, ich werde es nicht sehen können.«

»Nur hören.«

»Ich glaube dir.«

Ich vertraute einem mir fast wildfremden Menschen mehr als meiner langjährigen Freundin Judith. Hätte ich mich von ihr blind durch eine Hotelanlage führen lassen?

Die Frage wäre gar nicht aufgekommen, sie hätte es zu unterbinden gewusst und mir klar und deutlich zu verstehen gegeben, dass ich mich zusammenreißen sollte. Augen zu und durch, aber nur im wörtlichen Sinn. Stellte ich gerade meine Freundschaft zu Judith in Frage? Hatten mich die Tage der selbst auferlegten Einzelhaft verändert? Judith stand mir in jeder Situation zur Seite. Wir teilten halt nicht ständig die gleiche Meinung. War es nicht das, was wir an uns schätzten? Dass wir verschieden waren, niemand im Schatten des anderen stand, seinen Standpunkt frei und ehrlich vertreten durfte. Abgesehen von meinen Angstzuständen, die immer zu unnötigen Diskussionen führten. Konnte ich Judith dafür böse sein? Nein! Wichtiger als nachgrübeln, dass ich mich auf Leftéris konzentrierte.

Ich blinzelte, als er mir die Binde von den Augen nahm. Musste mich an die Lichtverhältnisse gewöhnen. Wir standen unter einem Türbogen, die Sonne schien mir ins Gesicht. Nachdem ich klarer sehen konnte, erkannte ich in der Ferne Berge. Wir gingen aus der Hotelanlage hinaus und kamen auf eine Landstraße.

Der Weg führte uns an Olivenhainen vorbei.

»Die Bäume stehen in Blüte. In wenigen Wochen werden die ersten Oliven sichtbar werden.« Leftéris griff nach einem Zweig und deutete auf die wenigen grünen Minifrüchte, die sich langsam zeigten. Ich rieb sie zwischen meinen Fingern.

»Die Bäume werden alt, dieser ist sicherlich an die hundert Jahre. Schau seine Rinde an«, meinte er.

Ich konnte nicht anders und stieg ein Stück die Böschung hinunter, strich über die knochige Rinde. Längst hatte ich das Meer vergessen und hörte nicht einmal mehr das Rauschen. Verzaubert von der Landschaft, die ich mir karger vorgestellt hatte. Die Olivenbäume schimmerten grün, auch wenn auf den Blättern eine Staubschicht lag. Es fiel mir schwer, mich loszureißen.

Hätte ich mich weiterhin im Zimmer verkrochen, würde ich diesen Moment nicht erleben. Plötzlich spürte ich, dass meine Schuhe feucht wurden.

»Komm.« Leftéris reichte mir die Hand. »Der Bauer hat die Bewässerung angestellt.«

Ich kletterte hoch, wischte mir die Hände an der Hose ab. Wahrscheinlich nicht gut genug, denn Leftéris machte mich auf Schmutz auf meinem Handrücken aufmerksam. Der Jackenärmel musste dran glauben. Ich lächelte bei dem Gedanken, wie frei ich mich auf einmal fühlte.

»Ich wollte mit dir dort auf den Berg.« Er zeigte in die Richtung. »Magst du?«

»Und was machen wir da oben?« Ich blieb stehen, sah mir den Weg an, der hinaufführte. Steil und steinig. Zum Glück hatte ich mich für festes Schuhwerk entschieden.

»Die Gegend anschauen.«

Ein Schreck durchfuhr meinen Körper, der Magen zog sich zusammen.

Leftéris musste es bemerkt haben, denn er reagierte spontan, indem er meine Hand in die seine nahm.

»Beruhige dich, auf der anderen Seite des Berges liegt eine kleine Kirche im Tal, mitten in einem Olivenhain. Dort ragt die Turmspitze hinaus, das ist interessant zu sehen.«

»Eine solch kleine Kapelle?«

»Oder die Bäume sind hochgewachsen. Du kannst selbst entscheiden, aus welcher Perspektive du es sehen magst.« Er machte einen Schritt nach vorne.

Weiterhin verharrte ich auf meinem sicheren Platz. Ein Pick-up fuhr vorbei, hupte. Leftéris grüßte den Fahrer, der daraufhin anhielt. Auf der Ladefläche waren drei Hunde an kurzen Leinen angebunden, sie kläfften aggressiv zu mir herüber. Das steigerte meine Panik, ich lief die Böschung hinunter, knickte dabei um. Hinter mir vernahm ich einen Laut, wahrscheinlich war Leftéris den Abhang heruntergesprungen. Ich drehte mich nicht um. Der Autofahrer rief etwas in der Landessprache, dann hörte ich, dass der Wagen sich mitsamt den Hunden entfernte. Erschöpft hockte ich mich an einen Baumstamm, rieb mir den linken Knöchel.

»Verdammt«, ich hieb mit der Faust aufs feuchte Erdreich.

»Verdammt!« Mehr kam nicht über meine Lippen. Tränen liefen unaufhaltsam über die Wangen.

Leftéris kniete nieder, versuchte mich zu beruhigen, indem er sanft über mein Haar strich.

Das hatte mir gerade noch gefehlt. Ich war kein Kind mehr, doch ich verhielt mich nicht normal für eine erwachsene Frau, mitten im Leben.

Was für ein Leben?, ging es mir absurderweise durch den Kopf. Mit ständigen Panikanfällen, mit Aussetzern, mit unmöglichen Reaktionen auf Alltägliches. Längst kein Leben mehr für mich. Wieso traf mich diese Erkenntnis erst jetzt, nachdem ich bellenden Hunden ent-

flohen war, die mich nicht einmal hätten verfolgen können? Aufzusehen traute ich mich nicht. Mein Begleiter
hockte weiterhin vor mir. Zum Glück hatte er die Berührung aufgegeben.

»Ariane, tut der Fuß weh? Darf ich ihn mir anschau-
en?«

Ich streckte das Bein aus. Bevor Leftéris das Hosenbein
hochschob, holte er sich mit meinem Nicken eine stumme
Zustimmung ein.

»Das sollte am besten direkt gekühlt werden.« Er sah
sich um, zog sein T-Shirt aus, hielt es unter den Bewässe-
rungsschlauch. Nass getränkt band er es mir um den
Knöchel.

»Das tut gut«, seufzte ich.

»Meinst du, es funktioniert mit dem Aufstehen?«

»Ich versuche es.« Das erste Auftreten tat weh, doch
schon beim zweiten Schritt merkte ich, dass ich den Fuß
normal belasten konnte. Es zwickte eher, als dass es
schmerzte. Trotzdem humpelte ich über den Olivenhain.
Leftéris führte mich den ebenen Weg zurück zur Hauptstraße, statt die Böschung hochzusteigen. Dabei hielt er
meine nicht ganz saubere Hand. Es beruhigte mich, gab
mir für den Moment Sicherheit.

»Was machen wir jetzt?«, fragte ich, als ich asphaltier-
ten Belag unter den Füßen spürte.

»Es kommt darauf an, wie du dich fühlst. Ist es dir
möglich auf den Berg zu gehen?«

Ich schaute hinauf und entschied mich für den Rückweg ins Hotel. Mein Bein schonen, kühlen und ... ja, was
und? Mich verkriechen, wie in den letzten Tagen. Vor

mir lagen weitere acht auf dieser Insel, umgeben von gewaltigen Wassermengen. Einsam eingesperrt im dunklen Zimmer, nur mit den wenigen Sonnenstrahlen, die sich den Eintritt in meine geschaffene Schutzwelt nicht verbieten ließen.

»Magst du, wenn ich ein Weilchen bei dir bleibe?«, fragte Leftéris, nachdem wir den für mich mit verbundenen Augen zurückgelegten Weg hinter uns gebracht hatten und die Zimmertür geschlossen war.

»Hast du niemanden, der auf dich wartet?«

Verwundert sah er mich an. Warum? Schlagartig wurde mir bewusst, dass es bei allen Zusammentreffen ausschließlich um mich ging. Nicht ein einziges Mal hatte ich darüber nachgedacht, wie es ihm wohl bei all dem Trubel um meine Person ging. Hatte es als Selbstverständlichkeit und Hilfsbereitschaft, vielleicht sogar ein wenig als Helfersyndrom von ihm angesehen.

»Vielleicht der ein oder andere Kollege, der mit mir ein Bierchen trinken möchte.« Er lächelte.

Das gefiel mir, er nahm mir mein ›einnehmendes‹ Wesen nicht übel. Nun hatte ich mich bereits so weit vorgetraut, da blieb die Frage »Und deine Frau?« nicht aus.

»Lebt mit unseren drei Kindern in Athen«, bekam ich die prompte Antwort.

»Du bist verheiratet und hast Kinder?« Meine Stimme klang überrascht, obwohl in seinem Alter, mit dem attraktiven Aussehen schien es selbstverständlich, dass er nicht alleine durchs Leben ging. Hätten meine Panikanfälle nicht jeden Mann ins Nirwana verscheucht, würde ich sicherlich auch eine Familie haben. Oder nicht? Schon länger her, dass ich mir darüber Gedanken gemacht hatte. Und nun passte es mir gerade nicht, weitere Sekunden daran zu verschwenden.

»Seid ihr getrennt?« War ich mit der Frage zu persönlich geworden? Ich kannte ihn so gut wie gar nicht, obwohl ich mich in seiner Gegenwart sicher fühlte. Trotzdem waren wir uns im Grunde fremd. Er mir weniger als ich ihm. Leftéris hatte einen Teil meiner Macken bereits zu spüren bekommen. Und sich nicht abgewendet! Warum? Im Kopf spukten einige Antworten herum. Getrennt lebend, geschieden, er fand mich nett, hübsch, hatte Interesse an mir. Geistesabwesend schüttelte ich den Kopf. Was für eine Spinnerin. Leftéris übte seinen Job als Reiseleiter hervorragend aus, indem er sich um einen durchgeknallten Gast ebenso kümmerte wie um einen normalen. Obwohl ich mich dann fragte, unter welche Norm normal fiel.

»Die Wirtschafskrise hat mich nach Kreta gebracht. Auf dem Festland, in der Nähe meiner Familie, fand ich keine Anstellung. Wenn mir etwas angeboten wurde, dann mit einem solch geringen Einkommen, dass ich uns nicht durch den Sommer, geschweige denn durch den Winter gebracht hätte. Der Patenonkel meines Sohns hat mir die Chance auf eine Anstellung gegeben, weil er Teilhaber dieses Hotels ist. Somit zog ich her.« Ohne mich zu fragen, setzte er sich auf den Stuhl. Erst da wurde mir bewusst, dass wir die gesamte Zeit im Raum standen. Mir fiel auf, dass ich eine Schonhaltung für den Knöchel eingenommen hatte. Gewissensbisse kamen in mir auf. Wofür?, schalt ich mich. Ich sollte endlich aufhören mir für solche Lappalien Schuldgefühle einzureden. Jedenfalls hatten mir dies einige meiner Therapeuten geraten. Vielleicht sollte ich anfangen den einen oder anderen Rat zu befolgen?

Stumm, mit meinen Gedanken beschäftigt, schaute ich auf Leftéris, ließ mich ihm gegenüber auf der Bettkante nieder. »Kommt deine Familie dich besuchen?«

»Sobald die Sommerferien anfangen, ich kann es kaum erwarten.« Auf seinen Gesichtszügen lag ein sehnsüchtiger Ausdruck.

Und welche Rolle spielte ich? Hatte ich mich in ihn verknallt? Ich horchte in mich hinein, fühlte keine Schmetterlinge im Bauch. Nein, ich sah in Leftéris eher einen Retter in der Not. Wie sollte es nun mit uns weitergehen? Was hieß mit uns? Mit mir!

»Warum kümmerst du dich um mich?«

»Weil ich sehe, dass es dir nicht gut geht.«

Offensichtlicher konnte es nicht sein. Mein Verhalten seit der Anreise unübersehbar, es sei denn, er wäre blind. Obwohl, ein Blinder fühlt oft intensiver als ein Sehender, wurde behauptet. Selbst ich hatte mit verbundenen Augen mehr vom Meer zu spüren bekommen, als ich ... Rauschen drang an mein Ohr. So stark hatte ich das Meer sonst vom Zimmer aus nie gehört, es schien unruhiger geworden zu sein. Ob der Ozean meine stummen Überlegungen empfing? Wenn Leftéris meine Gedanken lesen könnte, würde ich im Erdboden versinken.

»Kann ich dich alleine lassen? Es ist spät, ich muss morgen früh zum Flughafen. Eine Reisegruppe kommt an.« Er stand auf, kam auf mich zu. »Ariane, zeig mir deinen Knöchel.« Ich hob den Fuß an und er entfernte das T-Shirt. »Ist nicht geschwollen, du hast Glück gehabt. Dann könnten wir morgen versuchen auf den Berg zu kommen, wenn du magst.«

»Wir werden sehen.« Ich ging in meine Ecke, er verließ mit einem Nachtgruß das Zimmer.

Schnell entledigte ich mich der verschmutzten Kleidung, schlüpfte unter das Bettlaken und schlief erschöpft ein.

Das Telefon klingelte, verschlafen blickte ich aufs Display. »Judith?«

»Mensch, Ariane, endlich meldest du dich. Wo bist du? Ich mache mir Sorgen.« Es kam mir vor, als würde Judith erleichtert aufatmen.

»Auf Kreta.«

»Du bist wo?« Das glich eher einem Aufschrei.

»Auf der Insel Kreta«, wiederholte ich.

»Wie bist du denn dahin gekommen?«

»Na, wie schon?« Ich hätte am liebsten aufgelegt, doch ich musste mit ihr über etwas Wichtiges sprechen. »Mit dem Flieger.«

»Du meinst, du hast dich endlich deiner Angst vor dem Wasser gestellt, so wie dir das deine unzähligen Therapeuten geraten haben. Ariane, das hättest du mir sagen können, ich habe Verständnis dafür. Und nicht einfach verschwinden.«

Ich drückte die Verbindung weg. In meiner Lage konnte ich keine Vorwürfe gebrauchen.

Das Handy klingelte sofort wieder. Judith. Sollte ich dran gehen? Ich musste mit jemandem reden, sonst würde ich verrückt werden. Ich nahm an.

»Wir wurden unterbrochen«, sagte sie und ich beließ es dabei.

»Er ist seit zwei Tagen nicht mehr bei mir gewesen«, platzte ich ohne Vorwarnung heraus.

»Wer? Wovon redest du?«

»Leftéris.«

»Du hast einen Mann kennengelernt? Das freut mich für dich. Erstaunlich, nach vielen Jahren Stillstand machst du endlich Fortschritte.«

Von wegen! Mit den wenigen Worten hielt mir Judith meine Lebensmisere vor.

»Bist du noch da?«, hörte ich sie fragen, weil ich geschwiegen hatte.

»Ja.« Meine Tränen kamen, ich konnte sie nicht aufhalten, versuchte sie hinunterzuschlucken.

»Weinst du?«

»Mhm.«

»Hast du dich verliebt und er ...«

»Nein«, unterbrach ich Judith. »Es ist ganz anders.« Ich räusperte mich, wischte mir mit dem Handrücken über die Wange. »Leftéris ist der Reiseleiter, er hat sich um mich gekümmert, weil ich das Zimmer nicht verlasse.«

»Bist du krank?«

»Im Kopf.« Ich lachte schräg auf. Stand ich kurz davor durchzudrehen?

»Hast du dich verletzt?«

»Nein, Judith.« Beim Aussprechen wurde mir bewusst,

dass meine Stimme viel zu aggressiv klang. Ich wollte meine Freundin nicht vor den Kopf stoßen, doch ihre blöden Fragen gingen mir gegen den Strich.

»Was ist denn mit dir los?« Sie kam verzweifelt rüber.

»Das Meer ist da draußen, ich kann das Zimmer nicht verlassen, die Balkontür nicht öffnen. Das Monster liegt genau davor. Verstehst du?«

»Aber wieso bist du denn auf die Insel geflogen?«

»Ich weiß nicht, es ist passiert.«

»Okay, jetzt mal von vorn.« Ich hörte Judiths schweren Atem. »Du hast, ohne dir bewusst zu sein, was du machst, eine Reise auf eine Insel gebucht. Bist dort angekommen und verbringst die Zeit im Zimmer. Und dieser Reiseleiter hat sich um dich gekümmert und ist seit zwei Tagen nicht mehr bei dir gewesen. Habe ich das richtig verstanden?«

Judith konnte meine wenigen Aussagen oft passend zusammenfügen. Gewohnt seit unserer Kindheit, dass ich hin und wieder unzusammenhängend erzählte.

»Er hat mich aus der Hotelanlage geführt, mit verbundenen Augen, wir wollten zu einer Bergkirche. Ich bin umgeknickt und wir verschoben unser Vorhaben auf den nächsten Tag. Doch er ist nicht mehr gekommen und ich gehe nicht alleine raus. Das Zimmermädchen spricht kein Englisch, also konnte sie mir keine Antwort geben. Ich habe ihn wohl verschreckt mit meiner Art. Obwohl ...«

»Obwohl was?«

»Er kam mir eher fürsorglich vor.«

»Hast du bei der Rezeption nachgefragt?«

»Nein, ich weiß nicht, ob es den Angestellten erlaubt

ist, engen Kontakt zu den Gästen aufzubauen. Ich will ihm keine Schwierigkeiten machen.«

»Hat er keine Bürozeiten? Das haben die Reiseleiter, damit sie Ausflüge verkaufen können oder den Gästen helfen, wenn es Probleme mit dem Hotel gibt. Ich kann mir nicht vorstellen, dass es auf Kreta anders sein soll. Wenn wir in Urlaub fahren, ist es auf jeden Fall so, dass ein Ansprechpartner seine festen Zeiten hat.«

»Judith! Du bist unschlagbar. Ich rufe bei der Rezeption an und frage nach. Bleib dran.« Ich sprang auf und ging zum Telefon auf dem Bettschränkchen. Wählte die Nummer der Rezeption, fragte nach. »Stell dir vor Judith, der ist gar nicht da. Ein Notfall in der Familie. Sein Ersatz wird morgen erst erwartet, falls Leftéris nicht zurückkommt. Das heißt, er musste nach Athen, denn seine Frau und die drei Kinder leben dort.«

»Er ist verheiratet und hat Kinder? Oh, Ariane, worauf hast du dich da eingelassen?« Judiths entsetztes Gesicht konnte ich mir bildlich vorstellen.

»Warte, warte. Ich bin nicht in ihn verknallt und er hat nie irgendwelche Andeutungen gemacht, sondern mir geholfen aus meinem mir selbst auferlegten Gefängnis zu kommen.«

»Ariane, brauchst du Hilfe? Soll ich kommen?«

Ich hörte in mich hinein. Wollte ich Judith an meiner Seite? Wäre sie mir eine Hilfe? Nein, ich kannte sie zu gut, sie würde mir vorschreiben wollen, wie ich mich zu verhalten hätte. Bei aller Liebe zu ihr, das wollte ich nicht. Dann würde ich eben bis zur Abreise im Zimmer ausharren. Die Frage blieb, wie ich zum Bus gelangen würde für den Transfer zum Flughafen. Für die Problemlösung hatte ich eine Woche Zeit zum Nachdenken.

»Nein, ich muss da allein durch. Kannst du das verstehen?«

»Ruf mich an, wenn du mich brauchst. Auch wenn ich ziemlich sauer auf dich bin, dass meine Familie alleine Urlaub macht und ich im Büro hocken muss.«

Schuldgefühle! Da waren sie wieder. Schnell beendete ich das Gespräch mit einem gemurmelten »Es tut mir leid.«

Fünf weitere Tage verbrachte ich in Einzelhaft. Jeden Tag wurde die Wut auf mich selbst größer. Es konnte nicht angehen, dass eine Frau in den Vierzigern solch eine Versagerin war. Genau so sah ich mich, als Versagerin in allen Lebenslagen. Das stimmte nicht ganz, ich hatte beruflich enormen Erfolg, einige gute Freunde und meine Vertraute Judith. Auf Partys war ich gerne gesehen und wurde oft zu Events eingeladen. Funktionierte, denn ich zeigte niemandem mein wahres Ich. Meine Beziehungen, wenn es überhaupt so weit kam, scheiterten daran, dass ich nicht zusammen mit dem Partner in der Badewanne liegen wollte, Schwimmbäder mied, keine Spazierwege in der Natur wagte, die um einen See herumführten, und Reisen ans Meer strikt ablehnte. Die meisten Bekanntschaften bevorzugten einen Urlaub mit Sonne, Sand und Meer. Streit, Missverständnisse und meine Ausreden gehörten zur Tagesordnung und hielten keiner intakten Beziehung stand. Das Ende war bereits am Anfang abzusehen, denn ich sprach nach einigen Niederlagen sofort beim Kennenlernen über meine Phobie. Unsicher, was die Männer dachten, die mich trotzdem wiedersehen wollten, um sich nach kurzer Zeit aus meinem Leben zu schmuggeln. Ich spielte mit nicht ganz offenen Karten. Meine Therapiestunden verschwieg ich bei Interessenten, das ging niemanden etwas an. Die Behandlungen brachten eh nichts und ich wollte mir nicht vorwerfen lassen, dass ich mein Geld zum Fenster rausschmiss. Das war meine eigene Entscheidung. Oft ging ich davon aus, dass die Männer, die ich kennenlernte, sicherlich darüber lächelten, sich das Ganze ansehen wollten, um mich dann auf den Weg ohne Phobien zu führen. Um als Retter meiner Person, als Held dazustehen. Jeder einzelne Mann scheiterte und irgendwann gab ich die Suche nach dem Partner an meiner Seite auf.

In achtundvierzig Stunden konnte ich endlich die Insel verlassen. Glücklich darüber, dass ich wenigstens genügend Lesestoff hatte, denn mein Zimmer verfügte über einen WLAN-Anschluss. So konnte ich mir E-Books und Spiele aus dem Netz herunterladen. An jenem Abend fiel mir sprichwörtlich die Decke auf den Kopf. Mein Koffer stand bereits gepackt vor dem Schrank. Nur die Toilettenartikel und die letzten Kleidungsstücke fehlten. Einem Löwen im Käfig gleich lief ich durchs Zimmer, horchte an der Balkon- und Eingangstür. Zikaden zirpten, die Sonne schien langsam unterzugehen, die Schatten im Raum wurden länger. Windstille, ich hörte das Meer nicht rauschen. Ich legte die Hand auf die Klinke, drückte sie hinunter. Nein, ich konnte die Tür unmöglich öffnen. Ich hieb mit den Fäusten aufs Holz der Läden und weinte bitterlich. In der Nacht kam ich zu dem Entschluss, am nächsten Abend das Zimmer zu verlassen, wenn es dunkel genug schien, dass ich mir sicher sein konnte, das Meer nicht zu sehen. Mit dem Gedanken: Morgen Nacht! Du schaffst es!, fiel ich in einen unruhigen Schlaf.

Den ganzen Tag lief ich zwischen Bett und Badezimmer nervös hin und her. Meine Gedankenwelt drehte sich um das nächtliche Entkommen. Das Mittagessen ließ ich ausfallen, mein Magen krampfte und Übelkeit machte sich breit. Da musste ich durch! Versuchte tief ein- und auszuatmen, holte mir die Worte der Therapeuten aus der tiefsten Gehirnecke ans Licht. ›Sie müssen sich der Situation stellen, nicht davor weglaufen. Je öfter Sie diesen Schritt wagen, desto mehr wird sich Ihr Angstgefühl verringern und Sie mit Stärke daraus hervorgehen. Es ist in Ihnen, Sie müssen nur den ersten Schritt wagen, diesen Weg zu gehen. Was kann Ihnen schon passieren? Wenn Sie spüren, dass Ihnen schwindlig wird, lehnen Sie sich irgendwo an, beobachten Sie Ihre Umwelt. Sie werden erkennen, niemand möchte Ihnen etwas Böses tun. Atmen Sie bewusst tief ein und aus, um sich zu entspannen. Laufen Sie nicht weg, sondern gehen Sie mit kleinen Schritten aufs Gewässer, Ihre Angstquelle zu. In Ihnen steckt mehr Kraft, als es Ihnen selbst bewusst ist. Sie haben nichts zu verlieren, nur zu gewinnen. Sie werden es schaffen.‹

Und jedes Mal, wenn ich diese Sätze zu hören bekam, hatte ich gedacht: Du weißt doch gar nicht, wie das ist, solche Ängste auszuhalten. Dir geht es gut, du verdienst dein Geld mit klugen Sprüchen. Keiner der Therapeuten litt an irgendwelchen Phobien. Ob das der Wahrheit entsprach, fragte ich mich gerade jetzt und nie zuvor. Vielleicht hatten die Ärzte eine Angststörung und konnten sie genauso gut vor anderen Menschen verstecken wie ich. Andererseits, wieso sträubte ich mich derart, auf die Ratschläge einzugehen? Aus Bammel? Vor was? Richtig, das Meer, der Fluss, der See und die Badewanne. Ich könnte weitere Orte aufzählen, vor denen ich geflüchtet war. Geflüchtet! Genau das sollte ich vermeiden. Sobald ich das Kribbeln spürte, die Luft dünner wurde, war ich weg, bevor der komplette Ausbruch kam. Denn der war heftig, für mich und das Umfeld, in dem ich mich befand. Darum versuchte ich, bevor es richtig losging, eine Ausrede zu finden und machte mich aus dem Staub. Fuhr oder rannte nach Hause, um es dort über mich ergehen zu lassen. Meistens saß ich in einer Flurecke, die mir Sicherheit vorgaukelte. Von dort konnte ich meine Umgebung im Blick behalten.

Johann, der nette Buchhalter aus unserem Büro, er hatte einen Ausbruch miterlebt und direkt danach gekündigt. Er fand mich nett, flirtete. Ich fühlte mich geschmeichelt, ging darauf ein. In der Kaffeeküche trafen wir uns heimlich, jede Stunde auf einen anfangs kurzen Plausch, später auf leidenschaftliche Küsse. Nach zwei Wochen reichte uns beiden dieses heimliche Abknutschen nicht mehr. Wir wollten uns berühren, alleine sein ohne die Befürchtung, gleich öffne sich die Tür und wir würden erwischt. Unsere aufgestauten erotischen Gefühle ausleben.

Johann sprach von einem kleinen Häuschen in einer ruhigen Gegend. Gerne! Am Wochenende ging es los. Voller Vorfreude packte ich wenige Sachen in den Koffer und malte mir die kommenden Tage bunt und atemberaubend aus. Als Johann mich abholte, schien meine Welt in Ordnung. Vor Glückseligkeit schwebte ich fast. Nach einer Stunde Fahrt und dem Abbiegen in ein Waldstück stellte sich Beunruhigung ein. Ein Schild mit der Beschriftung, dass es zum Weiher gehe, war mir am Straßenrand aufgefallen. Ich schluckte trocken, starrte aus dem Fenster, suchte die Gegend ab, ruckelte nervös auf dem Sitz hin und her.

Logisch, dass mein Rumwursteln Johann auffiel. »Hast du etwas?«

Ich knetete die Hände, gab keine Antwort.

»Ariane, was ist los? Ist dir übel?« Er schien besorgt, denn er hielt den Wagen auf der Stelle an. Zu spät, ich hatte die schimmernde Wasseroberfläche bereits im Visier. Hastig öffnete ich die Tür und stürzte hinaus, lief in die Richtung, aus der wir zuvor gekommen waren.

»Ariane, was ist denn los?«, rief Johann.

Ich blickte mich nicht um, lief, als wäre der Teufel wahrhaftig hinter mir her. Johann folgte, ich konnte seine schweren Schritte ausmachen. Es kam mir vor, als würde der Waldboden beben, ich stolperte, fing mich, lief weiter, bis zur Hauptstraße. Ich keuchte. Johann hatte mich eingeholt, er stellte sich vor mich mit geöffneten Armen, sodass ich vorerst nicht an ihm vorbeikam. Das versetzte mich in eine solche Panik, dass ich ihn am Hemdkragen packte und die Hände sich darin verkrampften. Angstvoll suchte ich seinen Blick und schrie: »Merkst du nicht, ich sterbe, ich sterbe!«

»Was ist los?« Verdattert sah er mir in die Augen, versuchte meine Hände zu lösen, denn ich faste ganz schön fest zu. Er hustete, wehrte sich gegen den Griff, der noch fester wurde.

Ich schüttelte ihn. »Verdammt, ich sterbe!«

»Ganz ruhig, Ariane, ganz ruhig.« Sanft legte er seine Hände auf die meinen. »Ganz ruhig«, wiederholte er.

»Hilf mir!« Ich ließ ihn los und sank zu Boden. Dort krümmte ich mich zusammen. Er beugte sich über mich, sprach beruhigend auf mich ein, strich mir über den Rücken. Wartete geduldig den Heulkrampf ab. Erst als ich mich ein wenig beruhigte, erlaubte ich mir, ihn anzusehen. Johann setzte sich hinter mich, nahm mich in den Arm.

»Magst du mir sagen, was passiert ist?«, sprach er leise und gab mir zärtlich einen Kuss aufs Ohr. In dem Moment spürte ich, dass er zitterte.

»Ich habe Angst vor Wasser.«

Abrupt ließ er mich los, stand auf.

»Du hast was?«

Ich sah zu ihm auf. »Ich habe den Weiher gesehen.«

»Ariane, du willst mir jetzt weismachen, du bist so ausgerastet, weil du den See gesehen hast?«

»Ja.«

Johann tippte sich mit dem Finger an die Stirn. »Du spinnst doch. Weißt du, was für einen Schrecken du mir eingejagt hast? Du hast geschrien, du würdest sterben. Glaubst du, so einen Satz stecke ich mal so eben weg?«

»Es tut mir leid, aber so habe ich mich gefühlt.«

»Soll das hier eine Prüfung sein, ob ich es wert bin? Ich meine, ob ich zu dir stehe, wenn du austickst? Was für eine Show ziehst du ab?«

»Ich leide an Angstzuständen, wenn es um Wasser geht.« Ich wischte mir die Tränen vom Gesicht, fühlte mich ausgelaugt und schlapp und wünschte, ich könnte im Erdboden versinken.

»Davon hast du mir all die Wochen nichts gesagt. Und um ehrlich zu sein, ich nehme dir das nicht ab. Lass uns fahren, ich habe keinen Bock auf solche Spielchen.«

Wir sprachen niemals mehr darüber, er mied mich im Büro und die Zusammenarbeit wurde unerträglich. Er kündigte und ging, ohne sich von mir zu verabschieden. Judith versuchte mir in der Zeit beizustehen. Sie überlegte Johann zu erklären, dass ich wirklich an diesen Anfällen litt. Doch Judith konnte nicht vermitteln, da sie selbst nicht wusste, wie sie mit meiner Panik umzugehen hatte. Am liebsten gar nicht. Dieses Erlebnis mit Johann lag viele Jahre zurück. Wieso erinnerte ich mich ausgerechnet jetzt daran? Weil er der erste Mann war, der einen meiner Anfälle miterlebte. Bei all den vorherigen und folgenden Bekanntschaften verzog ich mich, bevor es zu einem totalen Ausbruch kam. Sie hatten die harmlosen Versionen mitbekommen. Die hatten voll und ganz ausgereicht, sie in die Flucht zu schlagen.

Auf dem Bett sitzend wartete ich ab, dass die Dunkelheit sich einstellte. Dabei beobachtete ich die mir vertrauten Schattenrisse. Hin und wieder stand ich auf, horchte an

der Tür. Es schien stürmisch zu sein. Die Brandung un-
überhörbar. Als wenn sich das Meer am heutigen Tag
gegen mich stellte. Ich zweifelte, ob ich den Mut aufbringen würde, die Tür zu öffnen und mich dieser Gefahr
auszusetzen. Elf Stufen waren es, die ich blind hinunter-
steigen wollte. Dann links herum, nicht auf den Personaltrakt zu, die entgegengesetzte Richtung. Das Meer läge
zu meiner Rechten und ich würde mich auf die linke Seite konzentrieren. In meinen Überlegungen müssten sich
dort weitere Appartementhäuser befinden. Und wenn
ich damit falsch lag? Nicht möglich, denn das Meer
konnte nicht die komplette Anlage umgeben. Das hätte
ich mitbekommen an dem Abend mit Leftéris. Die Be-
leuchtung ließ ich aus, um genauestens die Dunkelheit
zu erfassen. Ich tastete mich zum Wecker, von dem eine
kleine Lichtquelle ausging. Kurz vor zweiundzwanzig
Uhr. An der Zeit, mein Vorgehen zu wagen. Das Meer
schien aufbrausend auf mich zu warten. Nein! Ein
Schnippchen würde ich dem nassen Ungeheuer schlagen,
indem ich die Stufen blind überwand und mich dann
vom Ufer entfernte, ins Landesinnere.

   Ich griff die Jacke, zog sie über, schritt zur Tür. Ganz
sicher fühlte ich mich nicht auf meinen Beinen. ›Laufen
Sie nicht davon, machen Sie, was Sie sich vorgenommen
haben‹, kam mir der Satz eines der Therapeuten ins Gedächtnis. Meine Hand umklammerte die Klinke. Vorsichtig drückte ich sie hinunter und öffnete mit bereits geschlossenen Augen. Bloß kein Risiko eingehen! Gänse-
füßchen gleich tastete ich mich zum Geländer, zur ersten
Stufe hin. Fing an zu zählen. Meine Güte, ich hatte regel-

recht Pudding in den Beinen. Weder das Kribbeln, noch die aufsteigende Panik hatten sich bis jetzt gezeigt. Halt! Ich hielt kurz inne. Nicht daran denken, Ariane, damit beschwörst du sie herauf. Konzentriere dich auf die Stufen!

Neun, zehn, elf. Puh, die erste Etappe geschafft. Nun nach links drehen, dann Augen auf und los. Noch reagierte mein Körper ganz normal. Irgendwie überkam mich eher ein kleines Glücksgefühl, dass ich bis hierhin gekommen war.

»Guten Abend.« Mir kam ein junges Paar entgegen, sie blieben stehen. Anscheinend waren sie auf ein Gespräch aus.

Ich grüßte zurück, ging an ihnen vorbei. Auf einen Plausch wollte ich mich nicht einlassen, meine mir auferlegte Aufgabe musste ich durchführen und mich von nichts und niemandem auf- oder abhalten lassen. Ich ging über einen aus Naturstein angelegten Pfad. Er führte an Appartementhäusern vorbei. Der Weg war gut ausgeleuchtet, so erlaubte ich mir hin und wieder einen Blick auf die Terrassen, wo sich Gäste niedergelassen hatten. Ihre Stimmen drangen leise an mein Ohr. Kerzenlichter flackerten geschützt in Glasbehältern. Einen solch romantischen Abend würde ich gerne mit einem mich liebenden Partner verbringen wollen, ging es mir durch den Kopf.

Kein Trübsal blasen!, rügte ich mich selbst. Hinter der letzten Unterkunft lag hell beleuchtet ein Parkplatz. In einem Bretterhaus saß ein Wächter, er sah zu mir herüber, grüßte freundlich. Nun stand ich da und wusste für einen Moment nicht weiter. Denn zu meiner Rechten befand sich ein Holzzaun, da gab es kein Weiterkommen. Somit lenkte ich die Schritte zwischen die geparkten Autos hindurch und erreichte nach einer Weile die Hauptstraße.

Erleichtert atmete ich auf. Ich hatte es geschafft, aus meinem Käfig zu entfliehen. Ein Auto fuhr an mir vorbei. Der Fahrer hupte zum Gruß. Die Straßenlaternen leuchteten den Weg aus. Obwohl der Wind heftig wehte, war es eher angenehm als kalt. Ich überlegte, welche Richtung ich einschlagen sollte und entschied mich für rechts. Der Wind riss an der Jacke und wirbelte die Haare durcheinander. Das tat mir gut nach den letzten Tagen, in denen ich dahinvegetiert hatte. Ich unterließ es in mich hineinzuhorchen, aus Furcht, ich könnte die bösen Geister damit hervorrufen. Von nun an sagte ich mir, ständig wiederholend: »Ich habe es bis hierher geschafft, ich gehe weiter.«

Eine gute Strecke hatte ich bereits hinter mich gebracht. Nicht ein einziges Mal drehte ich mich um, sondern schaute nach vorn. In der Ferne erkannte ich Lichter, die von Häusern stammten. Ich ging davon aus, dass es sich um ein Dorf handelte. Eine Straße führte hinunter, anscheinend zum Ortseingang.

Das Meer kam mir lauter vor, ich war wohl näher herangekommen. Kurz kam ein Kribbeln auf. Spontan entschied ich geradeaus zu gehen und mir dann eine Seitenstraße zu suchen, die ins Dorf führte. Hinter einem Eckgebäude führte ein schmaler Pfad hinunter. Mein Blick suchte die Umgebung ab. Hier reihte sich ein Haus ans andere. Schmale Bauten, die in die Jahre gekommen waren. Auf den Außenmauern machte ich Risse aus, die Farbe war stellenweise abgeblättert. Licht schimmerte durch die kleinen Fenster. Ich blieb stehen, ließ mich auf die Geräuschkulisse ein. Das Meeresrauschen hatte an Stärke verloren, es lag also eine akzeptable Entfernung zwischen uns. Die ersten Schritte führten über eine Schotterstraße, doch kurz darauf spürte ich Asphalt unter den Füßen. Vor zwei Häusern saßen ältere Ehepaare und unterhielten sich. Beim Vorbeigehen grüßte ich und bald schon hatte ich die Dorfmitte erreicht. Ich war mir bewusst, geradeaus konnte ich nicht weitergehen, denn dort würde ich aufs Wasser stoßen. Somit entschied ich mich den linken Weg einzuschlagen. Hoffentlich würde ich später zurückfinden, doch den Gedanken schob ich schnell beiseite, denn wichtiger war für mich, erst einmal irgendwo anzukommen. Die Dorfstraße bestand aus Kopfsteinpflaster. Auf beiden Seiten standen einstöckige Häuser. Die meisten waren weiß angestrichen und hatten blaue Fensterläden. In Reiseführern hatte ich einmal gesehen, dass in Griechenland die Häuser oft so aussahen. Unterschiedlich geformte Terrakottakübel standen in den Eingängen, meist mit Dattelpalmen bepflanzt. Richtig urig. Ich spürte Freude.

Vielleicht könnte ich eines Tages im Sonnenlicht ... Schließlich befand ich mich auf meinem ersten Weg zur Heilung. Du meine Güte, Ariane! Du bist ganz schön euphorisch. Ich musste lächeln. Mir war klar, dass ich nicht durch eine einzige Herausforderung, der ich mich stellte, über fünfunddreißig Jahre Panikanfälle heilen konnte.

Nein! Nicht darüber nachdenken, fokussiere dich auf den Weg, geh weiter.

Ich kam an einer kleinen Bar vorbei. Einheimische und Urlauber verschiedener Altersgruppen saßen drinnen an weißen Tischchen, die mit Muscheln und Kerzen dekoriert waren. Sehnsüchtig schaute ich zum Fenster hinein. Jemand winkte mir zu, ich drehte mich sofort weg und marschierte weiter.

Jetzt erst bemerkte ich, dass ich mich an einer Felsküste befand. Für einen kurzen Moment schwankte ich. Wie konnte ich mich in diese Situation bringen, hatte ich nicht vorher ständig darauf geachtet, dass ich dem Meer nicht zu nahe kam? Abrupt blieb ich stehen, mein Atem wurde schneller, ich schluckte. Mein Hals war von einer Sekunde auf die andere ausgetrocknet. Ich hustete. Was sollte ich machen? Wie angewurzelt stand ich dort. Musik und Gelächter aus der Bar klangen an mein Ohr, die Wellen bollerten im Kopf und der Herzschlag stieg an. ›Schauen Sie sich Ihre Umgebung an, niemand möchte Ihnen etwas Böses.‹ Der Seelenklempner hatte gut reden. ›Suchen Sie sich einen Punkt aus und konzentrieren Sie sich darauf.‹

Dunkelheit umgab mich, bis auf das schwache Licht der Straßenlaternen. Wo sollte ich hinschauen? Umdrehen zur Bar? Zu gewagt. Zur Rechten lag das Meer, somit unmöglich. Und zur Linken? Langsam drehte ich den Kopf. Hohe Bretterwand mit unzähligen Werbeplakaten. In meiner Not blickte ich zum Himmel. Bewölkt, kein Wunder bei dem Sturm. Der Mond? Nicht auszumachen. Um Hilfe könnte ich rufen, doch dann müsste ich mich als Psychopath entlarven. Tief ein- und ausatmen, tief ein- und ausatmen, tief ein- und ausatmen. Ein Mantra wurde daraus. Erstaunlicherweise half es tatsächlich. Ein wenig entspannte ich mich, wurde ruhiger, atmete normal und kam langsam aus meiner Starre heraus. Und dann hörte ich eine Stimme, die mich rief.

»Komm hier herüber.«

Woher kam sie? Umzudrehen traute ich mich weiterhin nicht.

»Nun komm schon, ich warte auf dich.«

Wer sollte an diesem Ort auf mich warten? Eine männliche Stimme, das hatte ich erkannt. Leftéris? Wollte er mir helfen mit der Situation besser umzugehen, meine Angst komplett zu überwinden? Nach so vielen Tagen war er endlich wieder da. Mein Herz machte einen Sprung. Mein Retter!

Vorsichtig setzte ich einen Schritt vor den anderen. So ganz traute ich mir selbst nicht zu, weiter geradeaus zu gehen, denn dort brachen die Wellen heftig an die Felsen. Egal, Leftéris wartete auf mich.

»Komm näher, komm zu mir.« Ich folgte der Anweisung.

»Da bist du endlich. Bleib stehen.«

Irgendwie fühlte ich mich wie in Trance. Gebannt hörte ich auf die Stimme. Die letzte Laterne lag ein Stück entfernt, ich starrte in die Dunkelheit, versuchte die Augen daran zu gewöhnen.

»Dreh dich zu mir hin.«

»Wohin?«, flüsterte ich.

»Hierhin.«

»Zum Meer? Aber ...«

»Mach es.«

Langsam kam ich der Aufforderung nach, spürte die Gischt im Gesicht. Ich schloss die Augen, da ich Angst verspürte hinzuschauen.

»Geh einen Schritt nach vorn und dann lass dich fallen, ich fang dich auf.«

»Bitte?«

»Ein einziger Schritt.«

Blind tastete ich mich vor.

»Breite die Arme aus und lass dich fallen.«

Der Wind riss an der Jacke, das Meer brauste auf. Ich streckte die Arme aus, bereit mich fallen zu lassen. Auf einmal spürte ich, wie mir jemand seinen Arm um die Bauchmitte legte und mich nach hinten zog. Mit einem herzzerreißenden Schrei öffnete ich die Augen. Nachdem ich das Gleichgewicht wiedergefunden hatte, drehte ich mich um. Dort war niemand.

Mutterseelenallein stand ich auf der Klippe, einen Schritt weiter und ich wäre in die Brandung gefallen und ertrunken.

»Verdammt, was für ein Spiel wird hier gespielt! Wer sind Sie? Los, zeigen Sie sich. Sie sind wohl total bescheuert. Wollen Sie mich umbringen?« Ich drehte mich im Kreis, versuchte jemanden auszumachen.

Mein Blick fiel auf den Felsen unterhalb von mir, auf dem ich sicherlich beim Sturz geprallt wäre. Erschrocken machte ich dort ein zierliches Kindergesicht aus. Dann wurde es schwarz um mich herum.

Zwei Monate vor der Rückführung

»Ariane.« Judith lief winkend auf mich zu. Ich saß in einem Rollstuhl und wurde von einer Flugbegleiterin geschoben. Meine Freundin kniete sich vor mir nieder, nahm meine Hand. »Was ist passiert?«

Bevor ich antworten konnte, fragte die Stewardess: »Sind Sie Frau Traubenstein, die Freundin von Frau Ariane Schreiber?«

Judith richtete sich auf. »Ja.«

»Können Sie sich ausweisen?«

Judith kramte in der Tasche und zog den Personalausweis hervor.

»Gut, dann übergebe ich hiermit Frau Schreiber an Sie. Könnten Sie bitte aus dem Rollstuhl aufstehen?« Die junge Frau sah mich an.

Natürlich konnte ich, obwohl mir schummrig im Kopf war.

»Werden Sie klarkommen?«

Ich nickte. Judith bedankte sich und die Begleiterin verschwand schnellen Schrittes. Meine Freundin stütze mich, mit der anderen Hand zog sie den Trolley hinter sich her. Mir schwindelte gewaltig.

»Ich muss mich setzen«, flüsterte ich und sie führte mich zu einer Stuhlreihe im Flughafengebäude. Erschöpft ließ ich mich fallen und wäre sofort eingeschlafen, wenn Judith mich nicht am Arm gerüttelt hätte.

»Magst du mir erklären, was passiert ist.« Sie setzte sich neben mich.

»Auf diesem Felsvorsprung ... mir wurde schwarz vor Augen, als ich wach wurde, lag ich im Arztzimmer des Hotels. Ein Pfleger kümmerte sich um mich, verabreichte mir ständig irgendwelche Beruhigungsmittel, die mich in einen Schlummerzustand versetzten. Der Reiseleiter half mir am nächsten Tag in ein Taxi und brachte mich zum Flughafen. Dort wurde ich dem Flugpersonal übergeben, doch zuvor musste ich weitere Tabletten schlucken, die der Arzt mitgegeben hatte. Ich habe vom Flug nichts mitbekommen. Erst nach der Landung wurde ich geweckt. Judith, ich bin müde, bringe mich nach Hause.«

»Du kommst mit zu mir.«

»Warum? Ich bin froh, endlich in meine eigenen vier Wände zu kommen und erst mal auszuschlafen.«

»Ich kann dich nicht alleine lassen.«

»Weil die mich mit Pillen vollgepumpt haben? Eigentlich gar nicht so übel, bin ich wenigstens ohne Panikanfall von der Insel gekommen.« Langsam stand ich auf und wollte endlich los.

Judith hielt mich am Ärmel zurück. »Kannst du dich an alles erinnern, was zuvor passiert ist, als dir schwarz vor Augen wurde?« Mir kam ihr Blick äußerst besorgt vor.

»Natürlich, ich hatte es gewagt das Hotelzimmer zu verlassen und auf einmal stand ich auf der Klippe am Meer. Vor Schreck fiel ich in Ohnmacht. Jetzt bringe mich bitte endlich nach Hause.« Wieder versuchte ich zum Ausgang zu gehen. Ich wollte schlafen, damit dieses Zeug aus meinem Körper kam.

»Ariane«, sagte Judith ganz leise.

Ich drehte mich zur Seite. »Ja?«

»Du wolltest dich umbringen, hat der Hotelmanager mir am Telefon gesagt.«

»Bitte?«

»Ihm wurde der Vorfall berichtet. Mit ausgestreckten Armen hättest du auf dem Felsen gestanden und vorgehabt zu springen. Im letzten Moment wärest du nach hinten getaumelt.«

»Wer hat das behauptet? Das ist unglaublich.«

»Der Reiseleiter hatte dich dabei beobachtet.«

»Lass uns gehen.«

»Wir fahren zu mir.«

»Wenn ich dann ins Bett kann, soll es mir recht sein.« In dem Moment war mir alles egal, Hauptsache ich konnte endlich schlafen.

Am folgenden Tag erwachte ich in Judiths Gästezimmer. Nach der Helligkeit zu urteilen, schien es bereits später Vormittag zu sein. Endlich konnte ich mit offenen Rollos schlafen, ohne Angst davor einen Meeresblick zu erhaschen. Lichtblitze schimmerten vor meinen Augen. Erinnerungen kamen hoch. Ich stand tatsächlich auf der Klippe mit ausgestreckten Armen, wollte mich fallen lassen. Aber ich hatte nie und nimmer an Selbstmord gedacht! Was war auf der Insel passiert? Ich horchte in mich hinein, suchte nach Antworten. Da war etwas. Das Gesicht eines Kindes! Auf dem Felsbrocken unterhalb von mir. Verwirrt über diesen Gedanken rieb ich mir übers Gesicht. Werde wach, Ariane, das kann nicht sein.

Dass musst du dir eingebildet haben. Verdammt, du steckst ganz tief in der Scheiße. Aus der Nummer wirst du ohne Blessuren nicht rauskommen. Konnte ich überhaupt mit jemandem darüber sprechen? Ich musste erklären, dass ich mich nicht umbringen wollte, sondern diese Stimme, dieses Kind mich zu sich gerufen hatte. Schrie es um Hilfe? Hatte ich die Stimme nicht männlich eingestuft? Ich hatte gedacht es wäre Leftéris gewesen. Das war eine Täuschung, durch das Meer war die Stimme sicherlich verzerrt worden. Ich musste Judith fragen, ob jemand ihr gesagt hatte, was mit dem Kind passiert war. Und wenn ich mir das alles eingebildet hatte? Nein, Judith konnte ich nichts erzählen, das würde unsere Freundschaft nicht durchstehen. Sie hatte nie meine Angstzustände verstanden, wie sollte sie da mit einer kindlichen Felsenstimme umgehen können.

Es klopfte.

»Ich bin wach, komm rein.«

Nicht Judith steckte den Kopf durch die Tür, sondern meine Mutter. Sie hatte aufgequollene Augen. Das bedeutete, sie hatte geweint. War etwas mit meinem Vater passiert? Ich konnte mich direkt beruhigen, er betrat nach ihr das Zimmer. Im Rücken legte ich mir das Kissen zurecht und setzte mich auf.

»Was macht ihr denn hier?«, fragte ich erstaunt und sah von einem zum anderen. Mutter verzog den Mund, es sah aus, als würde sie unterdrücken wollen loszuheulen.

Was ging hier vor?

In Zeitlupentempo ließ sie sich auf der Bettkante nieder, streichelte mir, wie in Kindertagen, über die Wange.

»Ariane, mein armes Kind«, flüsterte sie. Mein Vater nickte, während er die Hände auf die Bettlehne stützte.

»Wieso? Was ist passiert?«

»Das fragst du?«

»Ja.« Ich dehnte das a, um meine Unverständlichkeit zu untermauern.

Mutter griff meine Hand. »Du wolltest dir das Leben nehmen.«

»Fangt ihr auch damit an? Das stimmt nicht. Ihr kennt mich doch. Traut ihr mir das wirklich zu?« Entsetzt sah ich von einem Elternteil zum anderen. Unglaublich, aber beide nickten. Ich schob die Bettdecke zurück und sprang auf. »Sagt mal, spinnt ihr alle?« Aufgebracht lehnte ich mich an die Fensterbank, verschränkte die Arme vor der Brust.

Judith kam ins Zimmer, schloss die Tür hinter sich. »Meine Kinder müssen nicht alles mitbekommen. Könntest du ein wenig leiser sprechen?«

»Entschuldige, ich wollte nicht laut werden. Doch meine Eltern behaupten allen Ernstes, ich wollte mir das Leben nehmen! Kannst du dir das vorstellen?« Die Augen richtete ich starr auf meine Freundin, erhoffte Beistand. Sie schien angestrengt zu überlegen, denn auf ihrer Stirn zeichneten sich Falten ab. Niemand sprach für einen Moment, alle stierten mich an.

»Wir haben heute Morgen mit deinem Therapeuten gesprochen«, sprudelte es aus dem Mund meines Vaters heraus.

»Darf ich fragen, warum?« Gewaltig brodelte es in mir.

Meine Eltern hatten sich in all den letzten Jahren nicht ein einziges Mal darum geschert, dass ich mich in Behandlung befand. Gut, als ich Kind war, hatten sie mich begleitet. Nach meinem achtzehnten Geburtstag hatten sie das Thema nicht mehr angesprochen. Und nun waren sie hinter meinem Rücken zum Arzt gegangen. Für mich ein enormer Vertrauensbruch.

»Er wird gleich hier sein«, teilte Judith mit.

»Und warum, wenn ich fragen darf?« Hatten die Medikamente eine Nachwirkung und ich bildete mir das, was hier vor sich ging, alles ein oder gehörte es zur Realität?

Meine Freundin drehte den Schlüssel im Schloss um.

»Was machst du da?«

»Wir wollen nicht, dass du wegläufst.« Vater kam einen Schritt auf mich zu, ich hob abwehrend die Hand, er blieb stehen.

»Warum weglaufen? Vor was?« Ich sah aus dem Fenster, erkannte einen Krankenwagen. Irgendjemand im Haus schien ihn gerufen zu haben. Irgendjemand? Ich zählte eins und eins zusammen. Hilfe, was passierte hier gerade?

»Was habt ihr vor?«, schrie ich, während ich versuchte das Fenster zu öffnen.

Kindersicherung, kein Entkommen möglich. Meine Eltern und meine beste Freundin hielten mich gefangen, um mich dann …

Diagnose: Suizidgefährdet! Die Menschen, die mir am nächsten standen, wollten mich einweisen lassen. In eine geschlossene Klinik. Der Therapeut kam zuerst ins Zimmer, danach die Pfleger. Zu dritt hielten sie mich fest, gaben mir eine Beruhigungsspritze. Im Schlafanzug wurde ich auf die Trage geschnallt. Bevor sie mich aus dem Zimmer trugen, sah ich Judith bittend an. Sie weinte.

»Hilf mir, Judith, bitte, hilf mir«, flehte ich. Sie wandte den Kopf von mir ab. Meine Eltern würdigte ich keines Blickes. Ich hörte Mutters wehleidiges Aufschluchzen und verspürte kein bisschen Mitleid mit ihr. Niemand wollte mir glauben, dass ich mich nicht umbringen wollte. Ganz alleine würde ich einen Ausweg finden müssen, die Ärzte davon zu überzeugen, dass ich gesund war und nur unter Aquaphobie litt. Doch vielleicht schien das Grund genug zu sein, mich hinter verschlossene Türen zu bringen.

Nein! Es gab Millionen von Menschen die Phobien hatten und die wurden nicht weggesperrt.

In einem Dreibettzimmer wurde ich untergebracht. Durch die verabreichten Medikamente überfiel mich ständig Müdigkeit, ich hatte keine Kraft mich dagegen zu wehren. Praktisch, dass ich den Schlafanzug anhatte, ging es mir durch den Kopf. Aus meiner Liegeposition sah ich mich im Zimmer um. Vor den Fenstern Gitterstäbe. Die Wände cremefarben gestrichen, kein einziges Bild hing zur Dekoration an ihnen. Die Betten standen nebeneinander. Meins am Fenster, das mittlere war unbelegt, denn eine Plastikhülle lag darüber. An der Tür eine Frau, ich schätzte sie um die sechzig, sie schlief. Eine Schwester kam herein.

»Hallo, Frau Schreiber, ich bin Schwester Lydia, wie fühlen Sie sich?« Sie trat ans Bett, tastete den Puls, schaute auf die Infusion, die in meine Armvene lief, verstellte die Geschwindigkeit der Verabreichung.

»Kann ich einen Arzt sprechen?«, fragte ich.

»Die Visite ist morgen früh erst wieder.«

»Es wird doch ein Arzt auf der Station sein, oder?« Ich wischte mir über die müden Augen. Was lief da für eine Flüssigkeit in meinen Körper? Langsam kam ein Gefühl von Willenlosigkeit auf. Die Abgeschlagenheit stieg an. Konnte ich überhaupt aufstehen? Ich versuchte es erst gar nicht.

»Sie brauchen Ruhe, ich werde jede halbe Stunde nach Ihnen schauen.« Sie verließ den Raum.

Meine Lider fielen zu, das Denken strengte an. Doch ich musste einen Ausweg finden, einen Arzt, mit dem ich reden konnte. Ich wollte hier raus. Was hatten mir meine Eltern und Judith angetan? Waren sie sich dessen bewusst? Das waren die letzten Gedanken, bevor ich der Realität entschwand.

In den folgenden Tagen kamen der Stationsarzt und der Oberarzt zur Visite vorbei. Ein kurzer Händedruck, gefolgt von »Wie geht es Ihnen«, und bevor ich um ein Gespräch bitten konnte, verließen die weiß Bekittelten bereits den Raum. Vom Tropf war ich befreit. Die Pillen, die mir verabreicht wurden, spülte ich in der Toilette hinunter. Mein Kopf wurde klarer.

Fast den ganzen Tag lauerte ich, auf einem Flurstuhl, um endlich einen Arzt zu finden, der bereit war mich anzuhören. Die Frau, die mit mir auf dem Zimmer lag, schlief unentwegt. Hin und wieder wurde sie zum Essen geweckt, danach dämmerte sie weiter vor sich hin. Einsam und hilflos kam ich mir vor. Ich fühlte mich verraten.

Nicht einmal Judith kam mich besuchen. Meine Eltern konnten mir gestohlen bleiben, mit ihnen wollte ich nichts mehr zu tun haben. Sie standen mir am nächsten und hätten wissen müssen, dass ich niemals dazu fähig gewesen wäre mir das Leben zu nehmen. Warum auch? Bis auf meine Angstzustände ging es mir gut, ich nahm am gesellschaftlichen Leben teil, war Teilhaberin einer florierenden Steuerkanzlei und hatte einen kleinen gepflegten Freundeskreis. Tag und Nacht wünschte ich mir Judith herbei und hoffte, sie würde alles aufklären.

»Sie haben Besuch, Frau Schreiber. Kommen Sie bitte mit ins Besucherzimmer«, sagte Schwester Lydia, nachdem ich bereits eine Woche eingesperrt und bis dahin kein Arzt bereit war mich anzuhören. Ich zog mir den Bademantel über und folgte ihr.

»Judith!« Tränen der Erleichterung traten mir in die Augen. Schnell schritt ich auf sie zu, umarmte sie fest.

»Hallo, Ariane, wie geht es dir?« Sie schob mich leicht von sich zu einer Couch.

»Hol mich hier raus. Die pumpen mich mit Pillen voll.« Mein Entsorgen der Medikamente verschwieg ich.

»Ganz schön schwer gewesen, hier reinzukommen.« Sie ging überhaupt nicht auf mich ein.

»Warum?«

»Ich war schon öfters hier, doch mir wurde der Besuch

nicht erlaubt. Sie wollten dein Verhalten eine Woche abwarten.«

»Judith, ich bin Ariane, deine älteste Freundin. Dir habe ich meine tiefsten Gedanken erzählt. Habe ich jemals von Selbstmord gesprochen? Sei ehrlich?«

»Nein. Und deshalb wollte ich dich direkt besuchen, um mit dir in Ruhe alles zu besprechen.« Sie beugte sich näher zu mir, damit niemand unser Gespräch mitbekommen konnte.

»Das heißt, du glaubst mir?« Ich berührte ihre Hand.

Sie drückte leicht zu. »Deine Eltern haben mich überrumpelt. Ich wollte die Verantwortung nicht übernehmen. Kannst du mir bitte verzeihen?« Sie biss sich auf die Unterlippe.

»Mir fehlt jedes Verständnis für das Handeln meiner Eltern. Haben sie wenigstens dir ihre Beweggründe gesagt?«

»Sie waren schockiert, als sie von Kreta erfuhren. Sie hielten es für ein absurdes Verhalten, schließlich kennen sie deine Phobie. Sie konnten es sich nur damit erklären, dass du vorhattest deinem Leben ein Ende zu setzen, und zwar genau dort mit einem Sprung ins Meer, um dich zu befreien.« Judith stand auf, sah sich um. Wir waren alleine im Zimmer, die Tür offen, eine Schwester beobachtete uns vom Flur aus. Judith ließ sich wieder neben mir nieder. »Was machst du den ganzen Tag?«

»Hoffen, dass endlich ein Arzt mit mir spricht und sich meine Version anhört.«

»Das ist bis jetzt nicht passiert?«

»Nein.«

»So stelle ich mir das Gefängnis vor«, kam es leise über ihre Lippen.

»Mit dem kleinen Unterschied, die Insassen wissen, wann sie wieder rauskommen, ich nicht. Schon gar nicht ohne Hilfe.«

»Als ich an der Pforte klingelte und bat dich zu sehen, hat man mich erst mal warten lassen. Der Pfleger ging irgendwohin und kam mit einem Kollegen zurück. Ich musste die Handtasche abgeben, die Jacken- und Hosentaschen ausleeren, damit ich nichts mit reinbringe. Sogar das Obst und die Süßigkeiten haben sie mir abgenommen. Die Sachen würden kontrolliert und dann in dein Zimmer gebracht, sagte der Pfleger mir.«

Ich sah Judith in die Augen. »Wie komme ich hier wieder raus? Ich schwöre dir bei allem, was mir heilig ist, ich wollte mir nicht das Leben nehmen!«

»Inzwischen glaube ich das auch. Denn ich habe am Tag deiner Einweisung mit dem Reiseleiter telefoniert. Ich hab da einfach im Hotel angerufen.«

Gespannt horchte ich auf. »Und?«

»Er konnte sich nicht vorstellen, dass du den Schritt gehen wolltest. Für die anderen Barbesucher sah es danach aus und er ließ sich von ihnen überzeugen. Doch im Nachhinein hat er sich Gedanken gemacht.«

»Zu spät, da saß ich sicherlich bereits im Flieger.«

»Ja.«

»Hat er mich auf dem Felsen stehen sehen?«

»An dem Abend war er aus Athen zurückgekehrt, wollte mit seinen Freunden ein Bier trinken. Er sagte, er hätte dir sogar zugewinkt, als du vorbeigegangen bist.«

»Warte mal, Judith, bevor du weitersprichst.« Ich fasste mich an die Stirn, schloss die Lider und ließ den Abend einem Film gleich am inneren Auge vorbeiziehen. »Ein Mann hat mir gewinkt, doch es war zu dunkel in der Bar, dass ich sein Gesicht erkennen konnte. Das war Leftéris?«

»Scheint so gewesen zu sein.«

Ich atmete auf, um mir gleich darauf die Frage zu stellen: Wie konnte Leftéris mir helfen, aus dieser Klinik zu kommen?

»Und nun?« Ich fühlte, es gab keinen Ausweg für mich, als abzuwarten, bis endlich ein Arzt bereit war mit mir zu reden. Meine einzige Chance.

»Was hältst du davon, wenn ich deinen Therapeuten aufsuche und ihm sage, dass sich bis jetzt kein Doktor um dich gekümmert hat. Und ihm von Leftéris erzähle.« Judith wollte mich damit aufmuntern, nicht die Hoffnung zu verlieren. Einen Versuch war es wert.

Zwei Tage später hatte ich die erste Therapiestunde. Mein Therapeut hatte es geschafft, dass mich die Ärztin endlich zu sich kommen ließ. Aufgeregt und mit feuchten Händen klopfte ich an und wurde hereingebeten.

Eine Frau in meinem Alter empfing mich. »Frau Schreiber, mein Name ist Dr. Pelz, bitte nehmen Sie Platz.« Sie zeigte auf eine Couchgarnitur, kam hinter dem Schreibtisch hervor und setzte sich mir gegenüber in einen Sessel.

»Wie geht es Ihnen?« Sie schlug die Beine übereinander, lehnte sich entspannt zurück.

»Meine Eltern haben mich aus Missverständnissen eingeliefert. Ich gebe zu, ich leide seit meiner Kindheit an Angstzuständen, die ausgelöst werden, wenn ich Gewässer sehe, doch ich habe nicht im Traum daran gedacht mir deshalb das Leben zu nehmen. Ich bin bis auf diese Phobie ein glücklicher Mensch.« Ich hielt ihrem Blick stand.

Sie nickte, schien zu überlegen, denn sie spitzte den Mund, nickte wieder.

»Bitte glauben Sie mir«, flehte ich.

»Diese Akte habe ich mir von Ihrem Therapeuten zukommen lassen.« Sie hielt sie hoch.

»Und?«

»Zweimal habe ich mit ihm telefoniert. Eine Suizidgefahr schloss er aus.« Erleichtert atmete ich auf.

»Die Frage bleibt, warum hat er zugestimmt, Sie einweisen zu lassen? Können Sie mir darauf eine Antwort geben?«

»Ich hatte Hals über Kopf einen Flug nach Kreta gebucht.«

»Was wollten Sie dort?«

Ich zuckte mit den Schultern. »Als ich gerade dabei war im Internet nach etwas zu suchen, kam auf der rechten Seite Werbung, ein Last-Minute-Angebot für Kreta. Ohne großartig darüber nachzudenken, habe ich gebucht. Ist das ein Grund hier zu sein?«

»Sie wollten spontan in Urlaub reisen?«

»Ich hatte seit Jahren keine Auszeit. Die Bilder vom Hotel sprachen mich an. Meine Angst stellte sich erst ein, als ich am Flughafen stand und mir klar wurde, dass ich über Gewässer fliegen würde, um am Meer Urlaub zu machen. Die Möglichkeit bestand, nicht in den Flieger zu steigen und auf meine Erholung zu verzichten. Ich flog, hatte natürlich keinen Fensterplatz und die Fahrt im Bus verschlief ich, weil ich einige Pillen geschluckt hatte, um es zu überstehen. Erst als ich im Appartement die Balkontür öffnete, schlug mir das Meer entgegen. Von da an hatte ich Angst das Zimmer zu verlassen.«

»Ich verstehe. Erzählen Sie weiter.«

»Da ich am Anreisetag einen Schwindelanfall hatte, auf Grund der ganzen Tabletten, und mir das Essen aufs Zimmer bestellte, hat der Reiseleiter nach mir geschaut. Wir kamen ins Gespräch, ich erzählte ihm von der Phobie. Er schaffte es einige Tage später, mich aus dem Zimmer zu holen, wir machten einen Spaziergang in die Berge. Ich knickte mit dem Fuß um, er brachte mich zurück, versprach, dass wir den Ausflug wiederholen würden. Leider musste er nach Athen zu seiner Familie fliegen und ich habe ihn nicht mehr wiedergesehen, bis zu dem Abend, als ich im Krankenzimmer des Hotels aufwachte.« Ich rieb mir die feucht gewordenen Hände an der Hose ab. Von diesem Gespräch hing eine Menge ab, ich wollte bei der Wahrheit bleiben.

»Sagen Sie mir, warum Sie auf dem Felsen standen.« Sie machte sich Notizen.

»Jeder einzelne Therapeut, den ich in meinem Leben aufsuchte, hatte mir ans Herz gelegt, mich den Ängsten zu stellen. Bekam ich diesen Rat, wechselte ich den Arzt, um dann nach einigen Sitzungen das Gleiche zu erfahren.«

Dr. Pelz blätterte in den Unterlagen, las kurz, dann sagte sie: »Gut, und weiter?«

»Nachdem ich einmal den Versuch abgebrochen hatte, mich meiner Phobie zu stellen, versuchte ich es einen Tag danach und kam bis zu der Stelle am Meer. Es war dunkel, ich hatte es zuvor nicht mitbekommen, dass ich mich soweit vorgetraut hatte.«

»Was passierte dann?«

Ich hielt kurz inne, überlegte. Sollte ich sagen, dass mich eine Stimme zu sich gerufen hatte? Halt! Auf keinen Fall! Ariane, sei vorsichtig, du willst hier rauskommen. Lügen fiel mir schwer, aber gab es einen anderen Ausweg?

»Ich ging nah an den Felsen, breitete meine Arme aus und war stolz auf mich, dass ich es geschafft hatte mich der Phobie zu stellen. Ich hätte schon viel früher auf die Therapeuten hören sollen, wer weiß, was mir alles erspart geblieben wäre. Es stürmte heftig, eine Böe erfasste mich. Ich muss wohl ins Schwanken geraten sein. Danach erinnere ich mich an nichts mehr, bis ich wieder aufwachte.« War ich glaubwürdig rübergekommen?

»Wissen Sie, dass sich eine Frau Judith Traubenstein für Sie eingesetzt hat?«

»Meine Freundin Judith?«

»Sie hat den Reiseleiter aus dem Hotel angerufen und ihn gebeten, ihr genauestens Ihren Zustand auf Kreta zu schildern. Der Mann ist sogar bereit, nach Deutschland zu kommen, wenn ihm jemand den Flug bezahlt, um zu bestätigen, dass Sie für ihn nicht selbstmordgefährdet rübergekommen sind.«

»Wirklich?«

Tränen der Rührung stiegen in mir auf. Ich versuchte sie zu unterdrücken, indem ich mir ins Bein kniff. »Heißt das, ich darf nach Hause?«

»Ich möchte Sie für einige Tage zur Beobachtung hierbehalten. Mal schauen, ob wir die Medikamentendosis heruntersetzen können.« Sie blätterte wieder in ihren Unterlagen.

»Frau Doktor ...«, fing ich an. Sie sah auf. »Ich habe die Pillen nicht genommen«, gab ich leise zu.

»Sie haben die Medikamente, seitdem Sie hier sind, nicht eingenommen?«

»Nur am ersten Tag die Infusionen, danach nicht.«

»Okay.«

Okay, was?, wollte ich fragen, doch traute mich nicht.

»Gut, ich werde den Schwestern sagen, dass sie keine Medikamente mehr verabreicht bekommen. Trotzdem möchte ich, dass Sie bleiben. Ich kann das Risiko nicht eingehen, wenn ich mir nicht ganz sicher bin, dass Sie sich nicht das Leben nehmen werden.« Sie verabschiedete mich und ich ging zurück ins Zimmer.

In den nächsten Tagen schloss ich mich den Therapiegruppen an. Es wurde gebastelt, gemalt oder gespielt. Irgendwie musste ich die Zeit hinter mich bringen. Judith kam mich ein weiteres Mal besuchen und hatte gehofft, mich mit nach Hause nehmen zu können. Von Frau Doktor Pelz fühlte ich mich beobachtet, doch es war mir recht, somit konnte sie sich selbst ein Bild davon machen, dass es mir gut ging. Dr. Pelz rief mich täglich zur Gesprächsstunde in ihr Zimmer und hörte sich meinen Lebensweg an. Stellte mir gezielt Fragen zu den Panikanfällen.

Dann kam der für mich glücklichste Tag in meinem Leben. Ich wurde entlassen.

Dr. Pelz gab mir einen Ratgeber mit auf den Weg und sagte: »Sie haben sich einmal Ihren Ängsten gestellt, geben Sie nicht auf, versuchen Sie es immer wieder. Ich hoffe, Sie finden eines Tages die Ursache Ihrer Phobie heraus. Aus meiner langjährigen Erfahrung kann ich Ihnen sagen, sie liegt in Ihrer Kindheit. Ich wünsche Ihnen alles Gute.« Sie reichte mir die Hand.

Die Entlassungspapiere lagen bereit und die persönlichen Gegenstände wurden mir ausgehändigt, ich durfte gehen. An der Pforte wartete Judith, das Krankenhaus hatte sie über meine Entlassung informiert.

Rückkehr ins Alltagsleben

Vor meiner Wohnungstür lag ein bunter Strauß Blumen. Judith hob ihn auf, zog die Karte, die in ihm steckte, hervor und reichte sie mir. »Liebes Kind, wir sind froh, dass du wieder gesund bist. Deine Eltern«, las ich laut vor.

»Das ist aber nett von ihnen«, meinte Judith.

»Die können mich mal ...« Ich klemmte den Strauß unter meine Axel, kramte den Schlüssel aus der Tasche und schloss auf.

»Endlich daheim.« Die Blumen landeten im Mülleimer, dann setzte ich die Tasche ab, öffnete die Wohnzimmerfenster und atmete die schwüle Luft ein.

»Es tut mir so leid«, hörte ich Judith leise sagen.

Ich drehte mich um. »Du kannst nichts dafür. Weißt du, ich verstehe meine Eltern nicht, warum sie das gemacht haben. Eine grundlose Entscheidung, die mein Leben geprägt hat. Du kannst dir nicht vorstellen, wie befreiend es ist, die Fenster öffnen zu können und keine Gitterstäbe vor meinem Blickfeld zu haben.«

»Ich wünschte, ich könnte es rückgängig machen.« Mit traurigen Augen kam meine Freundin auf mich zu.

»Bleibst du noch? Ich würde gerne unter die Dusche springen und mir den Gestank nach Krankenhaus abwaschen.«

»Gerne, die Kinder sind bei den Großeltern, ich habe sozusagen einen freien Nachmittag.« Sie machte es sich

auf der Couch bequem, nahm sich eine der alten Mode-
zeitschriften und blätterte darin.

»Ich beeile mich. Was hältst du davon, wenn wir da-
nach zum Griechen gehen? Leckere Vorspeisen essen?
Mir läuft schon jetzt das Wasser im Mund zusammen.
Bist eingeladen.«

Judith lächelte und ich ging ins Bad.
Nach drei Tagen, die ich mir zum Einleben zugestand,
nahm ich die Arbeit im Büro auf. Es gelang mir schwer
mich auf die Bilanzen zu konzentrieren, denn die Gedanken wichen ständig ab. Besonders die letzten Worte
der Krankenhausärztin ließen mir keine Ruhe. Ich sollte
in der Kindheit nach der Ursache forschen.

Das bedeutete, ich müsste meine Eltern kontaktieren.
Sie waren die Einzigen, die mir helfen könnten. Unvor-
stellbar, dass mir meine Eltern in all den Jahren etwas
verschwiegen. Sie wussten, unter welchen Ängsten ich
litt. Das traute ich ihnen nicht zu. Oder doch? Um mir
Gewissheit zu verschaffen, musste ich über meinen
Schatten springen und sie aufsuchen. Damit ich das Vorhaben nicht aus den Augen verlor, wollte ich es sofort
umsetzen.

»Oh, Ariane, das ist aber eine Überraschung. Gut schaust
du aus. Komm doch rein, Kind.« Mutter schob mich in
die Wohnstube.

»Wir setzen uns auf die Terrasse, es ist solch ein schö-
nes Wetter. Ich sag deinem Vater Bescheid.«

Er mähte gerade den Rasen, anscheinend hatte er das
seit Langem vernachlässigt. Die sonst akkurate Grünflä-

che war mit Unkraut und Gänseblümchen überwuchert. Die Beete, deren Blumenmeer ich sonst bestaunte, sahen vertrocknet und vernachlässigt aus. Überwiegend siechten die Blätter der Pflanzen braun dahin. Ob es Vater nicht gut ging? Er legte sonst großen Wert darauf, dass sein Garten gepflegt aussah. Mir fiel auf, dass die Liegestühle am Rasenrand zusammengestellt standen. Die Auflagen und der Sonnenschirm daneben. Eine dicke Staubschicht erkannte ich auf dem Terrassentisch. In der Küche fand ich einen Lappen und putzte über die Möbel.

»Warte, ich mache das.« Mutter kam angelaufen und nahm mir das Tuch aus der Hand. Ich beobachtete ihre Gesichtszüge. Die Wangen schienen eingefallen, die Augen lagen tiefer. Sie sah blass aus. Irgendetwas stimmte nicht. Vater kam und drückte mir einen Kuss auf die Stirn. Er hatte an Gewicht verloren. Offensichtlich, dass hier etwas im Argen lag. Sollte ich nachfragen oder abwarten, bis sie mir freiwillig etwas sagten? Ich entschied mich für eine beiläufige Konversation und fing mit dem schwülen Wetter an. Vater stieg kurz darauf ein, danach sahen wir uns stumm an.

Meine Mutter durchbrach die angespannte Situation. »Geht es dir gut?« Sie strich mir über den Arm.

»Bis auf das Erlebnis, dass ich in einer geschlossenen Anstalt eingesperrt war, ja.« Verdammt! Hatte ich mir nicht vorgenommen es langsam anzugehen?

»Aber es hat dir geholfen, oder?«, fragte Vater.

»Wobei?«

»Dich von den Selbstmordgedanken zu befreien. Du ...«

»Ich hatte nie welche«, unterbrach ich ihn.

»Aber ...«

»Nichts aber. Wie konntet ihr fest davon überzeugt sein, dass ich mich hätte umbringen wollen. Wofür? Nur weil ich unter einer Phobie leide, ist das für mich noch lange kein Grund ins Gras zu beißen.« Ich sprang auf, ging auf der Terrasse auf und ab. Merkte, dass die Platten an den Schuhsohlen klebten. Hier war längere Zeit das Putzen vernachlässigt worden, das kannte ich von meiner Mutter nicht. »Sagt mal, was ist denn mit euch los?«

Verdutzt sahen sich meine Eltern an. »Wieso?«, fragte Mutter.

»Sitzt ihr nie draußen? Was ist mit dem Garten passiert? Er ist extrem verwildert.« Ich ließ den Blick folgen.

Vater räusperte sich. »Mir fehlt die Lust.«

»Dir fehlt die Lust, deinen Garten zu bearbeiten? Bist du krank?« Ich schaute ihm in die Augen, die mir matt erschienen.

»Unsere Gedanken waren bei dir. Es fällt uns schwer damit klar zu kommen, dass du den Kontakt abgebrochen hast. Wir wollten dir helfen, drum ...«

»Drum habt ihr mich in die Klapse einliefern lassen. Geht's noch? Könnt ihr euch vorstellen, wie ich mich gefühlt habe? Verraten und allein gelassen. Und dabei habe ich nichts gemacht, rein gar nichts!« Die letzten Worte schrie ich aus voller Kraft.

»Wir hatten Angst unser einziges Kind zu verlieren«, kam es flüsternd von Mutter herüber.

»Ihr verliert mich erst, wenn ich tot bin!« Als ich die Worte ausgesprochen hatte, wusste ich, sie waren ein

Fehler gewesen.

»Also hast du es doch versucht«, kam es prompt zurück. Mein Vater strich sich mit der Hand über den Bart. Er sah verzweifelt aus.

»Nein, habe ich nicht! Verdammt, wieso glaubt ihr meinen Worten nicht? Was soll das? Ich bin eure Tochter. Würdet ihr mir wirklich zutrauen, mir selbst das Leben zu nehmen?«

»Niemand schaut hinter die Fassade eines Menschen, auch nicht hinter dessen, den man liebt«, sagte Vater, stand auf und brachte den Rasenmäher in Gang. Verdutzt sah ich Mutter an. Sie zuckte mit den Schultern. Emotional erschöpft setzte ich mich auf den Gartenstuhl und starrte Löcher in die Luft.

»Dein Vater kann mit solchen Dingen nicht gut umgehen.« Die Worte meiner Mutter drangen zeitverzögert ans Ohr. Mir schwindelte.

»Kann ich bitte etwas zu trinken haben?«, bat ich. Sofort sprang Mutter auf.

»Danke.« Zügig trank ich das Glas Wasser leer. Mit dem Handrücken wischte ich mir über die Lippen und nahm allen Mut zusammen, ich wollte nicht länger drumherum reden, es musste endlich aus mir heraus. Dafür setzte ich mich aufrecht, suchte Blickkontakt. Mutters grüne Augen schimmerten wässrig.

»Ich bin hergekommen, weil ich euch etwas fragen möchte. Es ist mir wichtig.«

Mutter nickte, stand auf, zog den Stecker des Rasenmähers aus dem Verlängerungskabel. Erstaunt drehte sich Vater um. Sie winkte ihn zu uns. Schweren Schrittes kam er und ließ sich mit einem wütenden Murmeln auf dem Stuhl nieder.

»Unsere Tochter möchte uns etwas fragen.«

Als mich beide ansahen, wurde ich unsicher. Sollte ich mich wirklich wagen? Wer weiß, was ich zu hören bekam. Wollte ich mich dieser Herausforderung stellen?

»Die Therapeutin«, ich entschied mich gegen die direkte Konfrontation, »hat mir zum Abschied einen Rat auf den Weg mitgegeben.«

»Und du möchtest von uns wissen«, unterbrach mich Mutter, »ob wir dem zustimmen, richtig?«

Ich schüttelte den Kopf. »Es geht um meine Kindheit.«

Mutter senkte den Blick. Zitterten ihre Hände? Vater sah besorgt zu ihr, legte eine Hand auf die meiner Mutter. Was hatte das zu bedeuten?

»Ist etwas, Mutter?«

»Ich leide heute an Kopfschmerzen und Schwindel, es geht schon.«

Sie hatte nicht gewagt mich dabei anzusehen. Sollte ich Rücksicht auf sie nehmen? Doch hätte ich ein anderes Mal den Mut mich soweit vorzuwagen? Es gab kein Zurück mehr.

»Als ich klein war, ist da etwas vorgefallen, was ihr mir bis zum heutigen Tag nicht erzählt habt? Im Zusammenhang mit großen Wassermengen?« Mein Blick tigerte von einem Elternteil zum anderen. Sie saßen stumm auf den Stühlen, Mutter weiterhin mit gesenktem Kopf und Vaters Augenmerk ruhte auf ihr.

Plötzlich sah Mutter auf. »Ich kann mich an nichts dergleichen erinnern, du Josef?«

Mir kam ihr Blick bittend vor, wie sie dort saß und ihn ansah. Vielleicht bildete ich mir das ein. Und wieso antwortete Vater nicht sofort?

Seine Stirn lag in Falten. »Ich auch nicht.« Aus seinem Tonfall entnahm ich Unsicherheit.

»Seid ihr ganz sicher? Es würde mir bei der Aufarbeitung der Phobie helfen. Sozusagen der Schlüssel sein.«

Wieder sahen sich beide an.

»Nein, nichts«, kam es mit Verzögerung fast gleichzeitig über ihre Lippen.

»Ich wäre euch nicht böse, wenn ihr mir all die Jahre etwas verschwiegen habt. Sicherlich hattet ihr eure Beweggründe.«

»Tut uns leid, wir können dir nicht helfen«, sagte Vater.

Den beiden zu sagen, dass ich ihnen die Antwort nicht abnahm, unterließ ich. Vaters letzte Worte kamen klar und deutlich rüber. Mein Bauchgefühl sagte mir etwas anderes. Ich fühlte mich in eine Sackgasse gedrängt und hatte so gehofft, dieser zu entkommen, um endlich seelisch heilen zu können.

Ich zappte mich durchs Fernsehprogramm, denn meine Gedanken schweiften ständig ab, sodass ich den Anschluss beim Krimi verpasste. Auf einem privaten Sender wurde ich auf eine Dokumentation aufmerksam. Eine junge Frau lag auf einer Liege, mit einer Decke über sich. Es sah aus, als würde sie schlafen. Eine andere Frau, mittleren Alters, sprach langsam und ruhig auf sie ein. Stellte Fragen, mit geschlossenen Augen antwortete die Liegende. Nach kurzer Zeit fand ich heraus, die Frau befand sich in einer Art Hypnose. Ich setzte mich auf und verfolgte gespannt den Beitrag. Es ging um eine Rückführung, die Frau erzählte von Orten und Erlebnissen. Nachdem die Frau erwachte, brauchte sie eine kurze Zeit, um sich im Hier und Jetzt zurechtzufinden. Werbepause. Mein Magen meldete sich. Ich nutzte die Unterbrechung und schmierte mir zwei Brote, belegte sie mit Käse und Wurst, eilte zurück auf die Couch. Es ging weiter.

Die Frau suchte die Gegenden auf, die sie in der Sitzung gesehen hatte, und beschritt Wege aus ihrer Vergangenheit. Von einem vorherigen Leben, wurde angenommen, denn zur jetzigen Lebenszeit hatte sie die Orte niemals aufgesucht. Am Ende der Sendung eine Zusammenfassung: Die Frau litt zuvor an Beziehungsängsten und stellte sich diesen in ihrer Vergangenheit. In einem Leben vor dem jetzigen Leben.

Heute lebe sie in einer intakten Partnerschaft. Ende. Ich schaltete den Fernseher aus und suchte im Netz nach der Therapeutin. Schnell wurde ich fündig. In Frankfurt unterhielt sie eine Praxis. Bereits am nächsten Tag vereinbarte ich einen Termin und gab Dringlichkeit vor. Judith bat ich mich dorthin zu begleiten, doch sagte ich nicht, worum es sich handelte. Aus Gewissheit, sie hätte versucht es mir auszureden. Scharlatanerie hätte sie es genannt und mir klar gemacht, dass ich mein Geld aus dem Fenster schmeißen würde. Aber ich musste diesen Schritt wagen, koste es, was es wolle. Über Neben- und Nachwirkungen, wie sehr eine solche Sitzung mein Leben verändern könnte, dachte ich nicht nach. Ich musste es tun und gestand mir keine Zweifel zu.

Ariane wandert aus

»Du willst was?« Judith sprang vom Stuhl auf, kam auf mich zu. »Sag mal, du tickst wohl wirklich nicht richtig dort oben in deinem Stübchen«, fauchte sie.

Fünf Tage waren seit der Rückführung in Frankfurt vergangen. Mit Judith hatte ich bisher kein Wort darüber gesprochen, obwohl sie mich dauernd löcherte. Ich brauchte Zeit, das Erlebte zu verarbeiten. Wir standen in ihrem Büro, ich hatte ihr gerade erklärt, dass ich meine Anteile der Steuerkanzlei an sie verkaufen wollte. Meine Wohnung hatte ich bereits gekündigt und überlegte, die Möbel bei den Eltern unterzustellen. Wenn das überhaupt möglich wäre, nachdem sie meine Beweggründe dafür erfahren würden. Sicherlich müsste ich ein gleiches Auftreten von ihnen wie von Judith über mich ergehen lassen. Mein Entschluss stand fest und niemand konnte daran etwas ändern. Es sei denn, sie würden mich wieder in eine geschlossene Klinik einliefern lassen, doch dazu fehlte ihnen der plausible Grund.

Meine Überlegungen hatten mich selbst zu Anfang schockiert. Ich wollte davonlaufen, obwohl ich mir sicher war, eine Entscheidung treffen zu müssen. Es ging um meine Zukunft, um mein Leben ohne Ängste. Zwei Tage nach der Sitzung hatte ich mich entschlossen. Ich musste zurück auf die Insel Kreta, denn dort lag der Auslöser. Diese Überlegungen logisch darzulegen, versuchte ich erst gar nicht. Wo es keine Erklärung gab, war Handeln angesagt.

Während der Trance stand ich als junges Mädchen auf dem Felsen. Genau an der Stelle, an der ich nur wenige Wochen zuvor den Schrei in der Brandung gehört und das liebliche Gesicht eines Kindes gesehen hatte. War ich dieses Kind aus einem früheren Leben? Ich wollte Antworten und die würde ich nur in der Gegend finden können, in der ich die Wahrnehmung gehabt hatte. Einem Sog gleich zog es mich zurück dorthin.

Alles ging ziemlich schnell vonstatten. Wir ließen einen Vertrag aufsetzen, dass Judith alleinige Inhaberin der Kanzlei wurde und mir eine monatliche Ratenzahlung zukommen ließ. Damit konnte ich mir das Inselleben finanzieren. Meine Eltern stellte ich vor vollendete Tatsachen, indem ich mit einem Umzugswagen bei ihnen vor der Tür aufkreuzte. Meine wenigen Worte »Entweder helft ihr mir oder ihr seid für mich gestorben«, schockierte beide dermaßen, dass sie sofort halfen die Kisten und Möbel im Keller unterzubringen.

Mein Flug wurde aufgerufen, ich sah in Judiths Augen, die mich besorgt anblickten. »Bist du dir ganz sicher?« Die Kraft aus ihrer Stimme schien gewichen, denn in den letzten Tagen sowie auf der Fahrt zum Flughafen hatte sie unendlich auf mich eingeredet und versucht mir die Flausen, wie sie es nannte, auszureden.

»Ja«, kurz und kräftig meine Antwort.

»Ariane, du läufst einem Phantom hinterher. Du hast dir etwas einreden lassen ...«

Ich hob die Hand, ich konnte es mir nicht ein weiteres Mal anhören. Es reichte. An meinem Entschluss war nicht zu rütteln.

»Judith, ich meinem ganzen Leben war ich mir mit etwas niemals so sicher wie jetzt. Ich muss endlich herausfinden, worauf meine Angst vor Wasser beruht. Und wenn die Lösung auf Kreta liegt, werde ich sie finden.«

»Und wenn nicht? Ich denke du machst dir etwas vor.« Tränen schimmerten in ihren Augen.

»Dann habe ich es wenigstens versucht. Komm«, ich öffnete die Arme, »ich will dich zum Abschied drücken und bitte, versuche mich zu verstehen.«

»Es fällt mir schwer.«

Ich winkte ihr ein letztes Mal zu, als ich durch die Absperrung ging und gestand mir ein, dass eine Last von mir fiel. Ständig gegen Judith oder meine Eltern ankämpfen, meine Beweggründe bis ins kleinste Detail erläutern und trotzdem auf Nichtverstehen stoßen, alles vorbei. Bevor ich zum Gate ging, suchte ich eine Toilette auf, schluckte zwei Pillen gegen Furcht. Meine Angst über den Ozean zu fliegen, hatte sich schließlich nicht in Luft aufgelöst. Den Auslöser finden und die Phobie aus meinem Leben verbannen, lautete die neueste Devise.

Den Flug brachte ich ohne Zwischenfälle hinter mich. Nun stand ich vor dem Fluggebäude in Kretas Hauptstadt Heráklion. Ich wähnte mich in Sicherheit, dem Meer den Rücken zugewandt, vor mir die Straße. Taxis standen ein Stück entfernt, entlang einer Absperrung. Den Rucksack geschultert und die beiden Koffer zerrte ich hinter mir her. Mit Übergepäck zu reisen war nicht nur teuer, sondern auch kraftraubend. Der Fahrer ließ nicht mit sich handeln. Stolze hundertdreißig Euro durfte ich zahlen. Zum Glück sprach er Englisch und verstand meine Bitte mich erst zu wecken, wenn wir am Ziel waren. Er verfrachtete mein Gepäck in den Kofferraum, ich schob mich auf die Sitzbank. Einen Moment lang überlegte ich, eine weitere Tablette einzunehmen. Ging vom Tun ab, denn ich wollte nicht benommen ankommen. Meine Sinne mussten klar sein bei der Suche nach einer Unterkunft. Ich hoffte, ich würde es schaffen, meine Augen die gesamte Strecke über geschlossen zu halten. Knapp zwei Stunden Fahrzeit lagen vor mir. Aus der Handtasche holte ich den MP3 Player, stöpselte mir die Hörer ins Ohr und versuchte gleichmäßig zu atmen.

»Madam, Madam«, drang leise aus der Ferne an mein Ohr. Dann spürte ich ein Rütteln am Arm. Ich schreckte hoch. »Sorry.« Der Fahrer winkte mich heraus.

Schlaftrunken stieg ich aus. Er hatte mich wie verabredet in einer Seitenstraße des Fischerdorfes abgesetzt. Im Nachhinein keine gute Idee, denn die Koffer ließen sich schlecht über die Pflastersteine ziehen. Die erste Taverne kam in Sicht. Sie lag oberhalb der Küste. Da gab es vorerst kein Weiterkommen für mich. Ich sah mich um. Eine in die Jahre gekommene Frau mit Regenschirm, der als Sonnenschutz gedacht war, saß vor dem Haus auf einem Holzstuhl. Sie beobachtete mich. Als ich ihren Blick kreuzte, lachte die Kreterin, sodass ich ihre gelben Zahnstummel sah. Ich grüßte freundlich und überlegte sie anzusprechen. Ging jedoch davon aus, dass sie kein Englisch verstehen würde. Sie winkte mir, ich sollte näherkommen. Warum nicht, einen Versuch war es wert. Mit Handzeichen machte ich verständlich, ob ich die Koffer für kurze Zeit bei ihr unterstellen könnte. Sie bot mir an, alles in ihren Hof zu schieben. Dankend nahm ich an.

Auf der Hauptstraße fand ich die kleine Boutique wieder, die mir damals bei meinem Nachtausflug aufgefallen war. Ich ging hinein. Die Verkäuferin sprach Englisch und gebrochenes Deutsch. Wenn das nicht ein gutes O-men war. Ich fragte, ob sie wüsste, wo ich ein Zimmer finden könnte, ohne Blick zum Meer. Viele Gedanken hatte ich mir nicht gemacht, wie es auf der Insel weiter-gehen sollte. Eine Unterkunft zu finden empfand ich als das Einfachste. Daher traf mich die Aussage der jungen Frau gewaltig.

»Denke keine Zimmer frei. Viele Touristen hier. Du können fragen, Dorfeingang ein Office, die vielleicht hel-fen.« Sie zeigte in die Richtung, aus der ich gerade ge-kommen war.

Und das Büro lag dort, wo ich zuvor nicht hingehen wollte. Wie sollte ich meinem Gegenüber verständlich machen, dass ich mich vor Gewässern fürchtete. Einem Lauffeuer gleich würde es sich im Dorf verbreiten: Eine durchgeknallte Deutsche, die Angst vor dem Meer hat, sucht eine Unterkunft. Unter diesen Umständen würde mir niemand ein Zimmer zur Verfügung stellen. Freund-lich bedankte ich mich für ihre Auskunft und ging aus dem Laden. Ein Stück entfernt setzte ich mich auf einen Mauervorsprung und überdachte meine Lage. Zahlreiche Autos fuhren an mir vorbei, dazwischen Urlauber, die zu Fuß unterwegs waren. Wortfetzen verschiedener Sprachen drangen zu mir herüber. Hier rumzuhängen brachte mich nicht weiter. Bis zum Abend musste ich eine Bleibe gefunden haben. Stell dich deinen Ängsten!, sagte ich mir, während der Magen gereizt auf die Ansage reagierte. Ich konnte schließlich nicht mein Leben auf der Mauer verbringen, darum erhob ich mich und ging langsamen Schrittes die Straße bis zur Ecke. Ich kam zu einem Geschäft, das Bilder und weitere Kunstgegenstände anbot. Meine Kehle trocken vor Angst, mein Herz raste, als würde es jeden Augenblick aus mir herausbrechen.

»Can I help you?« Ein Mann mittleren Alters kam auf mich zu. Ihm war wohl aufgefallen, dass ich mehrfach um die Ecke geguckt und danach den Kopf schnell zurückzogen hatte.

»No, no, I am okay.« Ich winkte ab. Trat einige Schritte zurück bis zu einem Olivenbaum, der an der Rückseite des Geschäftes stand. Ich lehnte mich an den Stamm, wischte mir den Schweiß von der Stirn. Jetzt oder nie! Zackig ging ich los, um die Ecke, brannte dabei den Blick auf den Asphalt. Im letzten Moment wich mir der Mann aus, ich erkannte seine Schuhe. Ohne ihn anzusehen, marschierte ich weiter, bis ich auf der rechten Seite das Touristenbüro erreichte. Die Angestellte schreckte auf, als ich hereinstürmte.

»Sorry.« Ich fächerte mir Luft zu.

»Sind Sie Deutsche?«, fragte die Frau.

»Ja.«

»Nehmen Sie Platz, was kann ich für Sie tun?«

Ein Hustenanfall überkam mich. Die Frau reichte mir ein Glas Wasser, das ich in einem Zug leerte.

»Danke, das war Rettung in letzter Sekunde.«

»Gerne.«

»Ich suche eine Unterkunft.«

Zum ersten Mal nahm ich die Frau näher wahr. Sie trug ihr langes braunes Haar hinter die Ohren gesteckt, hatte entspannte Gesichtszüge, ein paar Lachfalten um ihre Mundwinkel und die Augen strahlten. Eine gesunde Sonnenbräune schimmerte auf ihrer Haut. Von der Figur her eher meine Statur, ein wenig korpulent. Ich schätzte sie auf Anfang vierzig.

»Eine Person? Und für wie lange?« Ihr Blick war auf den Computer gerichtet.

»Nur für mich. Wie lange ich bleibe, steht nicht fest, kann eine Weile sein.«

Sie nickte, tippte Daten ein. »Tut mir leid, die Zimmer im Dorf sind ausgebucht. Ein Appartement wird in drei Tagen frei, ein weiteres in vier und die Zimmer erst alle in zirka einer Woche.«

Na großartig! Ausgebucht? Damit hatte ich nicht gerechnet. Um ehrlich zu sein, ich hatte mir überhaupt keine Gedanken darüber gemacht. Und jetzt? Ich biss mir auf die Unterlippe.

»Und außerhalb des Dorfes?« Die Hoffnung gab ich nicht so schnell auf.

»Das habe ich bereits abgefragt. Ausgebucht. Möchten Sie einen Kaffee?«

»Nein danke, eine Unterkunft wäre mir lieber.« Schachmatt fühlte ich mich. Und müde, von den Tabletten, dem Flug und der Angst das Meer zu sehen. Ein Bett wünschte ich mir herbei, auf dem ich ausruhen könnte.

Nachdem die Frau sich eine Tasse eingegossen hatte, galt ihre Aufmerksamkeit wieder mir.

»Kann ich sonst irgendwo nachfragen?«, versuchte ich es ein weiteres Mal.

»Die Vermieter arbeiten mit mir zusammen.«

»Irgendeine Alternative?«

»Ich habe noch eine Idee.« Sie nahm das Handy, drückte eine Nummer. Mit wem und was sie sprach, konnte ich nicht verstehen. Ihr Griechisch hörte sich flüssig an. Sie beendete das kurze Gespräch, um direkt einen neuen Kontakt zu aktivieren. So ging es ungefähr eine halbe Stunde lang weiter. Zwischenzeitlich gab sie mir zu verstehen, ich solle Geduld haben.

»Ich habe etwas für Sie. Die Frage ist, ob Sie damit vorliebnehmen möchten.« Sie trank vom Kaffee, der in der Zwischenzeit gewiss kalt geworden war.

»Mir ist alles recht.« Meine Kraft hatte mich vollständig verlassen. Im Geheimen nannte ich mich naiv, eine dumme Kuh, verblödet. Mir fielen reichlich Wörter ein, die mein Vorhaben nach dem Motto ›Auf und davon‹ verurteilten.

»Ein altes Steinhaus, bestehend aus einem Wohnraum, mit offener Küchenzeile, aus zwei kleineren Zimmern, einem Bad, jedoch drei Kilometer vom Dorf entfernt. Es liegt in den Bergen und ist über eine asphaltierte Straße zu erreichen. Strom und Wasser vorhanden.«

»Hat es Blick aufs Meer?«, fragte ich.

»Nein, leider nicht.«

»Ich nehme es.« Erleichtert lachte ich auf.

Mein Gegenüber sah mich verdutzt an. Irgendwie kamen meine Kräfte zurück, aktiviert durch die glückliche Aussicht auf eine Bleibe und die, meinen Widersacher nicht vor Augen zu haben.

»Gut und jetzt kurz zu etwas anderem. Mein Name ist Britta, ich bin vor dreißig Jahren hier ins Dorf gekommen.« Die Frau reichte mir die Hand.

»Ariane, freut mich.«

»Hier wird sich geduzt, einverstanden?«

Ich nickte.

»Ich rufe jetzt Manólis an, der das Haus vermietet.« Sie griff zum Handy. Es wurde ein kurzes Gespräch.

»Er kommt ins Dorf und dann fahren wir gemeinsam dorthin. Möchtest du ein Glas Wasser, Kaffee oder etwas anderes?«

»Gerne Wasser. Danke.«

Urlauber kamen ins Büro, fragten, ob sie Flüge nach Athen buchen könnten. Ich zog mich auf einen Stuhl in die hintere Ecke zurück. Abgewandt zur Hauptstraße saß ich dort und achtete auf die Geräuschkulisse. Meeresrauschen drang nicht an mein Ohr, dafür Kinderlachen, das Klappern von Tellern aus der Taverne, die nebenan lag. Hin und wieder Motorengeräusch. Vielleicht sollte ich versuchen, meine Koffer bis hierher zu rollen? Diesen Gedanken verwarf ich sofort, denn das würde bedeuten meinem Gegner ausgesetzt zu werden. Aber irgendwie musste ich ans Gepäck gelangen. Abwarten, es würde sich eine Lösung finden. Ich suchte nach einem Taschentuch, wischte mir den Schweiß aus dem Gesicht.

Nach einer halben Stunde grüßte eine männliche Stimme, vorsichtig sah ich mich um. Ein kräftiger Mann.

Seine dunklen Haare und die buschigen Augenbrauen fielen mir sofort auf. Britta sprach mit ihm und zeigte dabei auf mich. Ich stand auf, ging auf ihn zu.

»Ich kann jetzt nicht mitkommen, tut mir leid«, sagte sie.

»Das macht nichts. Spricht er Englisch?«

»Nein.«

»Soll ich die Miete im Voraus bezahlen?«

»Du hast das Haus doch noch gar nicht in Augenschein genommen.«

»Egal, ich nehme es.«

Britta übersetzte. Der Mann sah mich an. War es ein skeptischer Blick? Ein leichtes Zittern machte sich in meinem Körper breit. Dann lächelte er mich an und sagte etwas zu Britta.

»Einverstanden, er wird dich dort hinbringen. Du kannst das Haus so lange mieten, wie du möchtest. Es kostet dreihundert Euro im Monat. Wasser, Strom, Müllabfuhr und Telefonkosten extra. Ist das für dich in Ordnung?« Es piepte. Britta sah auf den Bildschirm.

»Ich muss weitermachen, die Flugbestätigung ist angekommen. Hast du noch Fragen?«

»Mein Gepäck steht um die Ecke bei einer älteren Griechin. Könnten wir es dort gemeinsam abholen?«

Sie übersetzte.

Mein Vermieter Manólis nickte und ich atmete erleichtert auf. Nun galt es nur noch, bis dahin zu gelangen. Ich bedankte mich bei Britta und verließ das Büro. Eng an der Häuserwand gehend und meinen Blick geradeaus gerichtet, schaffte ich es bis zu der Griechin. Manólis nahm das Gepäck und trug es zu seinem Pick-up, der zufälligerweise genau vor dem Haus der Frau stand. Ich stieg ein und erhoffte mir, er würde die Seitenstraße aus dem Dorf nehmen, denn in der Richtung stand der Wagen. Ich hatte Glück.

Danach fuhren wir an Olivenhainen entlang, unterbrochen durch einzelne Häuser, die weiß angestrichen waren und alle blaugestrichene Fensterläden hatten. Es kam mir von meiner damaligen Nachtwanderung bekannt vor. Die Dorfbewohner waren sich einig, den Anblick der Häuser gleich zu halten. Nach ungefähr zwei Kilometern bog Manólis in die Berge ab. Genau die Straße, die Leftéris mit mir gehen wollte, um zu dieser Kirche zu gelangen. Ob mein neues Zuhause sich dort oben befand?

Kretisches Zuhause

Geschafft! Manólis hatte ich bereitwillig zwei Monats-mieten in die Hand gedrückt. Aus Freude über diese Un-terkunft. Vor zehn Minuten war er gefahren.

Es handelte sich um ein altes Steinhaus mit dicken Wänden. Der Anstrich war frisch, denn ich entdeckte keine Stellen, an denen er abblätterte. Das Wohnzimmer war spartanisch, jedoch modern eingerichtet. Ein Sofa mit braunen weichen Kissen, ein kleiner Tisch stand da-vor. Holzregale waren an einer Seitenwand angebracht. Auf einem befand sich ein Fernseher mit einem Satelli-ten-Empfangsgerät. Sollte ich deutschsprachige Sender empfangen können? Im Moment war ich zu müde, um es auszuprobieren, das hatte Zeit. Ein handgewebter Tep-pich mit Fischmotiven lag unter dem Tisch. An einer Sei-te befand sich die Küchenzeile. Keine Mikrowelle, dafür ein Gasherd. Das bedeutete für mich eine Umstellung, denn bis jetzt hatte ich, wenn überhaupt, auf einem Elektroherd die Speisen zubereitet oder Fertiggerichte in der Mikrowelle aufgewärmt. Mir blieb bei meinem stres-sigen Bürojob nicht viel Zeit frische Gerichte zu kochen. Die beiden kleineren Zimmer waren identisch eingerich-tet. Ein Doppelbett aus Holz bestehend und mit einer Rückenlehne, an der ein dickes Kissenpolster angebracht war. Eine Tagesdecke in einem satten Orangeton lag darüber. Der Kleiderschrank mit Schiebetüren war aus dem gleichen naturfarbenen Holz gefertigt. Zum Schluss meines Rundganges öffnete ich eine schmale Tür, dahinter befand sich eine Abstellkammer mit Putzmaterialen.

Mein Magen knurrte. Da fiel mir ein, dass ich keine Lebensmittel vorrätig hatte. Bis ins Dorf waren es drei Kilometer und das Meer lag nicht weit entfernt. Ich kramte im Rucksack und zog eine Schokolade heraus. Die müsste vorerst reichen. Ich stillte meinen Hunger und genoss die Aussicht von der Terrasse auf die Olivenhaine. Gegenüber wohnte wahrscheinlich ein Bauer, denn auf Feldern rund um sein Haus herum war Gemüse oder Obst angebaut worden. Mir waren die grünen Pflanzen, die aussahen, als würden sie über die Erde kriechen, unbekannt. Nicht weit entfernt stand eine Kirche. Wahrscheinlich die, von der mir Leftéris vorgeschwärmt hatte, dass sie innerhalb einer Ebene erbaut worden war.

Langsam ging die Sonne unter und die Berge, die ringsherum zu sehen waren, wurden mit einem rötlichen Schimmer belegt. Die Müdigkeit überkam mich und ließ mich den knurrenden Magen vergessen. Ich wollte unter die Dusche und dann ab ins Bett, morgen hatte ich Zeit genug mich einzurichten.

Da sah ich Manólis' Auto. Es kam aufs Haus zu. Ein Schreck durchzog meine Glieder. Der hatte nun mit seiner Frau gesprochen und die verbot, dass er das Haus vermietete. Oder er wollte mehr Monatsmieten im Voraus, nachdem er im Dorf von dem Boutique-Mitarbeiter mein auffälliges Benehmen erfahren hatte. Alles ging mir durch den Kopf. Einen positiven Gedanken ließ ich nicht zu. Der Vermieter stieg aus, meine Beine zitterten.

Aus dem Heck hob er einen großen Korb herunter und kam auf mich zu. Ich ging ihm entgegen. Eine Auswahl an Gemüse, Obst, Käse, Joghurt, Wein und Raki hatte Manólis mitgebracht. Er setzte den Korb auf der Terrasse ab, tippte mit dem Finger an seine Brust und machte eine einladende Handbewegung, die mir zu verstehen gab, dass er mir diese Lebensmittel zum Willkommensgruß schenkte. In dem Moment hätte ich ihn umarmen und küssen können, hielt mich jedoch zurück, stattdessen verbeugte ich mich dankbar. Dann fuhr er weg.

Ich trug die Gaben in die Küche und räumte sie in den Kühlschrank. Sogar an ein Brot hatte Manólis gedacht. Mein Magen freute sich, nachdem ich Tomaten, Gurke, Käse und Brot gegessen hatte. Nun konnte ich gesättigt ins Bett gehen und hoffte auf einen schönen Traum in der ersten Nacht, nach dem Motto: ›Was du in der ersten Nacht in einem fremden Bett träumst, geht in Erfüllung.‹ Mit dem Gedanken: Was kann nach einem solchen guten Start schief gehen?, versank ich ins Land der Träume.

Das Krähen eines Hahns weckte mich, er stammte wohl vom Hof gegenüber. Ich stand auf, streckte mich und ging auf die Terrasse. Die Sonne zeigte zaghaft ihre frühen Morgenstrahlen. Sanfte Wärme umfing mich. Auf dem Stück Land gegenüber waren Leute bei der Ernte. Einer winkte herüber, ich tat es ihm gleich. So könnte jeder Tag beginnen.

Nach einer ausgiebigen Dusche brühte ich mir Kaffee auf, frühstückte reichlich. Genoss dabei die Aussicht und überlegte, um welches Gemüse es sich handelte, das dort geerntet wurde. Ich nahm mir vor, es in den nächsten Tagen herauszufinden. Erst einmal wollte ich mich einrichten und einleben. Die Lebensmittel von Manólis würden für zwei bis drei Tage reichen. Danach müsste ich mir überlegen, wo und wie ich im Dorf einkaufen könnte. Vorerst schob ich es beiseite, wollte mich nicht damit belasten.

Auf einmal vernahm ich ein leises Miauen und sah mich nach der Katze um, konnte sie jedoch nicht ausmachen.

»Wo bist du denn?« Ich drehte mich im Kreis, bückte mich, verhielt mich ruhig und versuchte herauszufinden, aus welcher Richtung das Miauen kam. Hinterm Haus fand ich einen Weidenkorb und darin drei Katzenbabys.

Die Mutter scheint auf Beutezug zu sein, dachte ich und beugte mich über die Kleinen. »Ihr seht aber süß aus.« Sie anzufassen traute ich mich nicht. Es handelte sich um drei weiße Katzenbabys. Jedes einzelne hatte eine andere schwarze Maserung im Gesicht oder auf dem Kopf. Eins hatte eine Gesichtshälfte schwarz und einen gescheckten Schwanz, ein anderes ein braun-schwarz getigertes Ohr und das dritte im Bunde den Kopf getigert und einen schwarzen Punkt auf dem Rücken. Sie streckten die Köpfchen in meine Richtung. Ganz gespannt, wie das Muttertier aussehen würde, ließ ich mich auf einem Stein in der Nähe nieder und verhielt mich ruhig. Die Sonne im Rücken genoss ich. Die Mutter schien sich Zeit zu lassen, die Kleinen hatten sich beruhigt und schlummerten. Eines lag über dem anderen.

Ich stand auf und sah mir die Umgebung hinter dem

Haus an. Dort entdeckte ich eine Wiese mit Olivenbäumen. Das Gras war vertrocknet. Von weitem erkannte ich eine schwarz-weiße Katze. Ob das wohl die Mama war? Schnell schlich ich mich zu meinem Beobachtungsstein zurück. Als die Katze mich erblickte, duckte sie sich, sah mir in die Augen. Da ich mich nicht bewegte, schlich sie langsam zum Korb. Im Nu waren die Babys munter und miauten laut. Nachdem sich die Mutter niedergelassen hatte, legten sich die Kleinen an die Zitzen und tranken. Niemals zuvor hatte ich Tiere aus solcher Nähe beobachtet.

Ich ging in die Küche, um mir eine weitere Tasse Kaffee einzuschütten. Blieb dieses Mal vor dem Fenster stehen und blickte auf das Land des Nachbarn. Vielleicht könnte ich dort Lebensmittel erwerben? Bevor ich meine Idee verwarf, dem Bauern einen Besuch abzustatten, zog ich mir Jeans und T-Shirt an und machte mich auf den Weg dorthin.

Der Gedanke, wie ich mich verständigen sollte, kam erst, als ein Mann auf mich zutrat und mich begrüßte. Ein verlegenes Lächeln brachte ich zustande.

»You speak english?«, fragte ich.

»Ligo«, bekam ich zur Antwort.

Unsicher, was es zu bedeuten hatte, sah ich ihn abwartend an. Anscheinend konnte der Nachbar an meinem Gesichtsausdruck ablesen, dass ich es nicht verstanden hatte. »Little«, sagte er.

Okay, ein wenig würde er mich verstehen, also fragte ich kurz: »Tomatos, Eggs, Chicken?« Mit meiner rechten Hand zeigte ich an, dass ich es gerne erwerben wollte.

Eine Sprache, die in jedem Land verständlich war. Er nickte. Erleichterung machte sich in mir breit.

»Zucchini, Patates and more«, meinte er und winkte mich hinter sich her in einen Schuppen.

Dort standen Kisten voller Gemüse. Vor Freude klatschte ich in die Hände. Ich erwarb Eier, Tomaten, Gurken und Kartoffeln. Auf einem Regal standen Kanister mit Olivenöl, Marmelade und Honig. Ich war an eine Goldlebensmittelquelle geraten!

»We make.« Der Mann schlug sich leicht auf die Brust.

Ich zahlte wenig für meinen Einkauf. Die Preise waren auf der Insel niedriger als in den Supermärkten in Deutschland. Der Bauer schenkte mir reichlich Zucchini, die er nach der Bezahlung in die Tüte steckte. Ich war nicht der Zucchinifan. Selbst kochte ich mir dieses Gemüse nie und aß es höchstens bei Judith, die es gerne für ihre Kinder zubereitete.

Frohen Herzens ging ich zu meiner Unterkunft. Dort ließ ich mich erst mal auf einen Küchenstuhl fallen. »Mensch, Ariane, da hast du einen Volltreffer gelandet mit dem Nachbarn. Es fehlen dir nur ein paar Grundnahrungsmittel.«

Die schrieb ich nieder: *Brot, Mehl, Zucker, Nudeln, Reis, Butter und Käse.* Ich nahm mir vor, beim Einkauf viel davon zu erwerben, damit ich lange genug auskommen würde. Erst jetzt räumte ich die Lebensmittel vom Tisch, ich wollte mir einen vorgezogenen Mittagsschlaf gönnen.

Im Bett nahm ich mir den Roman vor, den ich bereits in Deutschland angefangen hatte zu lesen. Vertiefte mich in die Geschichte einer jungen Frau, die auf der Suche nach sich selbst war und schlief darüber ein.

Auf einmal hatte ich das Gefühl, als würde mir jemand den Bauch massieren. Ich öffnete die Lider und blickte in giftgrüne Augen. Die Katzenmama hatte sich ins Haus geschlichen.

Ich hatte wohl vergessen die Terrassentür zu schließen. Dann bemerkte ich ein Ziehen an der Decke. Ich beugte mich nach vorne, dort versuchten die Babys hochzuklettern. Ach, du meine Güte! Die ganze Familie befand sich im Schlafzimmer. Das konnte ich nicht zulassen, schob die Decke beiseite, die Mutter schreckte auf und sprang hinab. Sofort wurde ich in meinen Bewegungen langsamer. Angst wollte ich niemandem einjagen, nicht mal einem Tier. Nicht, dass sie ein Trauma davon bekamen. Ich lachte schrill auf. Ariane, deine Fantasie geht mit dir durch. Behutsam setzte ich mich auf die Bettkante, sofort schlich die Mama um meine Beine. Ein sanftes Streicheln über ihren Rücken traute ich mir zu. So weich fühlte sich Fell an.

»Das magst du wohl, mhm?« Als hätte sie mich verstanden, streckte sie mir ihr Köpfchen entgegen. Die Kleinen waren in der Zwischenzeit ums Bett herumgekommen. Wahrscheinlich durstig geworden, versuchten sie die Zitzen zu erreichen. Die Mutter legte sich auf den Teppich und ließ die Babys trinken, dabei leckte sie über deren kleinen Körper.

Still beobachtete ich das Schauspiel und fühlte mich gut dabei. Das erste Mal, seit Monaten. Erinnerungen an die geschlossene Klinik, das Verhalten meiner Eltern kamen hoch. Dagegen sträuben zwecklos, ich ließ die Emotionen kurz zu und verabschiedete mich stumm von ihnen. Das hatte ich in all den Therapien gelernt. Es brachte mir nichts, gegen etwas anzukämpfen, was ich eh nicht ändern konnte. Aber ich hatte gelernt, dass es mich nicht zermürbte.

Nun konnte ich mich wieder voll und ganz auf meine Untermieter konzentrieren. Sollte ich ihnen im Schlafzimmer einen Korb hinstellen? Nein! Es handelte sich um in der Wildnis geborene Katzen. Ich entschied mich dafür, dass sie mich jederzeit im Haus besuchen durften, doch schlafen sollten sie draußen. Den Weidenkorb, in dem die Katzenfamilie draußen zuvor geschlafen hatten, ließ ich an Ort und Stelle, falls sie dorthin zurück wollten. In der Abstellkammer suchte ich nach einem Gegenstand, um der Familie eine Art Zuhause zu schaffen. Ein Wäschekorb schien mir geeignet dafür. Ich legte ein Handtuch hinein und trug den Korb vor die Tür. Mutter und Kinder folgten mir brav. Auf der Terrasse stellte ich ihn in eine Ecke.

Die Katze ging einmal drum herum, beschnüffelte alles und legte sich schließlich hinein. Für die Kleinen war die Wannenwand zu hoch, ich half nach. Ganz leicht waren sie, miauten laut auf, dass ich mich erschreckte und mir beinahe eins aus der Hand gefallen wäre. Mir kam es vor, als würde die Mutter mich skeptisch beobachten und nachdem alle Kinder neben ihr lagen, leckte sie sogleich deren Rücken. Ich ließ die Familie allein und bereitete mir ein verfrühtes Abendessen zu.

Ins Dorf zu gehen vermied ich und lebte von den Lebensmitteln, die ich vorrätig hatte. Ich wusste, so ging es nicht weiter, mir fehlte am Morgen eine Scheibe Brot und ich hätte gerne den Kaffee mit Milch getrunken. Im Grunde machte ich nichts, bewegte mich vom Bett in die Küche, auf die Terrasse oder setzte mich unter einen Olivenbaum und spielte mit den Katzen. In der Zwischenzeit hatte ich ihnen Namen gegeben. Die Mutter rief ich Mamakatze. Nicht besonders einfallsreich, doch es passte, denn sie kümmerte sich gut um ihre Kleinen, soweit ich das beurteilen konnte. Die Geschlechtsteile waren bereits erkennbar, darum taufte ich die Babys auf Drago, Bonzo und Sofie. Jedes Mal, wenn ich sie streichelte, rief ich sie beim Namen. Bildete mir ein, dass dies richtig sei und sie sich schnell daran gewöhnen würden.

»Was glaubt ihr?«, fragte ich meine Tierfamilie, als ich unter einem Olivenbaum saß und ihnen beim Herumtollen zusah. Mamakatze spitzte die Ohren. »Soll ich mich ins Dorf wagen? Ich könnte Katzenfutter für euch besorgen.« Sie sprang auf meinen Schoß, sah mich an. »Soll ich das als Zustimmung gelten lassen?« Ich strich über ihren Kopf, sogleich stupste sie mich mit der Nase an. »Du weißt es nicht, doch ich fürchte das Meer.« Sie rollte sich zusammen und schlummerte ein.

Ich schüttelte den Kopf. Mein Herz bollerte, alleine der zuvor gesprochene Satz übers Meer hatte es dazu gebracht zu rebellieren.

»Stell dich nicht so an, Ariane!«, rief ich laut in die Natur. Mamakatze schreckte auf, sprang vom Schoß, gab einen Ruflaut von sich, und schon trabten die Kleinen an und folgten ihr zurück zum Korb.

»Tut mir leid«, kam es flüsternd über meine Lippen.

Mit den Händen umschloss ich meine Knie, wippte. Ich muss ins Dorf, muss mich dem Meer stellen. Ist es nicht der Grund, warum ich hergekommen bin? Nein, das stimmte nicht ganz, ich war zwar auf der Insel, um die Aquaphobie zu verlieren, aber ausschlaggebend war, meinen Mörder zu finden. Den Mann, der mich in meinem Vorleben, als ich ein kleines Kind war, wahrscheinlich vom Felsen gestoßen hatte. Auf einmal spürte ich die Wut in mir, denn wegen dieses Menschen musste ich in meinem jetzigen Leben mit der Phobie zurechtkommen.

»Mörder!«, schrie ich in den Hain, »Mörder! Ich werde dich finden!«

Die Suche nach dem Mörder fängt an

Nun hatte ich es laut ausgesprochen, jetzt würde der Mörderausspruch nicht mehr von mir weichen. Gekonnt hatte ich in den Tagen meiner Anreise diesen Gedanken unterdrückt, lebte in den Tag hinein. Vorbei! Kein zurück, die Worte dröhnten im Kopf, ich hielt mir die Ohren zu. Doch nicht für lange, denn es musste ein Plan her. Judith, wenn du jetzt hier wärst, würdest du mich für verrückt erklären. Ein Grund, warum ich ihr nie von meinem Erlebnis bei der Rückführung in Frankfurt erzählt hatte.

Schlagartig kamen die Bilder in mir hoch. Ich lag unter einer Decke auf einer weichen Liege, die Beine ein wenig erhöht. Müdigkeit überkam mich. Ich befand mich in einem Wach-Schlafzustand. Die ruhige Stimme der Therapeutin klang sanft an mein Ohr. »Entspannen Sie, lassen Sie sich fallen, gehen Sie zurück Jahr für Jahr ...«

Plötzlich befand ich mich auf einem Felsen, rundherum Wasser. Ich spürte, dass meine Augenlider heftig zuckten, wollte sie öffnen, dem Wasser entkommen, doch es gelang mir nicht. Die Vergangenheit hielt mich gefangen.

»Was sehen Sie?«, wurde ich gefragt.

»Ein hübsches Mädchen. Sie hat lange dunkelhaarige Zöpfe.«

»Noch etwas?«

»Es ist düster, ich sehe eine Küste, das Meer zu meinen Füßen.«

»Sonst einen Ort?«

Ich blickte mich um. »Straßenlaternen in der Ferne. Hohe Schattenrisse, Berge.«

»Wissen Sie, in welchem Land Sie sich befinden?«

»Griechenland, eine Insel, Kreta.«

»Wer ist das Mädchen?«

»Das bin ich. Mein Name ist Iléktra.«

»Wie alt?«

»Dreizehn.«

»Welches Jahr?«

»1970.«

Mein Zittern verstärkte sich, ich hatte das Gefühl, mein Körper erstarrte. Gegenwart und Vergangenheit vereinten sich. Jemand verfolgte mich, ich sah mich um, es war ein Mann, der versuchte aufzuholen. Ich blinzelte, wollte ihn erkennen, was mir nicht gelang.

»Hilfe!«, schrie ich. Dunkelheit hüllte mich ein, das Meer brauste unter mir. Meine Angst steigerte sich zur Panik.

»Lass los! Bleib stehen!«, drangen die Worte hinter mir ans Ohr. »Niemals wirst du sie mir wegnehmen!« Mit wem sprach der Mann? Ich fand hinter meinem inneren Auge niemanden.

Dann spürte ich einen Schubs. Der Mann! Ich verlor das Gleichgewicht, schlug mit dem Kopf auf einen Felsen, wurde bewusstlos, fiel ins Meer, versank in der Tiefe. Mein Herz hörte auf zu schlagen. Auf einmal sah ich alles von oben. Der Mann kniete auf dem Felsen. Da entschwand ich bereits in einem hellen Lichtkegel.

»Wer ist der Mann? Sein Name?«

Ich blieb stumm, trauerte um meinen Tod. Der Mann hatte mich ins Meer gestoßen, mich umgebracht.

Langsam kam ich in die Gegenwart zurück, nach Kreta, dem jetzigen Dasein. Verängstigt von dem Erlebten, schüttelte ich den Kopf, versuchte die Erinnerung aus meinem Gehirn zu verbannen. Unmöglich, sie hatte sich aus der hintersten Ecke geschlichen, nahm mehr und mehr Raum ein. Ich ging gedanklich wieder zurück.

Die Therapeutin gab mir mit auf den Weg: »Ihre Phobie ist damals in Ihrem Vorleben entstanden. Sie sind fünf Jahre nach Ihrem Tod wiedergeboren.«

»Gibt es so etwas wirklich?« Ich war skeptisch, dachte, es wäre sicherlich nur ein Traum gewesen.

»Was denken Sie?«

Ich zuckte unsicher mit den Achseln.

»Kam es Ihnen echt vor?«

Nicken.

»Haben Sie eine Idee, wie Sie mit dem Wissen umgehen, getötet worden zu sein? Hatten Sie nicht in der Nacht auf Kreta einen Schrei in der Brandung gehört und das Gesicht eines Kindes auf dem Felsen gesehen?«

Trocken schluckte ich. Sollte ich wirklich umgebracht worden sein? Von diesem Mann? Oder war es ein Hirngespinst und ich sollte besser zurück in die Geschlossene? Nein! Es ging hier um meine Phobie. Und wenn es damit zu tun hatte, dass ich damals ertrunken bin, musste ich an die Wurzel meines Lebens zurück, um es herauszufinden. Jetzt war es an der Zeit zu handeln, meinen Mörder zu finden. Immer wieder hatte ich in den letzten Wochen vor meiner Abreise versucht, auf seinen Namen zu stoßen, indem ich mich tief auf das Erlebte aus der Rückführung einließ. Zu einfach, meine Vorstellung. Auf die Insel reisen, Mörder finden, anklagen und mich von meiner Phobie befreien. Kein Gedanke daran, alles in Deutschland abzubrechen. Doch die Realität sah anders aus. Wer weiß, wie lange ich brauchen würde, den Mann aus meinem Vorleben ausfindig zu machen, wenn es ihn überhaupt gegeben hatte. Ob er noch lebte?

Schnell rechnete ich nach. 1970, Iléktra war damals dreizehn, den Mann schätzte ich auf Mitte bis Ende zwanzig, plus meine Jahre aus diesem Leben. Er müsste um die Siebzig sein und könnte noch leben. Wie er wohl lebte? Mit Schuldgefühlen? Vielleicht hatte er sich nach dem Vorfall umgebracht? Nein! Das durfte nicht sein, ich musste ihn finden!

Entschlossen stand ich auf, ging zum Haus, setzte mich an den Küchentisch, zog Stift und Papier aus der Schublade. Für mein weiteres Vorgehen wollte ich eine Liste anfertigen. Doch womit sollte ich anfangen? Sofie kam herein, ohne ihre Mama und Geschwister. Ich hob sie auf den Schoß, streichelte sie. Notierte: *Ins Dorf gehen*, strich es durch. Das war nicht der Anfang, weil dort erwartete mich das Meer.

1.   *in die Berge, von Weitem das Meer beobachten weiterhin Lebensmittel beim Nachbarn einkaufen*

2.   *Nachbarn fragen, ob mir jemand Mehl, Milch, Zucker*

aus dem Dorf mitbringen könnte – aufs weite Schleppen schie-
ben

3.   nach einer bestimmten Zeit dem Ozean näherkommen
Ruhe bewahren

4.   Schritt für Schritt, Rückschläge zulassen
mit Dorfbewohnern anfreunden, damit ich Fragen stellen kann

5.   Mörder finden, wie auch immer

6.   mit Erstens anfangen!

Nach mehrfachem Lesen war ich mit meinen Punkten zufrieden. Ich ging zum Nachbarn und besorgte mir Lebensmittel, damit ich Proviant mitnehmen konnte, wenn
ich auf den Berg stieg, um mich meinem Widersacher
auszusetzen. Wenigstens aus der Ferne, Schritt für
Schritt. Und erledigte damit Punkt drei. Der Bauer versprach, mir meine Wünsche mitzubringen, wenn er das
nächste Mal ins Dorf fuhr. Nun konnte ich Punkt Eins
nicht länger ausweichen!

Das Meer aus der Ferne betrachten

Ich schnürte die Wanderschuhe, schnappte mir den Rucksack, trat vor die Tür. Sofort versammelte sich die Katzenfamilie um mich herum.

»Noch Hunger? Hat euch das Rührei denn nicht gereicht?«

Kurz strich ich über ihre Köpfchen. »Viel lieber würde ich bei euch bleiben, doch ich muss. Nein! Ich will«, korrigierte ich mich selbst, »dort hinauf.« Mit der Hand zeigte ich auf den Berg.

Ein Kloß im Hals erschwerte mir das Schlucken. Mit einem Glas Wasser versuchte ich ihn zu entfernen, ohne Erfolg. Meine Handflächen feucht, im Nacken saß die Panik und das Herz überschlug sich. Und dabei hatte ich nicht mal einen kleinen Zipfel des Meeres gesehen, sondern stand in Sicherheit gehüllt vor dem Haus. Ich schloss ab, ging langsamen Schrittes los.

Der Anstieg bereitete mir keine Probleme. Ich überquerte Olivenhaine, am Wegrand wuchsen Salbeisträucher. Rieb Blätter zwischen den Fingern und sog den erfrischenden Duft ein. Je höher ich stieg, umso mehr Kräuter fand ich vor. Thymian, Rosmarin und Oregano. Zum ersten Mal in meinem Leben sah ich sie in der Natur und nicht getrocknet in einem Glas oder Tütchen im Supermarktregal oder abgebildet in einem Kräuterbuch. Ich pflückte hier und da etwas davon. Mir war bewusst, dass ich damit Zeit schinden wollte.

Irgendwann hatte ich den Berggipfel erreicht. Im Grunde nur noch umdrehen, doch dazu war ich nicht bereit. Setzte mich auf einen Felsen und schaute mir die Gegend an. In der Ferne hörte ich das Meckern von Ziegen und machte sie schnell aus. Gemütlich grasten sie auf dem Hang. Der Hirte hatte an verschiedenen Stellen getrocknetes Gras verstreut.

Das Beobachten der Herde beruhigte mich. Manche Tiere sahen trächtig aus. Ich genoss den Anblick auf die Berge, die Ziegen und den strahlend blauen Himmel. Absolute Windstille. Mein Magen knurrte, ich holte mir den Proviant aus der Tasche. Tomate, Gurke und zwei gekochte Eier verspeiste ich, einen Apfel danach. Die Herde war längst aus meiner Sicht entschwunden.

Gestärkt wollte ich mich der Herausforderung stellen. Mit fest geschlossenen Augen drehte ich mich vorsichtig um. »Sie müssen sich der Situation stellen, laufen Sie nicht davon«, wiederholte ich die Worte der Psychologen. Die hatten gut reden, mein Standartsatz nach einer solchen Aussage. Aber ich hatte es bereits zuvor versucht und warum sollte ich den Satz nicht dieses Mal anwenden? Weil ich mir den Blick aufs Monstrum meines Lebens nicht zutraute. Die Sonne brannte mir auf die Stirn. Ich tastete zum Rucksack und zog blind die Brille heraus, die mich vor den grellen Strahlen schützen sollte. Nur vor den Strahlen oder auch vor dem direkten Blick auf das Wasser?

Der Puls wummerte in meinen Schläfen und die Hände zitterten. Ich atmete kurz und schnell. Doch ich wollte nicht fliehen, nicht umsonst den Anstieg gewagt haben. Ein klitzekleines Stück öffnete ich die Lider, meine langen Wimpern verstellten mir die klare Sicht. Wie durch einen Vorhang schauend erblickte ich in der Ferne das Meer. Ich traute mich, die Augen gänzlich zu öffnen, kniff mich beidseitig in die Oberschenkel, fügte mir Schmerz zu, um die aufkommende Panik zu unterdrücken. Wohlweislich, dass ich ihr damit Futter gab. Denn unterdrücken hatte sie sich nie lassen. Schnell löste ich die Finger. Im Rücken spürte ich dieses schmerzhafte Kribbeln, als würde eine Horde Ameisen über mich trampeln. Ja, trampeln! Oder waren es Nashörner? Denn es tat weh, verdammt, es tat weh! Ich stierte weiterhin aufs Meer. Durch den Kopf schossen Gedanken, unmöglich, sie einzufangen, zu schnell kamen und verließen sie mich. Nun hatte ich zu den Ameisen ein Bienenhaus heraufbeschworen.

»Halt! Hört auf!«, schrie ich in die Weite, hob drohend die Fäuste. »Es reicht! Das ist nur Wasser, viel Wasser, mehr nicht!«

Schlagartig wurde es ruhig in, auf mir. Ich horchte in mich, die Bienen weg, die Ameisen verschwunden. Die Schlacht vorerst geschlagen.

Ganz glatt lag das Meer dort unten zu meinen Füßen. Einem See gleich, die Küstenberge spiegelten sich auf der Oberfläche. In dem Moment gestand ich mir ein, das Meer strahlte eher Ruhe als Angst aus. Ich änderte die Sitzposition, schüttelte die angespannten Beine und Arme aus. Nahm mir Zeit bei der Betrachtung, dem vorsichtigen Anfreunden mit dem Ozean. Die Dämmerung brach ein, der Ziegenhirte rief seine Herde zusammen, füllte die Wassertränken und reichte Futter. An der Zeit für mich, vom Berg zu kommen. Als ich aufstand, spürte ich einen dumpfen Schmerz am Steißbein, vom langen Sitzen auf dem Felsen.

Vor der Tür nahm mich die kleine Sofie in Empfang. Noch ein wenig unsicher auf ihren Beinchen, lief sie hinter mir ins Haus und holte sich ihre Streicheleinheiten ab. Erschöpft, jedoch auch erleichtert, setzte ich mich auf den Küchenstuhl, ließ den Tag Revue passieren, mit dem Katzenbaby auf dem Schoß. »Ich weiß gar nicht, Sofie, warum ich solch eine Panik habe. Das Meer glich einem Spiegel, unbeweglich lag es dort. Kein bisschen angsteinflößend. Langsam unverständlich oder schon immer nicht nachvollziehbar?«

Sofie leckte meine Finger, ich lächelte. Wohl ihre Art mit mir zu kommunizieren. Für den nächsten Tag nahm ich mir eine weitere Annäherung vor.

Es stürmte gewaltig. Ich kämpfte gegen die Böen an und ohne lange darüber nachzudenken. Schließlich hatte ich am Vortag ein positives Erlebnis zu verzeichnen, setzte ich mich auf den Felsen, direkt mit Blick aufs Meer.

Bereits in der ersten Sekunde verschlug es mir den Atem, die Augen aufgerissen starrte ich auf das Ungeheuer, das schaumschlagend an die Küste rauschte. Automatisch zog ich die Beine hoch. Brachte sie auf einem erhöhten Stein, in eine mir gedachte Sicherheit. Weit über tausend Meter lagen zwischen uns! Mir schauderte, abwechselnd kalt und heiß. Ameisen, Bienen, donnernde Herzschläge, Übelkeit und Atemnot. Als der Schwindel einsetzte, fiel ich vom Felsen, schlug hart mit dem Becken aufs Gestein und schrammte mir die Ellbogen auf. Blieb liegen, abgewandt von dem Bösen.

»Verdammt! Verdammt!« Ein klarer Rückschlag, den ich mir nicht eingestehen wollte. Wo waren die Ziegen? Hatte ich sie verschreckt, waren sie überhaupt da? Spielte das eine Rolle, helfen konnten sie mir eh nicht. »Ha!« Ich lachte laut auf. »Ich werde verrückt. Rettet mich, bringt mich in die Geschlossene! Ich habe es nicht anders verdient. Holt mich, lasst mich hier nicht sterben. Hört mich jemand? Hilfe!« Verletzlich rollte ich mich zusammen, weinte mir die Seele aus dem Leib.

Irgendwann musste ich eingeschlafen sein.

Als ich erwachte, stand die Sonne tief und ich wusste, ich müsste mich beeilen, um den Weg bei Tageslicht zurück zum Haus zu finden.

»Nein! Du gehst jetzt nicht hier weg, ohne dich deinem Gegner zu stellen. Los!«, schrie ich mich selbst an. »Schau hinunter aufs Meer. Mach!«

Die verkrusteten Stellen an den Armen brannten und auf der schmerzenden Hüfte zeigte sich sicherlich ein Bluterguss. Ich biss die Zähne fest zusammen.

Vorsichtig richtete ich mich auf, schaute hinab. Der Wind hatte sich gelegt und das Meer milder gestimmt. Es lag in einem schummerigen Licht, sah gefangen aus, eingezäunt durch den Landstrich, die Berge. »Und wovor hattest du Angst?« Ich strich mir eine Haarsträhne aus dem Gesicht.

Schüttelte unaufhörlich den Kopf über mein kurioses Verhalten. Eine Weile blieb ich dem Meer zugewandt, um die Situation auf mich wirken zu lassen, dann machte ich mich auf den Heimweg. Angekommen, fiel ich verschwitzt aufs Bett und schlief erschöpft ein.

Ariane trifft auf Stefan

Schlaftrunken überkam mich das Gefühl, als hätte ich einen Stein auf dem Bauch liegen. Streckte die Hände aus, wollte ihn wegschieben und fühlte weiches Fell. Ich sah auf. Mamakatze und ihre drei Kinder hatten es sich auf und neben mir bequem gemacht.

»Wie seid ihr denn reingekommen?« Mit einem Blick zum Fenster stellte ich fest, es war geschlossen. Die Erinnerung an den Vortag kam, wahrscheinlich hatte ich die Haustür nicht zugemacht. Einbrecher hätten bei mir ein leichtes Spiel gehabt.

Die Arme schmerzten. Ein Teil der Bettdecke klebte an den Krusten. Langsam zog ich sie weg, Blut tropfte herab. Das Leinentuch war eh verdreckt. Wie sollte es anders sein, wenn die verschmutze Kleidung beim Schlafengehen nicht ausgezogen wurde. Vorsichtig scheuchte ich die Katzenfamilie vom Bett, zog die Laken ab, steckte sie in die Waschmaschine und ging dann unter die Dusche. Ich hielt das Gesicht in den angenehm warmen Strahl. Du musst wieder auf den Berg oder du schaffst es direkt ins Dorf. Du brauchst unbedingt ...

Hupen!

Schnell drehte ich den Hahn zu. Blitzartig fiel mir ein, dass die Haustür offenstand. Ich wickelte mich in ein Handtuch. Die Füße nass, blinzelte ich durch einen Spalt der Badezimmertür. Der Bauer von Gegenüber.

»Kaliméra.« Er blickte sich um.

Und jetzt? Halbnackt rausgehen oder abwarten, dass er verschwindet? Was wollte er? Seine Schritte entfernten sich, um kurz darauf wieder näher zu kommen. Er stellte einen großen Karton auf die Terrasse. Rief: »Jassou«, verblieb kurz auf der Schwelle. Dann hörte ich, dass der Wagen sich entfernte.

Nachdem ich mir sicher war, er könnte mich nicht mehr sehen, ging ich raus und hätte beim Anblick der Lebensmittel einen Luftsprung machen können. Der Nachbar hatte sein Versprechen gehalten und mir Brot, Mehl und weitere Grundnahrungsmittel aus dem Dorf mitgebracht. Obenauf lag die Quittung. Bevor ich mich auf den Berg begab, würde ich ihm das Geld vorbeibringen.

Der Bauer schien nicht zu Hause zu sein, ein anderer Mann kam auf mich zu.

»You speak english?«, fragte ich zaghaft.

»Auch Deutsch. Stefan.« Lächelnd reichte er mir die Hand.

»Freut mich. Ariane. Sie sind Deutscher?«

»Lebe seit zwanzig Jahren hier und helfe dem Bauern bei der Ernte.«

Jetzt besah ich mir den Aussteiger genauer. Seine Augen leuchteten in einem satten Grün, dunkelblonde kurzgehaltene Haare. Muskeln zeichneten sich unter seinem schmutzigen T-Shirt ab, auf dem »Born to be wild« gedruckt war. Die Jeans saß locker und zeigte grüne Flecken an den Knien.

»Wir ernten heute Zucchini.« Verlegen strich er über sein Shirt, als wolle er es vom Schmutz befreien.

Ups! Meine Betrachtung schien aufgefallen zu sein. Sicher würde ich knallrot anlaufen, ich spürte, wie die Hitze in mir aufstieg. Räusperte mich, stotterte: »Ich wollte dem Bauern die Lebensmittel bezahlen.« Hielt Stefan dreißig Euro entgegen.

Bevor er das Geld annahm, wischte er sich die Finger an der Hose ab. »Ich werde es ihm geben, sobald er zurück ist.«

»Danke.« Verlegen drehte ich mich um.

»Gehen Sie wieder auf den Berg?«

Hatte er mich die letzten beiden Tage beobachtet? Erstaunt sah ich ihn an. »Ja. Es ist wunderschön dort oben.«

»Pass auf, dass du nicht wieder vom Felsen fällst.« Hatte er mich geduzt? Ob er mein gestriges Verhalten gesehen hatte?

»Wie kommen Sie ... kommst du darauf, dass ich vom Felsen gefallen bin?«

»Bist du?«

»Wie jetzt?«

Stefan zeigte auf meine Arme. »Ich dachte nur.«

»Ach so. Na ja, nicht wirklich.« Verlegen schob ich die Hände in meine rückwärtigen Hosentaschen.

»Ich muss wieder ...« Er zeigte aufs Feld.

»Klar, gute Ernte, bis demnächst.« Beim Abdrehen winkte ich kurz.

»Hoffentlich.«

Nett, dachte ich und lächelte, bevor ich mich zügig an den Aufstieg machte. Oben angekommen, schaute ich auf die Ziegenherde. Ich bildete mir ein, viele von ihnen würden mich mit erstaunten Gesichtern anblicken und denken: ›Da ist die Verrückte wieder‹, bevor sie zu meckern anfingen.

Zum Kampf bereit hockte ich mich auf meinen Beobachtungsfelsen. Ich hob das Kinn, als wollte ich dem Meer meine Sicherheit beweisen. Nicht ganz ruhig, doch auch nicht so aufbrausend wie am Vortag lag es heute zu meinen Füßen. Drei Segelschiffe machte ich in der Ferne aus und Fischer in ihren Booten, die Netze aus dem Wasser zogen. Idyllisch, kein bisschen furchteinflößend.

Den gesamten Tag verbrachte ich dort. Hin und wieder verließ ich den Stein und suchte unter einem Olivenbaum Schatten. War ich so weit, dem riesigen Gewässer näher zu kommen? Sollte ich am nächsten Tag den Mut aufbringen und mir das Meer aus der Nähe ansehen? Mit den Augen durchforschte ich die Gegend, suchte nach einem Weg, der mich vielleicht bis ans Ufer bringen könnte. Ans Ufer? Nein, so weit noch nicht, aber vielleicht bis auf dreihundert Meter Abstand? »Ariane, das wirst du auch schaffen, ist das klar!«, gab ich mir selbst die deutliche Ansage, bevor ich meinen Posten verließ und mich auf die Katzenfamilie freute.

Da stand ich nun. Ich kann nicht behaupten, dass die Beine nicht zitterten, ganz im Gegenteil. Gewaltig, sodass ich mich auf einen Baumstumpf niederließ und damit die Aussicht aufs Meer verlor. Wenigstens für einen Augenblick. Denn weder wollte ich kehrtmachen, weglaufen, noch schreien, sondern mich dem Verursacher meiner

Ängste stellen. Das war der erste Schritt in Richtung: Mörder ausfindig machen! Wenn mich das nicht anspornte, was dann? Dem Mann gab ich all die Schuld an meiner Angst vor Gewässern und sogar Badewannen! Das sollte sich ein normal denkender Mensch einmal reinziehen. Badewannen! War ich auf dem richtigen Weg? Ich bemerkte, dass ich meine Furcht langsam sarkastisch ausdrückte.

In Gänsefüßchen-Geschwindigkeit schritt ich dem Ufer entgegen. Ein ausgesprochen windstiller Tag. Ich kam an ein Flussbett. Am Rand wucherte Dill zwischen dem Unkraut. Spitze Steine spürte ich hin und wieder unter den Sohlen. Den Blick wollte ich nicht abwenden von dem blauen Nass, das vor mir lag.

»Du schaffst es! Denk nicht daran, jetzt zu fliehen. Du schaffst es. Es liegt ganz ruhig vor dir, als würde es dich freundschaftlich empfangen wollen. Schau hin, schau nicht zurück. Gut so.« Ob es nun zum täglichen Gebrauch wurde, dass ich laut mit mir sprach? Was wäre, wenn mir jemand zuhörte? Umschauen unmöglich, weil ich mich zwang, nach vorn zu sehen.

Nun stand ich am Ufer, so nah, dass das Wasser an meinen Schuhen züngelte und ich spürte die Nässe, die ins Leder zog. Egal, das spielte jetzt keine Rolle. Wichtiger: nicht umzudrehen, alles auf mich wirken zu lassen. Ich setzte mich in den von der Sonne gewärmten Sand, spürte unter den Händen die Feuchtigkeit, die von meiner Kleidung aufgesaugt wurde. Ein weiteres: Egal. Eine Welle umspielte meine Finger, das Wasser fühlte sich angenehm warm und sanft an. Ich hörte in mich hinein.

Zum ersten Mal, seitdem ich von zuhause losgegangen war. Vorher verbot ich mir jeglichen Gedanken daran, aus Angst, die Panik auf mein Vorhaben aufmerksam zu machen. Mein Herz pochte heftig, doch es machte mir nichts aus. Kein Schweißausbruch, kein Zittern und keine Ameisenherde. Und Bienen schwirrten um mich herum, doch nicht in meinem Kopf. Hatte ich es geschafft, die Angst zu besiegen?

»Hallo.«

Ich schreckte auf. Ameisen, Bienen, Zittern, alles mit einem Schlag vorhanden. Als wäre ich von einer der Kopfbienen gestochen worden, rannte ich los und direkt in die Arme von Stefan.

»Lass mich los!«, schrie ich und schlug auf seinen Oberkörper ein.

Blitzschnell sprang er zur Seite. »Was ist passiert?«

Ich rannte um mein Leben. Im Nacken das Meer, es verfolgte mich. Mit den Händen versuchte ich es zu verscheuchen, schlug um mich.

»Bleib stehen!« Stefan. »Ariane, hat dich eine Biene gestochen? Lass dir helfen.«

»Mir ist nicht zu helfen.«

Irgendwann musste er seine Verfolgung aufgegeben haben.

Außer Atem erreichte ich mein Zuhause, verriegelte die Tür und ließ mich von innen am Rahmen hinabgleiten. »Ganz klar, ich gehöre weggesperrt.«

Vertrauen

Langsam wurde mir bewusst: Ich hatte auf einen Menschen eingeschlagen, den ich vor kurzer Zeit kennenlernte. Was der wohl von mir dachte? Die durchgeknallte Tussi? Wovor war ich da eigentlich weggelaufen? Stefan hatte nur »Hallo« gesagt. Angespannt hatte ich mich auf das Meer konzentriert, es langsam an mich rankommen lassen. Den ersten Kontakt gespürt. Stefans Stimme hatte mich in Panik versetzt. Warum? Hatte es mit dem damaligen Erlebnis am Felsen zu tun? Keine Ahnung. Fakt war, ich war aufgesprungen und hatte zugeschlagen. »Oje!« Hysterisch lachte ich auf, als ich mir die Situation bildlich vor Augen führte.

Es klopfte an der Tür. Schlagartig verstummte ich, hielt den Atem an. Sicherlich Stefan, der noch nicht genug von mir hatte. Ich stand auf, fuhr mir mit den Händen durchs Gesicht und übers Haar. Eine Entschuldigung war angebracht.

Ich öffnete die Tür. »Leftéris? Was machst du denn hier?«

»Hallo Ariane, schön dich wiederzusehen. Darf ich reinkommen oder kommst du auf die Terrasse?«

Freundlich bot ich ihm einen Stuhl an, setzte mich ihm gegenüber. Sofort kamen die Katzenbabys angelaufen, strichen um unsere Beine.

»Geht es dir gut?« Er sah mir in die Augen.

»Geht so.«

»Was ist passiert?«

Ich zog die Schultern hoch, unsicher, ob ich ihm die Geschichte erzählen sollte. Im Grunde freute ich mich ihn zu sehen. Wie er wohl erfahren hatte, dass ich hier war?

»Stefan ...«, fing er an, ich senkte den Blick zum Boden, »ist mein Freund, wir wollten zusammen tauchen gehen, danach ein paar Bierchen trinken und Würstchen grillen. Er meinte, dich hätte eine Biene gestochen. Du bist an meinem Auto vorbeigerannt, so schnell konnte ich gar nicht reagieren. War überrascht, dich überhaupt auf Kreta zu sehen. Hab mich dann erst um den verdatterten Stefan gekümmert.«

Ich schmeckte Blut, hatte mir die Innenlippe aufgebissen. »Ich hatte mich erschrocken. Sag ihm, es tut mir leid.« Langsam hob ich den Blick.

»Denke, das musst du selbst machen.« Ein Nicken von mir. »Erzähl, was hat dich auf die Insel gezogen?«

Die Wahrheit, dass ich nach meinem Mörder suchte, konnte ich ihm nicht sagen. Oder doch? Nein, er würde mich für total abgefahren halten. Ich kannte ihn zu wenig, um offen über meine Beweggründe zu sprechen.

»Ich wohne jetzt hier.«

»Kann es sein, dass du meiner Frage ausweichst?«

»Mhm.«

»Warum?«

»Kann es dir nicht sagen.«

»Bleibst du lange?«

»Bis ich ihn gefunden habe.«

»Wen?«

Oh, nun befand ich mich in einer Einbahnstraße, selbst hineingefahren. Blieb stumm, schaute hinauf zum Gipfel.

»Ariane, du kannst mir vertrauen. Ich habe dir bereits bewiesen, dass du dich auf mich verlassen kannst. Sogar in die deutsche Klinik wäre ich gekommen, wenn es dir geholfen hätte.« Er kratzte sich am Kinn.

»Danke, allein deine Aussage hat mir bereits geholfen, dass ich da rausgekommen bin.«

»Also bitte, was hat dich hergetrieben?«

Ich sah ihn an. »Und du wirst mich nicht für verrückt halten?«

»Ich habe keinen Grund dafür.«

»Ich bin auf der Suche nach meinem Mörder.«

»Bitte, was?« Skeptischer konnte mich niemand ansehen.

»Meine Angst vor dem Wasser beruht aus meinem vorherigen Leben, in dem ich hier auf Kreta als Kind umgebracht wurde. Durch meine Wiedergeburt ...«

»Du spinnst doch!« Leftéris sprang auf, entfernte sich ein paar Schritte. Stumm weinte ich. Er blies die Wangen auf, atmete langsam aus. »Und jetzt?« Seine Stimme klang gebrochen.

»Du denkst, ich gehöre zurück in die Klinik, nicht?«

Nun war er derjenige, der sich auf die Unterlippe biss. Ich spürte förmlich, dass er einen innerlichen Kampf mit sich austrug.

»Okay«, er setzte sich wieder. »Erzähl mir die ganze Geschichte, damit ich mir ein eigenes klares Bild darüber machen kann.«

Er war der Erste, dem ich die Rückführung darlegte

und den Wunsch, durch das Finden meines Mörders endlich von den Ängsten befreit zu werden. Erzählte von der Stimme und dem Gesicht des Felsenmädchens, ich verbarg keine Einzelheit. Stumm hörte er mir zu, kein einziges Mal unterbrach er mich. Seine Gesichtszüge angespannt, sein Brustkorb hob und senkte sich schnell. Mein Herz hämmerte heftig, es dröhnte im Kopf. Die Offenbarung brachte mich ans Ende meiner Kräfte.

»Kannst du nachvollziehen, was in mir abgeht?«, waren meine letzten Worte. Erschöpft sank ich tiefer in den Stuhl, spürte die angespannten Muskeln.

»Ariane, das muss ich erst mal verarbeiten. Danke für dein Vertrauen, ich werde es niemandem weitersagen. Gib mir Zeit, es zu verdauen und vielleicht fällt mir dann eine Lösung ein, womit ich dir helfen kann.« Sanft strich er über meinen Arm.

»Und Stefan?«

»Du kannst ihm sagen, dass dir dein Ausflippen leidtut, du hättest dich total erschrocken.«

Ich nickte. Kurz darauf verabschiedete Leftéris sich. Lange sah ich ihm nach.

In der Ferne erkannte ich Stefan. Er stand vor dem Haus des Bauern. Am besten, ich entschuldigte mich sofort bei ihm.

Die nächsten Tage verbrachte ich im Haus oder auf der Liege unter einem Olivenbaum. Beobachtete die Katzenfamilie. Die Kleinen spielten nachlaufen, kullerten übereinander und Katzenmama war immer in ihrer Nähe. Hin und wieder gab sie einen Laut von sich, wenn die

Kinder sich zu weit entfernten. Ich ging davon aus, dass sie die Rasselbande damit zurückrief. Leftéris hatte sich nicht wieder blicken lassen. Meine Gedanken kreisten darum, ob ich mich ins Dorf trauen sollte, um endlich selbst für mich einzukaufen. Die Katzenbabys würden bald anfangen selbstständig zu fressen. Ich brauchte Futter.

Bevor ich weiter darüber grübelte, setzte ich es lieber gleich in die Tat um. Schnappte mir die Geldbörse und machte mich auf den Weg hinunter auf die Hauptstraße. Vor der ersten Kurve hielt ich kurz inne. Drei Schritte weiter und ich hätte direkten Blick aufs Meer. Ich horchte in mich hinein. Bereit dazu? Klar, es führte kein anderer Weg zum Minimarkt. Zielstrebig ging ich weiter, konzentrierte mich auf die Wattewolken, die am Himmel entlangzogen. Ein Flugzeug konnte ich ausmachen, zu hören war es nicht. Die Sandalen keinesfalls geeignet für den kurzen Weg über die Schotterstraße. Kleine Steinchen schoben sich zwischen die Zehen. Ständig blieb ich stehen, um sie zu entfernen. Angebrachter wären die Wanderschuhe gewesen, die ich sonst immer trug. Doch im Dorf wollte ich ein wenig auf schick machen im lockeren, luftigen Kleidchen, das meine Speckröllchen umschmeichelte. Und dazu die offenen Schuhe. Farblich passend zum pastellfarbenen Kleid. Das Überschreiten von Grasbüscheln mit nackten Beinen auch nicht unbedingt von Vorteil. Ein paar Kratzer musste ich hinnehmen. Endlich auf der Hauptstraße, putzte ich mit einem Taschentuch den Staub von den Schnallen. Schritt dann zügig Richtung Dorf.

Am Straßenrand standen kleine Häuser. Jedes hatte einen großzügig angelegten Garten, in dem es entweder bunt blühte oder Gemüse heranwuchs. Auf vielen Grundstücken gab es Hibiskussträucher, deren rot- oder apricotfarbenen Blüten leuchteten.

Einer kam ich zu nah, sofort verfärbte der Blütenstaub den Oberarm. Ich lächelte, wischte ihn weg. Ein alter Mann winkte mir zu, der gerade Zucchinis erntete. Überall Zucchini, dachte ich, die Kreter mögen dieses Gemüse wahrscheinlich gerne. Ich nahm mir fest vor, Zucchini zu kochen. Einige von denen, die der Nachbar mir gebracht hatte, lagen im Kühlschrank. Hoffte darauf, dass sie noch nicht vergammelt waren.

Eine Schafherde graste zu meiner Rechten, der Hirte stand im Schatten eines Feigenbaumes. Er rief mir etwas zu. Ich ging davon aus, dass er mich begrüßte, darum winkte ich freundlich. Die ersten Häuser des Dorfes konnte ich bereits ausmachen.

Zuerst kam ich an einem Hotel vorbei. Es hatte wenige Zimmer, jedoch alle mit Balkon zum Meer hin. Auf einem Werbeschild erkannte ich, dass sich auf der Rückseite ein Pool befand. Etliche Autos parkten auf der Straße, es schien gut besucht zu sein. Ein Appartementhaus auf der linken Seite, mit einem wunderschön angelegten Rosengarten. Süßer Duft stieg mir in die Nase. Auch dort ein Mann, der mir zuwinkte.

Gibt es keine Frauen, die im Garten arbeiten?, dachte ich und überlegte an der Abzweigung, ob ich geradeaus gehen sollte, dort, wo ich damals in der Nacht entlanggegangen war oder rechts hinunter, näher am Meer entlang. Die Entscheidung fiel auf den sicheren Weg.

Somit kam ich, wie an meinem Anreisetag, bei der netten alten Frau vorbei. Nun wusste ich, wo sich all die Dorffrauen aufhielten. Im Kreis saßen sie im Hof auf längst in die Jahre gekommenen Holzstühlen. An manchen konnte ich die Farbe erkennen, die der Stuhl einmal gehabt haben musste. Blau, grün und rot, farbenfroh zusammengewürfelt.

Die Alte winkte mich heran. Ich ging hinüber, grüßte. Jede der Frauen beschäftigte sich mit einer Handarbeit. Häkeln, stricken, sticken, alles war vorhanden. Niemand hielt inne in seinem Tun, sie lächelten mich alle an. Schade, dass ich mich nicht mit ihnen unterhalten konnte. Mit Gesten gab ich zu verstehen, dass mir die Sachen gefielen. Eine etwas jüngere Frau erhob sich, winkte mich auf die Terrasse. Dort stand ein Tisch, auf dem handgefertigte Tischdecken, Pullover, Taschen, Servietten und Decken auslagen. Zum Verkauf nahm ich an. Mir fiel eine Decke mit Olivenmotiven ins Auge, die ich mir näher ansah. Wir kamen schnell ins Geschäft, denn dazu passend gab es Tischsets, die mir besonders zusagten. Die Frau packte mir alles in eine Tüte, ich zahlte. Als ich ging, lächelte mir die Runde freudig zu.

Stolz über den ersten Einkauf auf der Insel, spazierte ich die Dorfstraße hinunter. Um die Ecke lag das Meer, ich verdrängte es aus den Gedanken. Schade, dass die Frauenrunde die Handarbeiten auf der Terrasse anbot. Wer von den Urlaubern sollte in der Nebenstraße darauf stoßen? Es war Zufall, dass ich vorbeigegangen war. Und dann kam die Antwort. Ein Geschäft bot die gleichen

Handarbeiten an. Ich sah auf die Preise, sie lagen über dem, was ich gezahlt hatte. Wahrscheinlich war es den Frauen nicht erlaubt, ihre Ware öffentlich anzubieten.

Zwei Seitenstraßen weiter fand ich den Minimarkt. Bevor ich dorthin ging, blieb ich stehen und schaute mir die Gegend an. Eine alte Kirche zwischen zwei Häusern. Daneben ein kleines Haus, vor der Tür stand ein Schild: ›Fischermuseum‹. Ich lächelte, beides würde ich mir bei Gelegenheit anschauen. Dahinter eine Bar. Mir stockte der Atem. Bilder blitzten auf. Von jener Nacht, als mich das Mädchen rief. Die Bar!

Da bin ich dran vorbei, erinnerte ich mich, und damit nicht mehr weit vom Felsvorsprung entfernt gewesen. Einen Schritt wagte ich nach vorne, um besser die Schotterstraße entlang sehen zu können. Richtig! Dort lagen die riesigen Steine.

Ein Auto hupte hinter mir. Ich schreckte auf und bemerkte, ich stand mitten auf der Straße. Entschuldigte mich und machte den Weg frei. Dann drängte ich mich an die Häuserwand, blickte weiterhin zum Tatort aus meinem vorherigen Leben.

Nein, heute war ich keineswegs dazu bereit, mich diesem zu stellen. Drehte mich um, ging zügig in den Minimarkt und erledigte den Einkauf. Mit vier Tüten beladen machte ich mich auf den Rückweg. Wieder die sichere Variante. Die Frauen waren nicht mehr dort. Ich sah auf die Uhr. Mittagszeit. In meiner Vorstellung bereiteten sie nun das Essen zu. Mein Magen knurrte, Zeit nach Hause zu kommen. Die Arme wurden immer länger, die Hitze machte mir unter der Last, die ich mit mir herumschleppte, zu schaffen. Nach einem Kilometer kam ich langsam an meine Grenzen. Zwanzig Dosen Katzenfutter, Brot, Mehl, Milch, Joghurt, reichlich an Süßigkeiten und Saft hatte ich eingekauft.

Ein Auto hielt neben mir an. Stefan! Ob er mich mitnehmen würde? Entschuldigt hatte ich mich, er durfte nur keine Angst vor einem weiteren Ausrasten von mir haben.

»Soll ich dich mitnehmen?« Seinen Blick empfand ich als skeptisch.

Na, endlich fragte er, es kam mir wie eine Ewigkeit vor. »Gerne.«

Ich lud die Tüten in den Kofferraum und rutschte auf den Vordersitz.

»Alles gut bei dir?«, fragte er, bevor er den Gang einlegte. Verlegen wandte ich mich ab und zog den Sicherheitsgurt, etwas heftiger als gewollt. »Ja. Und bei dir?«

»Ich habe einen freien Tag und in einer Taverne etwas zum Essen geholt.«

Erst jetzt bemerkte ich, dass der Duft von Knoblauch in der Luft schwebte. »Was gibt's Leckeres?« Mein Magen gab einen Laut von sich und das Wasser lief mir im Mund zusammen.

»Frittierte Zucchini, Aubergine, Zazíki und Souvláki. Willst du mitessen?«

Ich wagte nicht ihn anzusehen, weil dann würde ich das Meer erblicken. »Hört sich lecker an und riecht gut. Gerne.«

»Schön, Leftéris ist mit von der Partie.«

Nach einer Kurve bog er links auf die Schotterstraße,

die hinunter zum Meer führte. Genau auf den Weg, auf dem ich vor Stefan das letzte Mal geflohen war.

»Halt an! Halt sofort an!«, schrie ich in meiner Panik.

Vollbremsung. Steine wirbelten gegen den Autolack. Ich riss die Tür auf, lief los.

»Ariane!«, rief Stefan hinter mir her. »Was ist denn wieder los? Deine Tüten!«

Abrupt blieb ich stehen, umzudrehen traute ich mich nicht. Die Panik hatte mich voll im Griff. Und jetzt? »Kannst du sie mir bitte bringen?«

»Können wir nicht erst essen und danach ...?«

»Gib sie mir bitte, sofort.« Tränen erstickten meine Stimme.

Er schien es wohl bemerkt zu haben. Murmelte etwas mir Unverständliches vor sich hin.

»Hier.« Er stellte die Tüten neben mir ab. »Tut mir leid, Ariane, du hast doch nicht mehr alle Tassen im Schrank!«

Das waren seine letzten Worte. Mit durchdrehenden Rädern setzte er die Fahrt fort. Ein durch die Luft wirbelnder Stein traf mich an der Wade. Ich ließ mich exakt auf der Stelle, an der ich wie festgewurzelt stand, nieder und weinte bitterlich. Stefan hatte es wohl trotz des rasanten Anfahrens im Rückspiegel bemerkt, er hielt den Wagen an, kam auf mich zu und hockte sich vor mich.

»Du blutest. Ist das durch mein ... Entschuldige.«

Ich schüttelte den Kopf, wischte mir die Tränen vom Gesicht.

»Du nimmst die Entschuldigung nicht an?«, fragte er entsetzt.

»Doch, aber deshalb weine ich nicht.«

»Warum dann?«

Mir war bewusst, es führte kein Weg an der Wahrheit vorbei, ansonsten würde ich zum Dorfgespött. Dies konnte ich mir nicht leisten, denn wie sollte ich sonst irgendwann einmal meine Nachforschungen anfangen?

Tief atmete ich durch, sah auf und sagte: »Ich habe Angst vor großen Gewässern, sprich, dem Meer.« Sprachlos sah er mich an. »Schon seit meiner Kindheit«, setzte ich nach.

»Aber du warst doch letztens am Meer, als ...« Seine deutliche Handbewegung vollendete den angefangenen Satz.

»... als ich wild auf dich einschlug. Sprich es ruhig aus. An dem Tag wollte ich mich dem Wasser nähern. Als du mich angesprochen hast, erschrak ich und beschwor somit die Panik herauf.«

Er verzog das Gesicht, als würde er angestrengt nachdenken, nach dem Motto: Mach ich jetzt die Fliege oder bleib ich und helfe. »Pass auf, du bleibst kurz hier sitzen, ich hole Leftéris«, er zeigte hinunter zum Meer, »dann fahren wir zu dir hoch auf den Berg und essen gemeinsam auf deiner Terrasse. Ist das ein Angebot?«

»Gerne«, flüsterte ich.

Stefan hatte sich fürs Helfen entschieden. Tief im Inneren dankte ich ihm dafür. Obwohl ich sonst lieber die Panik mit mir selbst ausmachte, wollte ich dieses Mal ungern alleine bleiben.

»Danke, das hat super geschmeckt.« Ich leckte mir Zazíki vom Zeigefinger.

»Bier hast du keins da, oder?«, fragte Leftéris.

»Nein, leider nicht. Das nächste Mal, wenn ich im Dorf einkaufen gehe.«

»Dann sag vorher Bescheid, ich helfe dir beim Transport«, meinte Stefan, der aufstand und den Müll entsorgte.

»Kaffee?«, fragte ich.

»Warum nicht«, antwortete Leftéris und Stefan nickte zustimmend.

Als ich mit einem Tablett auf die Terrasse kam, hatte sich Stefan Bonzu auf den Schoß genommen und streichelte den kleinen Kater liebevoll. Sofie und Drago versuchten an seinem Bein hochzuklettern. Bevor sie mit ihren Krallen in seinem Fleisch Halt suchten, hob er sie hoch. Nun stritten die Kätzchen um den besten Platz auf seinen Knien.

»Kann ich die mitnehmen?«, fragte er. »Meine Katze ist verstorben und ich suche nach neuer Gesellschaft.«

»Sie fressen nicht eigenständig, die Mutter gibt noch Milch.« Konnte ich die drei Kleinen eigentlich weggeben? »Ich behalte sie gerne selbst.«

»Schade, die sind hübsch und so zahm.«

Für einen Moment wurde es still zwischen uns. Ich beobachtete Stefan mit den Babys, Leftéris drehte sich eine Zigarette, zündete sie an und zog genüsslich daran.

Beim Zurücklehnen sagte er: »Ariane, können Stefan und ich dir irgendwie helfen?«

Bei den Worten überschlug sich mein Herz, als würde es auf einer Galopprennbahn zum Einsatz kommen. Automatisch legte ich die Hand darauf, als wollte ich es damit beruhigen. Konnten mir die beiden behilflich sein? Wenn ich mit dem Nachforschen anfangen würde, wäre jemand an meiner Seite, der Griechisch spräche, nicht schlecht. Leftéris wusste von meinem Vorhaben, doch war ich bereit, mich auch Stefan zu outen?

»Glaubst du mir, Leftéris?«

»Was du mir letztens erzählt hast?« Er schnippte die Kippe in den Vorgarten.

Ich nickte.

»Um ehrlich zu sein, ich habe mich im Internet schlau gemacht.«

»Kann mir einer sagen, wovon ihr redet?«, mischte sich Stefan ins Gespräch ein.

»Das liegt an Ariane, ob sie dich einweihen möchte oder nicht.« Leftéris hatte sich seinem Freund zugewandt.

»Soll ich besser gehen?«, fragte der prompt.

»Ich bin mir nicht sicher«, fing ich an, »ich habe Angst, dass du mich für verrückt hältst.«

Er lachte kurz auf. »Was soll denn Schlimmeres kommen, als das, was ich bereits mit dir erlebt habe?«

»Viel schlimmer!« Meine Stimme war etwas zu hart geworden. »Es ist nicht einfach für mich, darüber zu sprechen«, sagte ich milder.

»Jetzt hast du mich neugierig gemacht.« Stefan schob seinen Stuhl näher und ich ein Stück zurück. »Schon gut, ich wollte dir nicht auf die Pelle rücken.« Er nahm sofort Abstand.

»Versprich mir hoch und heilig, du wirst außer mit Leftéris mit niemandem darüber reden.« Ich reichte ihm die Hand.

Er schlug ein. »Großes Ehrenwort!«

»Gut, dann höre dir die ganze Story an.« Ich erzählte und ließ keinen Moment des Erlebten aus. Stefan rieb sich den leichten Bartansatz, fuhr sich mit der Zunge über die Zähne.

»Tja, Leute, kommen wir jetzt zu meinem Geheimnis, wenn wir schon dabei sind, offen miteinander zu sein«, sagte er, ohne mit einem Wort auf meine Schilderungen einzugehen. »Als ich in Deutschland lebte, war ich Therapeut, bildete mich weiter in Rückführungen. Punkt! Jetzt seid ihr dran.«

»Was?«, schrie ich auf, hielt mir die Hand vor den Mund.

»Hey, das kann doch nicht wahr sein. Also ich glaub ja nicht an Zufälle, aber wenn das keiner ist!« Leftéris Kommentar dazu. Er schlug Stefan dabei auf die Schulter.

»Ariane, wenn du willst, helfe ich dir. Ich müsste mich einlesen, bin aus der Übung gekommen. Die Bücher hatte ich damals mitgenommen.«

»Du hast das nicht gewusst?«, fragte ich, an Leftéris gewandt. Der schüttelte den Kopf.

»Warum hast du deinen Job aufgegeben, Stefan?«

Ich wollte mir ein gesamtes Bild machen, ob ich ihm aufrichtig vertrauen konnte.

»Über den Abschnitt in meinem Leben habe ich auf Kreta noch mit niemandem geredet. Gestand ihm keinen Platz in meiner neuen Heimat zu. Damit du mir vertraust, bin ich bereit euch meine Geschichte zu erzählen. Kurz und ungeschminkt.« Er hielt inne, sah von mir zu

Lefteris. Was hatte er zu verheimlichen? Konnte ich ihm danach überhaupt trauen? Vielleicht war er ein Verbrecher? In Sekundenschnelle schmückte ich mir unzählige Dinge aus und schreckte zusammen, als er zu sprechen anfing.

»Ich war verheiratet, wir erwarteten unser erstes Kind. Kurz vor der Geburt nahm sich meine Frau das Leben, sie sprang von einer Brücke.« Seine Augen füllten sich, er senkte den Blick. »Ich hatte nichts von ihrer Depression bemerkt. Zu sehr beschäftigt mit meinen Klienten, mit den Lehrgängen, um Rückführungen zu erlernen. Ich gab mir die Schuld an ihrem und des Ungeborenen Tod. Direkt nach der Beerdigung brach ich alle Brücken ab und floh nach Kreta. Nach zehn Jahren fand ich meinen Seelenfrieden, doch zurück wollte ich nicht. Habe mir hier ein Leben aufgebaut, in dem ich zufrieden bin.«

Nur die Vögel, die im Olivenhain auf den Bäumen saßen und ihr Liedchen von sich gaben, waren zu hören, ansonsten herrschte Stille zwischen uns. Jeder schien seinen Gedanken nachzugehen, bis auf einmal Stefan, der sich gefangen hatte, sagte: »Und welches Geheimnis verbirgst du, Lefteris?« Als hätte Stefan einen Schalter umgelegt, lächelte er uns an. Seine Geschichte berührte mich, ich hätte ihm tausende von Fragen stellen können, vermied es jedoch.

»Kann mit keinem dienen, bin ein offenes Buch. Mit euren Offenbarungen, denke ich, reicht es allemal«, meinte Lefteris.

Zwei Verbündete standen mir nun zur Seite. Zu dritt würden wir meinen Mörder finden!

Rückführungsarbeiten

Die folgenden Tage wurden nicht einfach, weder für mich noch für Stefan. Neben der Feldarbeit studierte er in den Büchern über Rückführungen, machte sich im Internet über den aktuellen Stand schlau. Ich dagegen musste alles niederschreiben, was mir aus der Sitzung in Frankfurt in Erinnerung geblieben war. Gemeinsam arbeiteten wir das Niedergeschriebene auf. Zum einen oder anderen Punkt fragte Stefan tiefer nach.

»Wie hast du damals ausgesehen?«

Um es mir bildlich ins Gedächtnis zu rufen, schloss ich die Augen, lehnte mich auf der Liege zurück. Ich spürte die Sonne, die mir heiß auf die Unterschenkel schien. Es lenkte mich von den Erinnerungen ab. Ich stand auf und schob den Schirm so, dass ich komplett im Schatten lag. Stefan saß neben mir auf dem Stuhl, spielte mit dem Kuli, ließ ihn zwischen den Fingern kreisen. Ich legte mich wieder hin.

»Dreizehn war ich. Mein Name war Iléktra. Langes dunkelblondes Haar, schulterlang, zu einem Zopf geflochten. Und eine Schmetterlingsspange hielt den Pony zurück. Ein buntes Sommerkleid und braune Sandalen. Ich hatte panische Angst, denn ich wurde verfolgt.«

»Von wo bist du gekommen?«

Angestrengt versuchte ich die Gegend auszumachen. »Ich war über einen Platz gelaufen. Ziegen! Ja, ich erinnere mich, da waren Ziegen zur Linken von mir. Ein ganz kleines Steinhaus ... Haus, nein, eher ... warte, warte ... Verdammt! Ich kann es nicht genau erkennen.« Ich ballte die Hände zu Fäusten.

Stefan hatte es wohl mitbekommen. Er legte eine Hand auf die meine. »Beruhige dich. Wenn es dich belastet, hören wir auf.«

»Nein, ich sehe es vor mir. Es sind ein paar Steine, solche, die man am Strand findet, nur richtig groß, die sind dort übereinandergelegt und dadurch entstand ein ... vielleicht ein Unterstand für die Ziegen, denn davor steht eine aufgeschnittene Blechtonne, gefüllt mit Wasser, und eine weitere mit Futterresten.« Ich öffnete die Augen. »Meinst du, damit können wir etwas anfangen?«

»Vielleicht. Wie weit war das Haus vom Meer entfernt?«

Ein weiteres Mal schloss ich die Lider. »Es kommt eine schmale Straße, na ja, keine richtige, eher ein erdiger Weg, vielleicht zwei Meter breit, und dann stehe ich bereits am Meer. Nicht direkt, riesige Steinbrocken trennen mich vom Ufer.«

Mir brach der Schweiß aus, ich war dem Wasser gefährlich nah. Zwar nur in meiner Gedankenwelt, jedoch versetzte es mich in Panik. Entziehen wollte ich mich nicht, indem ich die Augen öffnete.

»Ich dreh mich um, denn ich höre jemanden schwer atmen. Der Mann, sein braunes Hemd ist verschwitzt. Mit dem Handrücken wischt er sich den Schweiß von der Stirn. Er schreit: ›Bleib stehen, bleib endlich stehen!‹ Dabei sieht er sich nach allen Seiten um. Niemand ist dort, wir sind wohl alleine, die Dämmerung zieht langsam über die Gegend. Umhüllt mich, doch ich bin diesem Ungeheuer, das mir folgt, schutzlos ausgeliefert. Warte mal? Was ist das denn?«

»Was, Ariane, schau genau hin, es kann wichtig sein«, kommt mir Stefans Stimme aus der Ferne ans Ohr.

»Eine Puppe, eine Stoffpuppe. Ja! Sie hat genauso einen Zopf wie ich und das Kleid sieht aus wie meins! Das ist mir gar nicht aufgefallen bei der Rückführung.«

»In deinem Inneren ist alles abgespeichert, da geht nichts verloren.«

»Du meinst, wie auf einer Festplatte?« Trotz der angespannten Situation kräuselte sich ein Lächeln um meine Lippen.

»Genau, nun lass sie bitte nicht abstürzen. Was siehst du noch?«

»Der Mann schafft es schwer aufzuholen.«

»Und die Puppe?«

Ich suchte hinter den geschlossenen Lidern danach. Es strengte an, spürte, dass ich Kopfschmerzen bekam und wollte mit dem Erinnern aufhören. War das ein Fliehen?

Eine Ameisenarmee marschierte an, Bienen summten lautstark. Zack, die Augen auf und ich setzte mich hoch. »Ich kann nicht mehr, tut mir leid.«

»Ganz ruhig ein- und ausatmen, Ariane.« Stefan öffnete eine Flasche Wasser und reichte sie mir. Sofort genehmigte ich mir einen großen Schluck gegen die Trockenheit im Mund.

»Die Puppe, sie sah mir so ähnlich.«

»Du bist sicher, dass sie nicht nur deiner Fantasie entsprang?«

»Ja. Ich hatte sie erst im Arm, dann hielt ich mit einer Hand ihre Hand fest, sie schaukelte gegen meine Beine und dann war sie weg und der Mann ...«

»Darf ich dich noch etwas fragen oder sollen wir hier abbrechen?«

Abbrechen, bitte abbrechen, schrie es in mir, doch ich sagte: »Frag.«

»Hatte der Mann ein Gesicht? Kannst du ihn beschreiben?«

»An sein Gesicht oder an seine Gestalt kann ich mich nicht erinnern, es war alles verschwommen.«

»Gut, wir hören auf. In den nächsten Tagen beschäftigst du dich mit anderen Dingen. Versuchst dich mit dem Meer anzufreunden oder gehst einkaufen, liest ein Buch, was dir halt Freude bereitet. Und dann werde ich eine Rückführung mit dir machen und wir werden sehen, wie weit uns das bringen wird. Einverstanden?« Er stand auf, wollte sich verabschieden.

»Stefan?« Er setzte sich wieder hin. »Denkst du wirklich, ich habe bereits gelebt und bin ermordet worden, genau an dem Felsen dort unten im Dorf?« Ich zeigte mit der Hand in die Richtung. Der Ort lag hinter dem Berg.

»Beweisen kann ich es dir nicht. Doch es gibt reichlich Lektüre, Filme, Dokumentationen, wo Menschen eine Rückführung hatten und anschließend in die Gegenden reisten, um herauszufinden, ob es der Wahrheit entspricht.«

»Und?«

»Die meisten sind fündig geworden.«

»Okay. Angenommen, es entspricht der Wahrheit, dann könnte mein Mörder ganz in der Nähe sein.« Meine Ameisen trampelten fester auf mir herum.

»Ja.«

»Danke, dass du ehrlich zu mir bist.«

»Sonst könnten wir nicht miteinander arbeiten. Kann ich dich allein lassen? Ich bin mit Leftéris im Dorf verabredet. Magst du mitkommen?«

»Fahr ruhig. Ich bleib und lass die Panik weiter über mich ergehen, bis sie von selbst verschwindet.«

»So wie du damit umgehst, ist es richtig. Bloß nicht darüber nachdenken, warum es dir gerade so geht, umso schneller verflüchtigt die Angst sich wieder.«

»Ich weiß, Herr Doktor.«

»Gute Patientin, die meinen Rat annimmt«, sagte er mit einem aufmunternden Lächeln und ging.

Um mich nicht mit meiner Verfassung auseinandersetzen zu müssen – noch hatten die Ameisen und Bienen die Herrschaft über mich – ging ich in den Olivenhain. Dort wuselten die Katzenbabys umher. Ich lehnte mich an einen Baumstamm und schaute ihrem Spiel zu, bis ich wieder Herr über meinen Körper war.

In der Nacht träumte ich von der Puppe. Sie war in einer Kiste eingesperrt und rief nach mir. Ich schreckte auf, das Nachthemd nass geschwitzt. Schaltete das Licht ein, trank einen Schluck Wasser und ließ mich zurück aufs Kissen fallen. Was war damals mit der Puppe auf dem Felsen passiert? Erinnere dich, los, das kann wichtig sein. Oft genug kam mir der Gedanken, dass ich wirklich an einem Gehirnschaden litt. Ich suchte nach einem Phantom, das vielleicht durch meine lebhafte Fantasie entstanden war. Ein Leben nach dem Tod? Unmöglich, oder nicht? Niemand aus meinem Freundes- oder Bekanntenkreis, nicht einmal aus der Familie oder aus dem Berufsumfeld, war mir bekannt, der solches erlebt hatte. Halt! Würde überhaupt jemand damit hausieren gehen? Nein, wahrscheinlich nicht, aus Angst in die Klapse eingewiesen zu werden. Und wenn es doch der Wahrheit entsprach? Hatte Stefan nicht gesagt, es gäbe Studien darüber? Aber sicherlich standen viele Menschen dem Ganzen kritisch gegenüber. Ich selbst ja auch. Hatte Judith vielleicht recht mit ihrer Aussage, eine Rückführung wäre Humbug? Judith! In den letzten Wochen hatte ich kein bisschen an sie gedacht. Ob es ihr gut ging? Oder schmollte sie immer noch mit mir?

Ich sah auf die Uhr. Mitternacht, in Deutschland dreiundzwanzig Uhr. Zu spät, um mich bei ihr zu melden. Mit ihr über meine Handlungen zu sprechen, unmöglich. Wahrscheinlich würde sie mir meine Eltern schicken, damit sie mich entmündigen könnten. Nein! Soweit wollte ich es nicht kommen lassen. Dann musste ich eben damit klarkommen, dass Judith zu diesem Zeitpunkt in meinem Leben keine Rolle spielte. Und die Eltern? Einen Pflichtanruf könnte ich hinter mich bringen, aber nicht jetzt und auch nicht morgen, vielleicht in den nächsten Tagen.

Die Gedanken schweiften zurück zur Puppe, die im Traum nach mir gerufen hatte. »Ich verspreche dir, Jana, ich ...« Jana! Die Puppe hatte einen Namen! Es hielt mich nichts mehr im Bett. Ich sprang auf, ging in die Küche, griff zum Handy, das auf dem Tisch lag.

»Stefan! Habe ich dich geweckt? ... Meine Güte, da ist es aber laut, wo du bist... Ach, in der Bar ... Hörst du mich? ... Hallo? ... Ach, jetzt geht es wieder. Die Puppe hieß Jana.«

Kurze Zeit nach dem Telefongespräch hörte ich Motorgeräusche, die sich dem Haus näherten. Ein Wagen hielt. Eilig zog ich mir die Jogginghose und ein T-Shirt über. Öffnete die Tür.

Stefan und Leftéris kamen mit flotten Schritten auf mich zu.

»Sollen wir drinnen oder draußen ...?«, fragte Stefan, ohne jegliche Begrüßung.

Verdattert zeigte ich auf die Terrassenstühle, erst dann traute ich mich zu fragen: »Was ist passiert?«

»Das fragst du noch?« Eine Bierfahne entwich Leftéris' Mund.

Ich zuckte mit den Schultern.

»Die Puppe ...«, sagte Stefan, »bist du dir sicher, dass sie existiert hat?«

Stürmisch wuschelte ich mir durchs Haar. »Wenn ich nur immer wüsste, was noch Wahrheit und was Fantasie ist. Ich habe von der Puppe geträumt. Der Name kam mir bei wachem Bewusstsein über die Lippen. Sofort hatte ich das Bedürfnis es dir mitzuteilen. Das Geträumte fühlte sich echt an.«

»Und nun sagen wir dir etwas.« Leftéris setzte sich auf, sah sich um, als wollte er sicher gehen, dass uns niemand belauschte.

Irrwitzig, in der Abgeschiedenheit, in der ich lebte. Der Vollmond strahlte die Gegend hell aus. Salbei- und Thymianduft schwebte in der Luft und bis auf das Bellen von Hunden in der Ferne war kein Laut zu hören. Die Katzenfamilie schlief tief und fest im Wäschekorb. »Und?«, fragte ich nach.

»Du hast doch von dem Steinhaus erzählt.« Er stockte, erwartete wohl eine Reaktion von mir.

»Ja.«

»Dass wir nicht gleich darauf gekommen sind.« Er hielt ein weiteres Mal inne.

»Spann mich nicht auf die Folter, sag schon.«

»Der Platz, den du meinst, das wird wohl der sein, wo jetzt die Autos parken. Und dort in der Nähe ist ein Steinhaus, so wie du es beschrieben hast.«

»Seid ihr sicher?«

Beide nickten. Mein Magen drehte sich, schützend legte ich eine Hand darauf, Übelkeit stieg hoch, mein Herz hämmerte. Ich lief ins Haus und spuckte ins Waschbecken. Spürte eine beruhigende Berührung im Rücken.

Leftéris sanfte Stimme: »Ariane, ganz ruhig, wir sind bei dir.«

Ich spülte den Mund aus, wischte ihn am Handtuch trocken. »Ihr meint ...«, stotterte ich, hatte Angst die Worte auszusprechen, denn in dem Moment würden sie zur Realität. Alles würde zur Wirklichkeit werden.

Die ganze Zeit hatte ich an mir gezweifelt. Die Rückführung erlebt, der Umzug auf die Insel folgte, die Anfreundung mit dem Meer versuchte ich und hatte mir trotz allem nicht klar und deutlich eingestanden, dass ich schon einmal gelebt haben könnte. Tief in meinem Inneren gehofft, dass es Humbug war? Nein! Tief im Inneren gewusst, es entsprach der Wahrheit, doch diese musste ich geheim halten, da es Schwachsinn in den Augen der anderen war. In diesem Moment gestand ich mir ein, es gespürt zu haben, es jedoch versucht hatte zu verdrängen.

»Geht es wieder?« Leftéris stand immer noch hinter mir, mit der Hand auf meinem Rücken.

»Ich denke.« Ging zurück auf die Terrasse, ließ mich in den Sessel fallen. Erschöpft und ängstlich.

»Wir haben dir noch mehr zu sagen«, platzte Stefan heraus.

»Das Ganze ist mir im Augenblick ein bisschen zu viel«, flüsterte ich.

»Ariane, wir lassen dich nicht damit allein. Und wir möchten nichts vor dir verheimlichen.« Zwei Augenpaare sahen mich an.

»Ihr habt den Mann gefunden?« Mein Hals kratzte bei den Worten, ich bekam einen Hustenanfall.

Stefan sprang auf und holte mir ein Glas Wasser.

»Wieder gut?«

»Geht«, antwortete ich mit rauer Stimme.

»Wir haben in der Bar gefragt, wofür dieses Haus genutzt wurde. Ein älterer Bewohner ... und jetzt halt dich fest, Ariane.«

»Sag schon.«

»Der Mann erzählte uns, dass das Haus früher dazu diente, um Futter für die Ziegen aufzubewahren. Ein Hirte hatte dort, wo sich jetzt der Parkplatz befindet, seine

Herde gehalten.«

»Ist das wahr?«

»Ja. Ist das nicht genial! Wir sind einen Schritt weitergekommen.«

Fassungslos stierte ich ihn an. Dann spürte ich die Tränen, die über meine Wangen liefen. Zulassen, nicht unterdrücken, damit bloß nicht die Tierhorden auf mir rumstampften.

»Warum weinst du?«, traute sich Leftéris zu fragen.

»Dann habe ich bereits gelebt und bin von einem Typen ermordet worden. Wenn er es nicht getan hätte, würde ich jetzt ... wo sein, wie leben? Wäre ich glücklich, hätte ich einen Mann, Kinder, hier im Dorf?«

Stefan brachte mir Toilettenpapier, ich putzte mir die Nase.

»Quäl dich nicht mit diesen Gedanken«, meinte er.

»Könnt ihr nicht nachvollziehen, was in mir vor sich geht? Das ist doch alles erstunken und erlogen. Es gibt kein Leben nach dem Tod.« Den letzten Satz hatte ich in die Dunkelheit geschrien. Gebell folgte darauf, ich zuckte zusammen, schlang die Arme um meine Mitte und zitterte.

»Hätten wir dir das nicht sagen sollen?« Stefan stand auf, kniete sich vor mich nieder und hob mein Kinn an.

»Ich habe Angst, wahnsinnige Angst.«

»Schau, Ariane, was hast du dir denn gedacht, als du hergezogen bist, um deinen Mörder zu suchen?«

»Wahrscheinlich nichts, ich habe es einfach getan.«

»Bereust du es?«

»Bis jetzt nicht, aber die heutige Nacht verändert alles.

Macht das Gehirngespinst zur unausweichlichen Tatsache.«

»Du bist nicht alleine. Wir sind an deiner Seite.«

»Ja, das sind wir«, stimmte Leftéris zu.

»Könnt ihr heute Nacht hier schlafen? Wenigstens einer von euch?« Beim Abwischen meiner Tränen bemerkte ich, dass Leftéris Stefan einen Blick zuwarf, den ich nicht zu deuten wusste.

»Ich bleibe bei dir«, meinte Stefan daraufhin.

Kurz darauf verabschiedete sich Leftéris. Er nahm den Wagen mit, versprach ihn am Morgen zurückzubringen. Ich sah dem Wegfahrenden lange nach.

»Wäre dir lieber gewesen, Leftéris wäre geblieben?«, fragte Stefan.

»Entschuldige, nein, ist schon recht so. Danke, dass du dich opferst.«

»Leftéris ist verheiratet, hat Kinder. Wenn ihn jemand morgens hätte von dir kommen sehen ...«

»Verständlich.« Ich winkte mit der Hand ab. Wir gingen ins Haus.

»Stefan!« Ich drehte mich zu ihm um.

Er schloss gerade die Tür hinter uns. »Ja.«

»Hast du ein Problem damit, wenn du mit im großen Bett schläfst. Bitte nicht falsch verstehen.«

Unsicher kamen die Worte aus meinem Mund, doch ich wollte ganz sicher sein, jemanden neben mir atmen zu hören und im Notfall seine Hand zu nehmen.

»Klar.«

Sein Lächeln kam nicht ganz so frei herüber, dachte ich.

Verschob diesen Gedanken jedoch in das schwarze Loch auf meiner Gehirnfestplatte.

Stefans Vergangenheit

Stefans Arm lag auf meinem Rücken, als ich am Morgen erwachte. Die Sonne schien durchs Fenster, ich beobachtete die Staub-Moleküle, die in den Strahlen wirbelten. Um Stefan nicht aufzuwecken, bewegte ich mich langsam von einer Seite zur anderen.

»Guten Morgen, hast du gut geschlafen?« Stefan setzte sich auf.

Ich drehte mich zu ihm um. »Danke, dass du geblieben bist. Ich habe tief und fest geschlafen. Magst du einen Kaffee?«

»Gerne. Wie spät ist es?«

Ich schaute auf den Wecker. »Zehn.«

»Was ... du meine Güte, der Bauer wird sich fragen, wo ich bin, da ich niemals zu spät zur Arbeit komme.« Er hatte seine Jeans am Abend über den Stuhl geworfen. Dort suchte er nach dem Handy.

Kurze Katzenwäsche, dann machte ich mich in der Küche zu schaffen.

»Ich habe mir frei genommen«, sagte Stefan, als er zu mir kam.

»Trinkst du deinen Kaffee mit Milch und Zucker?«

»Schwarz.« Ich reichte ihm den Becher. »Gehen wir nach draußen?« Er öffnete bereits die Tür, bevor ich ja sagen konnte.

»Stefan!«, rief ich ihn zurück. Er drehte sich um, trank

einen Schluck. »Können das nicht alles Zufälle sein?«

»Was?«

»Das Steinhaus, die Ziegenherde und dass ich hergekommen bin?« Langsam folgte ich ihm, merkte, dass er sich mit der Antwort Zeit lassen wollte.

Ans Geländer gelehnt sah er mich an. »Was möchtest du von mir hören?«

»Wie meinst du das?«

»Wäre dir lieber, ich sage, es sind Zufälle, Spinnereien oder ...«

Er sprach den Satz nicht zu Ende. Ich war mir selbst bewusst darüber, wie sein Wortlaut sein würde.

»Es ist Tatsache«, gab ich leise von mir. »Das Haus existiert, die Ziegenherde hat es gegeben, die Felsen, an denen ich damals in der Nacht stand und bald ins Meer gefallen wäre, sind real.«

»Ja, Ariane, du hast dich für die Realität entschieden.«

»Das bedeutet noch lange nicht, dass ich mich damit anfreunden kann, bereits gelebt zu haben und ermordet worden zu sein.«

»Das steht auf einem anderen Blatt. Daran werden wir arbeiten.« Mit der Tasse und einem Mut machenden Blick prostete er mir zu.

»Frühstück?«, fragte ich.

»Was hältst du davon, wenn wir eine Runde schwimmen gehen und danach koche ich uns ein Mittagessen.«

Stefan sah mich an und ich starrte entsetzt zurück. »Schwimmen? Ich kann überhaupt nicht schwimmen«, stieß ich keuchend hervor, denn allein das Wort löste Angst in mir aus. Bereit, mich meinem Feind zu stellen?

Nein, nicht nach einer solchen Nacht und mit dem Wissen, gelebt zu haben.

»Ich bin ein Trottel!«, schimpfte Stefan. »Tut mir leid. Ich habe einen Moment nicht darüber nachgedacht. Vergiss es.« Mit seiner auf seinen Satz folgenden Handbewegung wollte er wahrscheinlich das Gesagte wegwischen. Zu spät, mein Körper reagierte bereits, die Hände zitterten und die niedlichen Tierchen feierten ein Freudenfest auf mir. Nach diesem Gedankengang trat Ruhe ein. Was war da gerade passiert? Ich horchte in mich hinein. Ich hatte mit ironischen Gedanken auf die Ameisenarmee reagiert. Eine nette Art, sie mir vom Leib zu halten. Nicht schlecht.

»Schön, dass du lächelst«, meinte Stefan.

»Ich habe gerade meine Panik mit Ironie schachmatt gesetzt.« Freudig klatschte ich in die Hände.

»Alles in Ordnung?« Er schien mit meinem ständigen Stimmungswechsel langsam nicht mehr klar zu kommen.

»Ich freue mich über jeden kleinen Fortschritt, um die Panik zu überwinden. Ist das für dich, als Mann vom Fach, nachvollziehbar?«

»Du bist mir manches Mal unheimlich.« Seine Augen blitzten auf, die Mundwinkel zuckten. Er machte sich über mich lustig. Egal, in dem Moment war mir alles egal.

»Komm, wir gehen schwimmen.« Ich lief ins Haus, schlüpfte aus den Klamotten in den Badeanzug, cremte mich ein, zog ein leichtes Kleid an, nahm zwei Handtücher und ging wieder auf die Terrasse. »Fertig, wir können los.«

»Bist du dir ganz sicher?« Skeptischer Blick.

»Nein.« Ehrliche Antwort. »Du bist ja dabei und beschützt mich.«

»Denkst du.«

Ich warf ihm ein Handtuch zu.

Die Sonne brannte auf den Kopf, ich hatte vergessen einen Hut mitzunehmen. Zum Schutz legte ich mir das Handtuch drüber. Stefan schien es nichts auszumachen, er ging stumm neben mir her. Nicht eine Schweißperle zierte seine Stirn. Dummerweise hatte ich ein weiteres Mal vergessen die Wanderschuhe anzuziehen, obwohl sie sicherlich modisch strafbar ausgesehen hätten zu meinem Sommerkleid. Der Vorteil läge darin, dass ich nicht ständig die Steine aus den offenen Schuhen schütteln müsste. Zu seiner Annehmlichkeit trug Stefan Slipper. Dreihundert Meter entfernt lag das Meer ruhig vor uns. Auch in mir blieb alles gelassen. Trotzdem verringerte ich das Schritttempo und blieb hinter Stefan zurück.

Er drehte sich um. »Und?«

»Geht so.«

»Willst du umkehren?«

Ich schüttelte den Kopf, holte auf.

»Ariane, wir lassen es langsam angehen. Zuerst setzen wir uns ans Ufer und du lässt alles auf dich wirken. Erst wenn du wirklich dazu bereit bist, gehen wir ins Wasser. Was hältst du davon?«

»Du bist besonders einfühlsam. Ich kann nicht glauben, dass du bei deiner Frau ...«

Schnell hielt ich mir die Hand vor den Mund, bevor noch mehr unbedachte Worte heraussprudelten.

»Ich habe es nie bemerkt.«

»Entschuldige, ich wollte nicht ...«

»Ist schon gut, ich habe damit abgeschlossen und kann darüber reden.« Sanft berührte er meinen Arm, als wollte er mir damit zeigen, dass er mir nicht böse sei.

»Du warst sehr jung, als du sie verloren hast.« Eher eine Feststellung als eine Frage.

»Fünfunddreißig. Cornelia gerade erst mal achtundzwanzig.«

»Achtundzwanzig!«, rutschte es aufgebracht aus mir heraus. »Meine Güte, sie hatte ihr ganzes Leben noch vor sich.«

»Da stimme ich dir zu.«

»Und sie hatte vorher nie Anzeichen ...«

»Mir gegenüber nicht. Nach der Beerdigung, als wir in einem Café zum Leichenschmaus saßen, kamen Bekannte und Freunde zu mir. Die erzählten mir plötzlich, dass Cornelia öfters bis mittags im Bett gelegen habe, vor zwölf habe sie keinen Anruf entgegen genommen und Besuchern nicht die Tür geöffnet. Total neu für mich, ich ging um sieben bereits aus dem Haus und kam erst abends zurück. Ich habe mir nicht viel Gedanken darüber gemacht, wie sie den Tag verbringt. Wenn ich abends nach Haus kam, hatte sie gekocht und strahlte.«

»Ging sie arbeiten?«

»Nein.«

»Warum nicht?«

»Angeblich fand sie auch nach unzähligen Bewerbungsschreiben keine geeignete Stelle als Wirtschaftsberaterin. Ich habe nicht nachgefragt, ob sie überhaupt auf Zeitungsannoncen schrieb, ging einfach davon aus. Glaubte ihr. Später fand ich heraus, dass sie nicht eine einzige Bewerbung verfasst hatte.« Heftig trat er nach einem Stein. Der flog einige Meter, so als wolle Stefan seine Vergangenheit damit wegkicken. In dem Moment traute ich mich nicht, weitere Fragen zu stellen.

»Freunde erzählten, wenn sie das Glück hatten, meine Frau erreicht zu haben, wäre sie kurz angebunden gewesen und hätte jedes Mal eine wichtige Arbeit vorgeschoben. Niemand hat nur ein einziges Mal ein Wort an mich gerichtet. Und als die Besuche unserer Freunde immer weniger wurden, habe ich mir nicht einen Gedanken darüber gemacht. Viel zu sehr mit mir selbst und mit meinem Job beschäftigt. Mein Erfolg war mir wichtig, wollte genügend Geld verdienen, um eine Familie ernähren zu können. Als Cornelia schwanger wurde, besprach ich mit ihr, dass sie sich keinen Job mehr suchen bräuchte, ich würde genug für uns alle verdienen. War ich damals blind! Dass ich ihr damit ihr Versteckspiel vor der Umwelt so einfach machen würde, war mir nicht bewusst. Sie konnte ihre Krankheit ausleben, bis auf die Abendstunden und die Wochenenden. Viel Kraft muss sie das gekostet haben, mir gegenüber zufrieden rüberzukommen.« Ein tiefer Seufzer folgte.

»Du hast es gut gemeint.«

»Zu gut«, erwiderte er ironisch. »Wäre ich mehr auf sie eingegangen, hätte ich ihren Selbstmord verhindern können.«

»Ich habe oft gelesen, wenn sich jemand das Leben nehmen möchte, wird er das auch irgendwann versuchen, da ...«

»Ich war vom Fach!«, unterbrach er mich. »Hatte studiert, wollte den Menschen helfen. Viele Jahre habe ich mir Versagen vorgeworfen. Doch wie du weißt, habe ich mir längst vergeben und Frieden geschlossen.« Er lächelte zaghaft.

»Ich bin froh, dich kennengelernt zu haben.«

»Wir sind da. Sollen wir uns erst einmal ans Ufer setzen?«

Er zeigte auf eine Stelle, an der wenige Steine lagen. Grauer Sand dazwischen.

Vor lauter angespanntem Zuhören hatte ich nicht bemerkt, dass wir dem Meer bereits so nah gekommen waren. Die ganze Zeit hatte ich auf Stefan geachtet, an seinen Lippen geklebt.

Nun stand ich dort. Dreißig Zentimeter weiter würde es zur Berührung meines Feindes kommen. Zögerlich zog ich die Schuhe aus, legte das Handtuch ab und ging in die Hocke. Stefan setzte sich neben mich, hielt die Augen auf mich gerichtet. Aus alter Gewohnheit horchte ich in mich. Keine Beunruhigung. Alles im grünen Bereich. Sollte mir die Anwesenheit von Stefan diese Sicherheit, diese Ruhe geben? Beim Zurückblicken in meine Vergangenheit wurde mir bewusst, dass niemand zuvor den Mut aufgebrachte hatte, mit mir diesen Weg zu gehen. Unmöglich, den meistens floh ich bereits zuvor. Und immer bedacht, die Furcht vor meinen Partnern geheim zu halten, so gut es eben ging. Machte mein Lebensgefährte Anzeichen gemeinsam zu baden, wich ich mit geschickten Unwahrheiten aus.

Stefans Hand lag ruhig auf meiner. »Bist du bereit? Nur mit den Füßen.«

Ich stand auf. »So weit war ich bereits. Du kannst dich sicherlich entsinnen, das war, als ich wild auf dich einschlug.«

»Erinnere mich nicht daran.« Er zog mich ein Stück näher.

Zwanzig Zentimeter Abstand zum Feind. Feind, Feind, Feind!, kreiste es wild im Kopf herum. Vielleicht sollte ich das Meer nicht so nennen, denn Feind gehörte zur negativen Denkweise. Ich traute mich aufzusehen, bis hin zum Horizont.

»Hallo, blaues Meer«, flüsterte ich und wagte mich zehn Zentimeter näher heran.

Ich konnte von Glück sagen, dass das Meer ruhig vor uns lag, sonst hätten mich Wellen bereits empfangen. Genau der richtige Tag, um sich die letzten Zentimeter zu trauen. Es kam mir vor, als würde das Wasser vorsichtig Kontakt zu meinen Zehen aufnehmen. Ich blieb reglos stehen. Darauf einlassen und nicht weglaufen!

»Noch ein Stück?«, fragte Stefan, er griff meine Hand fester, als wolle er mir damit Zuversicht geben.

Im Geheimen dankte ich ihm und stand einen Moment später bis zu den Knöcheln im Wasser. Mein Herz machte einen Freudensprung. Kaum zu fassen, dass ich es so weit schaffte. Das Meer machte es mir leicht, es glich einem See, der still vor mir lag. Und Stefan an meiner Seite. Die Sonnenstrahlen waren heiß, die Luft drückend. Bewusst nahm ich alles wahr und schloss für einen Augenblick die Augen. Keine Angst, ich fühlte mich wohl. Schon seit Langem nicht mehr so wohl!

»Möchtest du weiter reingehen?«, drang Stefans Stimme aus der Ferne an mein Ohr.

»Bis zu den Waden.« Vorsichtig schritt ich voran. »Angenehm kühl, bei der Hitze.«

»Willst du alleine ...«

»Nein, halt mich bitte fest.« Behutsam bewegte ich die Zehen hoch und runter, dann ging ich auf der Stelle, kleine Wellen kamen dabei auf, die mich nicht ängstigten. Schließlich hatte ich sie selbst erzeugt. »Für heute reicht es mir. Bringst du mich zurück ans Ufer, dann setze ich mich dorthin und du kannst im Wasser abtauchen.«

»Bist du sicher? Soll ich nicht lieber bei dir bleiben?«

Stefan war besorgt und bescherte mir damit ein weiteres freudiges Herzstolpern. »Geh ruhig.« Ich wähnte mich in Sicherheit und stieß ihn ein Stück von mir.

Einem Delphin gleich tauchte er unter, wieder auf, kraulte hinaus aufs offene Meer. Eines Tages werde ich diejenige sein, die dem Horizont entgegen schwimmt. Bei dem Gedanken fühlte ich mich außerordentlich gut.

Der Zucchini-Zubereitungs-Test

Zu behaupten, ich hätte meine Ängste überwunden, wäre zu schön, um wahr zu sein. Ich hatte mich daran gewöhnt, Panik über mich ergehen zu lassen und mich täglich tiefer ins Meer hinein getraut.

Stefan blieb bei der festen Überzeugung, dass ich erst versuchen sollte mit dem Wasser Frieden zu schließen, damit wir uns danach voll und ganz mit dem tieferen Grund meiner Ängste beschäftigen konnten. Er legte mir ans Herz, nicht den Felsen aufzusuchen, der mich in jener Nacht zu Fall gebracht hatte.

Bis ins Dorf schaffte ich es allein, sogar die Route am Meer entlang. Oft spürte ich, wie ich stolz den Rücken durchdrückte, mit erhobenem und nicht abgewandtem Kopf voranschritt. Gerne besuchte ich die kretische Frauenrunde, die sich mit Handarbeiten beschäftigte. Sie zeigten mir ihre Werke und brachten mir die Stickerei bei, damit ich selbst Tischdeckchen anfertigen konnte. Wahrscheinlich waren sie der Meinung, dass ich oben auf dem Berg vor Langeweile eingehen würde. Dabei hatte ich reichlich zu tun. Meine Katzenfamilie wollte gefüttert werden und verlangte stundenlange Streicheleinheiten.

Täglich ging ich ans Meer, um kleine Runden zu schwimmen. Ja, schwimmen! Stefan hatte es mir langsam und mit ausdauernder Geduld beigebracht. Dabei entfernte ich mich niemals weit vom Ufer.

Ich besuchte Stefan bei der Zucchini-Ernte. Seit dem ersten Annäherungsversuch ans Meer, als er mir mittags ein Zucchini-Omelett zubereitet hatte, war ich auf den Geschmack gekommen. Ich machte es mir zur Aufgabe, Zucchini-Rezepte zu kreieren, denn dieses Gemüse wurde mir vom Bauern ständig als Zugabe mitgegeben. Ich hatte keine Waage, doch mein Gewicht war weniger geworden, denn die Röcke saßen lockerer. Stefan klärte mich darüber auf, dass die Zucchini zu dreiundneunzig Prozent aus Wasser bestanden. Ich dachte mir eher, dass ich durch das tägliche Schwimmen und das Wandern in den Bergen an Gewicht verloren hatte.

»Da kommt unsere Hobbyköchin«, lästerte Leftéris. Ich hatte zum Abendessen eingeladen und einen Zucchini-Auflauf zubereitet. Meine neugewonnenen Freunde sollten die Testesser sein.

»Bist du nicht froh, wenn du dir nicht selbst kochen musst?«, konterte ich und zog die Augenbrauen hoch.

»Ich muss dich enttäuschen, ich könnte im Hotel essen und Stefan in der Taverne.« Mit einer Flasche Bier prostete er mir zu.

»Und warum macht ihr das nicht?« Ich stellte einen Korb mit Brot auf den Terrassentisch. Ein lauer Abend, ein Sternenmeer über uns und absolute Stille in der Umgebung.

»Wir leisten dir gerne Gesellschaft. Stimmt's, Leftéris?«

»Klar. Gibt es wieder etwas mit Zucchini?« Er verzog die Mundwinkel.

»Richtig.«

»Und womit überraschst du uns dieses Mal?«

»Auflauf.«

»Nach Knoblauch riecht es kein bisschen.« Stefan hob die Nase, schnupperte in Richtung Küche.

»Ist auch keiner drin.«

Den Auflauf hatte ich mit Kartoffeln, Tomaten, Zucchini, Zwiebeln und vielen Eiern im Ofen zubereitet. Frische Kräuter, Petersilie, Oregano und Basilikum zum Schluss hinzugefügt. Fertig, ich stellte den Ofen aus. Nahm mir zwei Küchentücher und brachte das Essen zu meinen Gästen.

»Wow.« Leftéris wedelte mit der Hand über dem Gericht, um den Duft der Kräuter in sich aufzunehmen. »Wenn es so gut schmeckt, wie es duftet, dann mal her damit.« Er reichte mir seinen Teller. Fast schweigsam ließen wir uns den Auflauf schmecken, bis die Schale leer war.

»Sehr gut!« Stefan rieb sich den Bauch. »Schau mal, da passt nichts mehr rein.«

»Ist ja auch nichts mehr da, ihr habt die Form leer gefuttert«, antwortete ich voller Freude, weil die beiden gut zugegriffen hatten.

Leftéris lehnte sich im Sessel zurück, drehte sich eine Zigarette. »Hast du dir eigentlich aufgeschrieben, welche Gerichte du mit dem Gemüse bereits zubereitet hast?«, fragte er.

»Sollte ich?« Räumte die Teller zusammen.

»Natürlich. Du könntest ein kleines Kochbuch daraus erstellen«, sagte Stefan.

»Denkt ihr?«

159

Beide nickten mir zu. Ich brachte das Geschirr in die Küche, kam mit Stift und Block zurück. »Helft ihr mir beim Zusammenstellen?«

»Zucchini-Omelett, Auflauf ...«, fing Stefan an.

»Mit Hackfleisch gefüllt in dieser Zitronensoße, Moussakas mit Zucchini, statt mit Aubergine und mein Favorit bis jetzt: Zucchini-Omelett mit Thunfisch und Käse«, zählte Leftéris auf.

»Warte! Es gab Nudeln mit Zucchini-Soße und Zucchini-Puffer. Wie viele sind es bis jetzt?«, fragte Stefan.

»Sieben. Mir fallen noch zwei ein: Zucchini mit der scharfen Tomatensoße und im frittierten Zustand. Neun. Erinnert ihr euch noch an andere?« Ich schaute in die Runde. Keine Antwort.

»Aber klar! Zucchini-Kuchen, das Rezept habe ich von den Handarbeitsfrauen erhalten. Zehn! Das ist eine stolze Leistung. Zum einen für die kurze Zeit, die ich hier bin, zum anderen, weil ich zuvor nie ein Gericht mit dem Gemüse zubereitet habe. Jetzt kann ich mir keinen Tag mehr ohne vorstellen.« Gelassen schlug ich die Beine übereinander.

»Stefan, ich denke, das bedeutet, dass wir uns weiterhin als Vorkoster zur Verfügung stellen müssen.«

Leftéris' Gesichtsausdruck wurde ernst, sodass ich befürchtete, ich hätte den beiden besser ein Steak auf den Tisch bringen sollen. Ich muss wohl ziemlich zerknittert dreingeschaut haben, auf einmal lachten meine Freunde.

Leftéris gab mir einen leichten Hieb auf den Oberarm.

»Was gibt es morgen?«, fragte Stefan in versöhnlichem Tonfall.

Drei Tage musste ich ohne meine neu gewonnen Freunde auskommen. Die Kartoffelernte schlauchte Stefan, sodass er abends seine Ruhe haben wollte, und Leftéris' Frau hatte ihn gebeten, nach Athen zu kommen. Eins der Kinder war erkrankt. Ich kochte für mich allein, langsam fing es mir an Spaß zu bereiten. Zucchini mit Champignons wurde vorerst zu meiner Lieblingsspeise. Viel Knoblauch und sonnengereifte Tomaten rundeten das Gericht ab. Ich experimentierte mit Balsamico-Essig, indem ich ihn über die im Ofen zubereiteten Zucchini gab oder sie darin einlegte. Für meine beiden Männer, wie ich sie heimlich nannte, überlegte ich mir, für ihren nächsten Besuch Zucchini-Spieße zu machen. Mit roten Paprika, Champignons, Zwiebeln, Oliven und Zucchini wollte ich die Holzstäbchen bespicken.

Tief in meinem Inneren war mir bewusst, dass all die Kochattacken Fluchtversuche in eine andere Welt bedeuteten. Ich wollte es mir nicht eingestehen, auf keinen Fall aussprechen. Niemals zuvor hatte ich mich ins Kochen so hineingesteigert, empfand es bereits als Sucht, Neues auszuprobieren. Nahm mir fest vor, mit Leftéris und Stefan über meine Befürchtungen zu sprechen. Denn ich wollte nicht in alte Verhaltensmuster fallen und die Probleme bezüglich der Ängste unter den Teppich kehren.

»Was ist los, Ariane?«, fragte mich Stefan, nachdem er den letzten Bissen vom Spieß herunterschluckte.

»Was soll sein?« Ihn anzuschauen traute ich mich nicht, dabei wollte ich beiden meine Gedanken offenbaren. Aber irgendwie hatte sich unglaublicher Ärger in mir aufgestaut. Wut auf mich, auf alles um mich herum.

»Langsam kennen wir dich. Also raus mit der Sprache.« Leftéris strich mir über den Arm.

»Ich möchte zu dem Felsen und ich möchte, dass wir endlich den Mörder finden.« Ich knetete die Hände im Schoß. »Habt ihr gedacht, ich hätte daran kein Interesse mehr?« Schnell begriff ich, dass ich ihnen unrecht tat. Das Thema wurde zwar nicht angesprochen, doch mit Stefan hatte ich die Abmachung, erst mit dem Meer im engeren Kontakt zu stehen, damit klar zu kommen, bevor ich mich der Vergangenheit aus einem vorherigen Leben stellte.

»Ich dachte ...« Stefan.

»Was? Nur weil ich schwimmen gehe, heißt es lange nicht, dass ich die Phobie überwunden habe. Sie steckt immer noch in mir.« Ich schlug auf meinen Brustkorb.

»Also ...«, stotterte Leftéris, »ich weiß nicht, was ich sagen soll.«

»Und du?«, schrie ich Stefan an.

»Ganz ruhig bleiben, Ariane. Was ist denn heute mit dir los?« Er schüttelte den Kopf. »Wir hatten doch über unsere Vorgehensweise gesprochen.«

Ich sprang auf. »Was mit mir los ist? Ich bin über vierzig und möchte endlich von den Ängsten befreit werden. Wenn ihr das nicht verstehen könnt, dann macht, dass ihr ...« Ich stoppte im Wortfluss, merkte, wie ausfallend ich wurde. »Es tut mir leid«, kam es erschöpft aus mir heraus.

»Komm, setz dich und wir reden in aller Ruhe.« Stefan streckte die Hand nach mir aus und ich kam seiner Bitte nach.

»Jetzt erzähl, was dir auf dem Herzen liegt«, bat er, während Leftéris still blieb. Sein Blick ruhte auf mir.

»Eine innere Unruhe. Mit dem Kochen versuche ich diese zu kompensieren. Nachts grüble ich bereits, welches Gericht ich zubereiten kann. Ich liege die halbe Nacht wach. Irgendwann schlafe ich ein, bis in den späten Vormittag. Sobald ich geduscht habe, mache ich mich in der Küche zu schaffen. Kommen die Kätzchen ins Haus, scheuche ich sie wütend raus. Ich bin einfach total schlecht drauf.« Nach meinem Wortschwall atmete ich tief durch.

»Durch uns?«, hakte Stefan nach.

»Ach nein, das wollte ich nicht so rüberkommen lassen. Ich weiß auch nicht, was gerade in mir vorgeht. Vielleicht meine Hormone?« Versuchte ein verzagtes Lächeln.

»Also zusammengefasst: Du kochst, damit du nicht ständig von deiner Angst heimgesucht wirst. Bist wütend auf dich selbst und alles um dich herum stört dich.«

»Genauso ist es, Dr. Stefan.«

»Du hast das Gefühl, dir läuft die Zeit davon. Dir ist bewusst, dass dort draußen ein Mann herumläuft, der zum Morden fähig ist und du möchtest ihn für seine Tat büßen sehen, um selbst befreit zu werden von deiner Panik.«

»Ja, Dr. Stefan.«

»Ariane, bitte mache dich nicht über mich lustig.« Verärgert sah er mich an.

»Ich komme mir vor, als wäre ich aus der Bahn geworfen worden.«

»Das geht dir doch schon seit Jahren so, oder nicht?«

»Eigentlich schon, Dr. ...« Eine Zornesfalte kräuselte sich auf seiner Stirn. Verdammt, Ariane, reiß dich jetzt zusammen, sonst sind die beiden auf und davon und du stehst allein da, mit all deinen Gedanken und Ängsten. Sei froh, dass du im Leben auf diese Männer getroffen bist, die dir zu Seite stehen und nicht Reißaus nehmen. Und dich nicht für verrückt erklären, mit deiner Mördersache.

»Gerade nochmal die Kurve bekommen.« Stefan hob drohend den Zeigefinger.

»Bier?« Leftéris wollte wohl die Situation auflockern. Er stand auf und holte drei Flaschen aus dem Kühlschrank. »Auf uns?«, sagte er.

Stefan zögerte kurz, doch dann stieß er mit mir an.

»Tut mir leid«, flüsterte ich, bevor ich einen kräftigen Schluck zu mir nahm.

»Pass auf, Ariane.« Stefan setzte die Flasche ab. »Du möchtest zum Tatort, richtig?«

»Ja.«

»Am Tag oder in der Nacht?«

»Was wäre aus deiner Sicht besser?« Schon beim näheren daran denken, spürte ich die Angst, die von den Beinen aus hochsteigen wollte. Zulassen, sonst wird es schlimmer. Stefan schien stumm abzuwägen, er biss sich auf die Unterlippe. Im Stillen fing ich an, dies an ihm zu mögen. Er ging mit Bedacht vor, zeigte mir diese Geste.

Nun wiegte er den Kopf hin und her. »Ich bin unsicher.«

»Aber du bist der Doktor.«

»Das war ich mal, vor langer Zeit.«

»Meinst du, du wärst aus der Übung gekommen«, schaltete sich Leftéris ins Gespräch ein.

»Bin seit Jahren distanziert gewesen. Mir fällt es nicht leicht, nun damit konfrontiert zu werden«, gab Stefan zu.

»Wir sind schon eine großartige Gruppe.«

»Du hast gut lachen, Leftéris, bei dir ist ja auch alles im grünen Bereich«, meinte ich.

Huschte da gerade ein Schatten über Leftéris' Gesicht? Es kam mir so vor. Hatte er vielleicht auch ein Geheimnis, das er vor uns nicht preisgeben wollte? Sollte ich ihn spontan fragen? Ich entschied mich ruhig zu bleiben, abzuwarten. Wenn er wollte, würde er von sich aus erzählen, was ihn beschäftigte.

»Ich bin jetzt Bauer und kein Arzt mehr«, sagte Stefan. »Doch ich bin mir sicher, dass uns irgendjemand ...« Er schaute zu den Sternen. »... zusammengebracht hat. Soll wohl alles so sein.«

»Das Schicksal hat uns zusammengeführt?«, hakte ich nach.

»Hört auf, ihr glaubt doch nicht wirklich an all das, oder?« Was war auf einmal mit Leftéris los? Setzte ihm das Bier zu? Er zeigte eine komplett andere Seite, bis dato hatte er meine Panikanfälle und meine Geschichte aus dem Vorleben nie in Frage gestellt.

»Was willst du damit sagen?«, ging Stefan auf ihn ein.

»Dieser Blödsinn, dass man schon mal gelebt haben soll. Und Ariane ermordet wurde, ertrank, und sich jetzt daran erinnert. Ihr ganzes Leben hat sie umgekrempelt und die Brücken in Deutschland deshalb abgebrochen.«

»Und wieso kommst du erst jetzt mit deinen Gedanken

zu dem Ganzen raus?« Stefans Stimme vibrierte.

Leftéris zog die Schultern hoch. »Denke, Ariane tat mir leid. Ich wollte den Job als Reiseleiter nicht verlieren. Schließlich muss ich mich um die Gäste kümmern, damit keine Beschwerden aufkommen. Ich brauche diese Anstellung.«

»Halt!« Stefan hob die Hand. »Das ist Monate her!«

»Und ..., was willst du damit andeuten?«

»Du hast dich selbst ins Spiel gebracht, als Ariane herzog«, bekam er zur Antwort.

»Von wegen! Du, mein Freund, hast mich da reingezogen!«, schrie Leftéris und zeigte auf Stefan.

»Hört auf!«, stieß ich mit aller Kraft hervor. »Hört auf!«

Ruhe trat ein, doch die Blicke, die sie sich zuwarfen, hätten töten können. »Kann mir bitte einer verraten, was hier abgeht?«

»Ich glaub einfach nicht an den Scheiß von Wiedergeburt, Mörder ...«

»Und ich frage mich, woher dein Sinneswandel kommt«, konterte Stefan.

»Ist das wichtig?«, mischte ich mich ein.

»Ja! Ich bin mir sicher, irgendetwas hat Leftéris vorherige Einstellung beeinflusst.«

»Du als Arzt musst es ja wissen. Du Schlaumeier.«

Leftéris ging. Ohne sich zu verabschieden, stieg er ins Auto und düste davon. Eine Staubwolke zog uns entgegen.

»Was ist denn in den gefahren?« Voller Entsetzen schaute Stefan ihm nach, bis er um die Ecke aus unserem Blickfeld entschwand. »Der tickt doch wohl nicht richtig.« Er griff sich an die Stirn.

»Komm, setz dich, noch Bier?«, sagte ich beruhigend, obwohl in mir eine Lawine losgetreten wurde.

»Nein danke, für heute reicht es mir. Erst dein Ausbruch, dann seiner. Schöner Abend ...«

»Tut mir leid.«

»Brauchst dich nicht zu entschuldigen. Vielleicht stehen die Sterne heute in einer schlechten Konstellation.«

»Lass das nicht Leftéris hören.« Ich konnte nicht anders, als über die Worte zu lachen und somit kam der Erdrutsch in mir zum Stoppen, gleichzeitig steckte ich Stefan mit meiner Heiterkeit an.

»Stimmungsschwankungen auf hohem Niveau«, lästerte er. »Gut, wir waren dabei zu besprechen, zu welchem Zeitpunkt du dich dem Tatort nähern magst.«

»Jetzt.«

Sein Kopf fuhr hoch, er sah mich an. »Nein, auf keinen Fall, nicht nach dem heutigen Abend.«

»Irgendwann muss es aber sein.«

»Was hältst du von morgen früh. Ich kann ein paar Stunden später mit der Arbeit anfangen.«

»Wenn du meinst ...«

Tatortbegehung

Gegen meine Erwartung überhaupt einschlafen zu können nach all den Aufregungen am Abend, war ich, kaum im Bett liegend, ins Traumland entwichen. Von Kratzgeräuschen an der Tür wurde ich mitten in der Nacht wach. Ich knipste die Nachttischlampe an, ging schlaftrunken zur Haustür. Mamakatze mit ihren Kindern im Schlepptau schlich sofort hinein, nachdem ich einen Spalt geöffnet hatte.

»Ihr wollt wohl aufs Bett.« Ich schloss hinter uns ab, kroch unter die Decke. Noch bevor ich das Licht löschte, hatten es sich die vier neben mir bequem gemacht und schnurrten.

Mir blieb der Schlaf aus, denn das Grübeln stellte sich spontan ein. Hatte Leftéris recht? Alles nur Hirngespinste? Entsprangen Iléktra und ihr Widersacher meiner Fantasie? Beweise hatte ich keine vorzuweisen. Außer, dass ich während der Rückführung Orte, die heute noch existierten, beschrieben hatte. Die könnten genauso gut meinem Unterbewusstsein entsprungen sein, als ich vor einigen Monaten auf dem Felsvorsprung gestanden hatte. Nein! Zu dunkel, ich hatte Schatten ausgemacht, aber sicherlich kein Steinhaus oder eine Ziegenherde. Ganz zu schweigen von dem Weideplatz, der seit Jahren als Parkplatz genutzt wurde. Irgendetwas musste an der Geschichte wahr sein. Schließlich litt ich unter unerklärlichen Wasserängsten. Bis zu dem Moment, als ich den Mord erlebte. Stimmte nicht, sie waren immer noch da, nur anders, seitdem ich mich der Panik stellte. Ich schüttelte den Kopf. Glaubte ich ernsthaft daran, dass meine Ängste in einem Vorleben ruhten? Unsicherheit kam auf, die in den letzten Wochen nicht vorhanden war. Leftéris hatte sie hervorgerufen. Doch was war mit ihm selbst los? Wieso hatte er derart massiv reagiert?

Ich drehte mich von einer Seite zur anderen, fand keinen Schlaf. Im Morgengrauen machte ich Kaffee und setzte mich auf die Terrasse. Die Sonne ging langsam auf und belegte die Berge mit einem geheimnisvollen Schimmer. Vögel zwitscherten im Olivenhain. Aus der Ferne hörte ich das Quaken eines Frosches. Nach der dritten Tasse ging ich unter die Dusche. Die Katzenfamilie schlummerte weiterhin auf dem Bett. Sie brachte wohl nichts aus der Ruhe.

In mir sah es dagegen anders aus. Nervosität kam auf beim Gedanken an die Ortsbegehung. Um mich abzulenken, bereitete ich mir ein großzügiges Frühstück zu. Erstaunlich, dass ich überhaupt Appetit hatte. Meine Katzenfamilie kam in dem Moment anmarschiert, als ich den Speck fürs Rührei in die Pfanne gab.

»Endlich wach?« Ich lächelte, denn ich fühlte ihre hoch gestreckten Schwänze an den Beinen. Ich streichelte jedem Einzelnen über sein Köpfchen, danach wusch ich mir die Hände und schnitt Speck in kleine Stücke. Legte ihn in den Futternapf, sofort vernahm ich genussvolles Schmatzen. Danach verschwanden sie nach draußen und ich setzte mich mit dem zubereiteten Essen an den Tisch.

Beobachtete die Kleinen dabei, wie sie sich mit einer Pfote übers Gesicht strichen, um sich zu reinigen. Noch ein wenig unbeholfen, bei Mamakatze sah das perfekter aus.

Gerade mit dem Spülen fertig, hörte ich einen Wagen aufs Haus zukommen. Stefan. Ich rieb mir die Hände trocken und lief vor die Tür.

Nicht Stefan, sondern Leftéris. Was wollte er um diese Uhrzeit bei mir? Auf ein Gespräch mit ihm war ich jetzt nicht unbedingt scharf. Mir reichten die Szenen des gestrigen Abends. Obwohl ich zugeben musste, dass ich damit angefangen hatte. Für mich waren meine Ausraster normal, sie gehörten zu meinem Leben dazu. Bei Leftéris erschreckten sie mich.

»Kaliméra. Hast du einen Kaffee für mich?« Sofort fiel mir seine Unsicherheit auf.

»Komm, ich bereite frischen zu.«

»Bloß keine Umstände ...« Er wandte sich ab, schien im Begriff zu sein die Flucht einzuschlagen.

»Mache ich gerne.« Ich füllte Wasser in die Kaffeemaschine.

Ziemlich unbeholfen kam mir Leftéris rüber.

Unsicherheit bei mir, ob ich die Kraft hatte, ihm zuzuhören, denn dieser Morgen sollte voll und ganz meiner eigenen Herausforderung gewidmet sein. Auf keinen Fall wollte ich diese Mission verschieben. Nachdem ich ihm eine Tasse gereicht hatte, setzte ich mich auf einen Stuhl. Obwohl ich Leftéris einen Platz anbot, blieb er stehen und trank. Sein Blick ruhte in der Ferne. Es schien im schwer zu fallen, sein Anliegen vorzutragen und ich wollte ihn auf keinen Fall darum bitten.

»Meine Frau will mich verlassen ...« Seine Stimme ohne jegliche Kraft.

»Warst du deshalb gestern ...«, fing ich an, wurde jedoch durch eine Handbewegung von ihm unterbrochen.

»Weißt du, was ein Lunapark ist?«

Ich schüttelte den Kopf.

»Ich weiß nicht, wie ihr es in Deutschland nennt. Da kannst du auf ein Riesenrad, mit einem Karussell fahren, da gibt es Wurfbuden ...«

»Du meinst Kirmes.«

»Ich war mit drei Männern dort, wir hatten tüchtig getrunken. Plötzlich stand eine Zigeunerin vor uns. Sie nahm meine Hand, sagte, sie könne mir meine Zukunft vorhersagen.« Er hielt inne, sah mich an.

»Weiter«, bat ich.

»Ihre Gesichtszüge zogen sich zusammen, bevor sie mir sagte, dass ich eine hübsche Frau in meiner Nähe hätte, Kinder. Die Frau würde von mir gehen, zu einem anderen Mann. Doch ich würde nicht lange allein bleiben, mein neues Glück würde bereits auf mich warten, wäre jedoch sehr kompliziert.«

Er stellte die leere Tasse ab, schob die Hände in die Shorts.

»Ist das schon länger her?«

»Was?«

»Die Wahrsagerin.«

»Ein paar Wochen.«

»Und hat deine Frau jemand anderen kennengelernt?«

»Sie sagt nein.« Er setzte sich, beugte sich zu mir, indem er die Unterarme auf den Beinen abstützte. »Du glaubst doch nicht an so etwas, oder?«

»Ans Wahrsagen?«

»Wovon reden wir denn sonst?« Er sprang auf, lehnte sich ans Geländer.

»Passen tut es schon.«

»Das ist doch Quatsch!« Wütend fuhr er sich durchs Haar.

»Du willst, dass es Humbug ist. Und meine Story mit dem Vorleben, dass dies wahr sein könnte, beschäftigt dich, weil dann könnte auch die Weissagung der Wahrheit entsprechen. Richtig?«

Er nickte.

»Ach, Leftéris«, ich stöhnte laut auf, »was sind wir für eine Truppe. Du, Stefan und ich. Da könnte so mancher Autor einen großartigen Roman draus zaubern.« Mein Lachen konnte ich unmöglich unterdrücken.

»Dass meine Frau mich verlassen will, ist doch nicht zum Lachen!«, schrie er.

»Hat sie es angedeutet oder klar gesagt?«

»Wie meinst du das?«

»Wiederhole mir den genauen Wortlaut deiner Frau.«

»Als wenn das wichtig wäre. Aber gut: ›So geht es nicht weiter, du ständig auf Kreta, ich in Athen, vielleicht ist es besser, wenn wir uns trennen.‹«

»Das war's?« Ich sah ihn an.

»Sag mal, spinnst du jetzt? Sie will mich verlassen.«

»Männer verstehen uns Frauen oft falsch. Sie hat dir zu bedenken gegeben, wenn ihr nicht bald eine Lösung findet für eure Wohn-Familiensituation, dann, aber erst dann, wäre eine Trennung in Erwägung zu ziehen.« Nun lachte ich laut los. Es tat mir leid, doch bei Leftéris verdutztem Gesichtsausdruck konnte ich mich nicht zusammenreißen. Bei bestem Willen nicht. Das Lachen tat mir gut, bei Leftéris hingegen schien die Wut ins Gesicht zu steigen. Ich stoppte, bevor es bei ihm zum Ausbruch kam.

»Deine Frau liebt dich, möchte in deiner Nähe sein. Gibt es denn keine Möglichkeit, dass sie mit den Kindern herzieht?«

Er kratzte sich am Kopf. »Du meinst, sie will mich gar nicht verlassen?«

»Nein.«

»Und sie hat das nur gesagt ...«

»... um dich wachzurütteln«, vollendete ich den Satz.

»Bist du dir da ganz sicher?«

»Frag sie selbst. Ruf sie an und kläre es mit ihr.«

»Okay. Was machst du heute?«, fragte er bereits im Gehen.

»Nichts besonders«, spielte ich mein Vorhaben herunter.

Stefan fuhr langsam den Schotterweg entlang, bis zur Hauptstraße. Er hielt sogar an, damit ich mich mit dem Gedanken, dem Meer näher zu kommen, anfreunden konnte.

»Wie fühlst du dich?« Er sah zu mir herüber. Ich umklammerte fest den Sicherheitsgurt. »Lass mal locker, du bekommst sonst einen Krampf«, meinte Stefan und griff nach meiner Hand.

»Ich bin bereit.« Ganz glaubhaft konnte ich das nicht

rüberbringen. Ich war aufgeregt, aber es hatten sich keine Ängste eingestellt beim Blick aufs Meer. Und ich wollte sie nicht heraufbeschwören.

Nach knapp zwei Kilometern fuhren wir durchs Dorf, direkt zum Parkplatz. Wir schlängelten uns an Autos vorbei, die im Halteverbot standen und die Straße teilweise versperrten. Dazwischen liefen Touristen in kurzen Hosen. Einige hoben ihr Smartphone, um Fotos von den Häusern zu machen. Vorsichtig stieg ich aus, horchte in mich hinein.

»Der Ziegenweideplatz«, merkte Stefan an.

Ich nickte, schluckte trocken, hustete. Er reichte mir eine Flasche Wasser, gierig trank ich ein paar Schlucke. Dann atmete ich durch, nickte mehrmals und sagte: »Okay, lass es uns versuchen.«

»Soll ich neben, hinter oder vor dir gehen, was ist dir lieber?«

Ich legte den Kopf zur Seite, kniff kurz die Augen zusammen. »Neben mir«, entschied ich.

»Möchtest du reden oder sollen wir stumm bleiben«

»Bitte hör auf zu fragen, es macht mich nervös. Mach einfach, was du als Therapeut für richtig hältst.«

Er entschied sich fürs Schweigen, ging so nah neben mir, dass sich unsere Schultern berührten. Zu nah, ich entfernte mich wenige Zentimeter, damit die Berührung nicht zustande kam.

Das Steinhaus befand sich am Ende des Platzes. Ich schritt darauf zu, es schien kurz vor dem Zusammensturz. Die Tür hing, aus den Angeln gerissen, halb herunter. Im Inneren sammelte sich der Dreck der Jahre. Vorsichtig berührte ich die Steine, schloss die Augen, ließ den Moment auf mich wirken.

Ein Lichtblitz! Ein Rückblick, in eine Zeit, die in mir tief begraben, aber unvergessen war. Gemecker von Ziegen drang an mein Ohr, ich drehte den Kopf in die Richtung, aus der es kam. Sah den Ziegenhirten, einen Jungen, fünfzehn, vielleicht sogar jünger. Er hieb mit einem Stöckchen auf eins der knochigen Hinterteile. Winkte, entfernte sich in die andere Richtung. Wem hatte er gewunken? Hinter geschlossenen Lidern suchte ich die Gegend ab.

Jetzt erkannte ich das Mädchen Iléktra, sie hüpfte auf mich zu. Sie sang ein Kinderlied. Ich lächelte beim Anblick dieses schönen Bildes. Dann verschwand es, krampfhaft versuchte ich es wieder in mir hervorzurufen, ohne Erfolg. Mit Tränen in den Augen öffnete ich die Lider. Stefan stand vor mir, sah mich fragend an. Ich erzählte.

»Reicht dir das für heute?«, fragte er.

»Wir gehen zum Felsen und suchen nach dem Gesicht auf den Steinen.« Doch schon nach einem Schritt hielt ich abrupt inne. Mochte ich wirklich dorthin? Keine Panik, alles ruhig in mir, bis auf den erhöhten Herzschlag, den ich in den Ohren bollern hörte. Somit alles im grünen erträglichen Bereich.

Ich ging voran, Stefan holte auf, hielt Schritt. Einem Bodyguard gleich. Wenn es nicht solch eine ernste Angelegenheit wäre, würde ich loslachen. Ich riss mich zusammen. Vor mir breiteten sich die Felsen aus, das Meer grenzte an.

Die weißen Schaumkronen kamen mir wie Krokodilsaugen vor, die mich unentwegt beobachteten. Die Wellen strömten aus der Weite ans Ufer, zogen sich zurück. Leises Meeresrauschen nahm ich wahr. Ging langsam weiter, bis hin zu der Stelle, an der ich in jener Nacht den Schrei gehört hatte. Blieb stehen, versicherte mich, dass Stefan sich weiterhin in meiner Nähe befand. Greifbar.

Mit den Augen suchte ich die Felsbrocken ab. Es brachte nichts, ich musste näher herantreten. Vorsichtig kletterte ich hinunter. Traute mich hinzusetzen, dort, wo die Steine nicht spitz zusammenliefen. Legte die Arme um die Beine und schaute mir jeden Stein, der vor mir in die Höhe ragte, genau an. Spürte den Wind, der sich in meinen Haaren fing, und atmete den salzigen Duft ein. Schnell stellte ich fest, dass es nichts brachte, ich wurde nicht fündig. Überlegte, ob ich den Mut aufbrachte, auch hier, so nah beim Ungeheuer, die Augen zu schließen und mich auf meine Vergangenheit einzulassen.

Ein Blick zu Stefan. Ich streckte den Arm aus, überprüfte, ob ich ihn im Notfall sofort fassen konnte. Ja. Nahm all meinen Mut zusammen und traute mich. Dunkelheit umgab mich, schwarz, als wäre der Bildschirm defekt. Solange die Panik sich nicht zeigte, sah ich mich in der Vergangenheit um. Da! Ein bunter Kegel kam auf mich zu. Nein, kein Kegel, es war Jana, die Puppe. Ihr buntes Gewand schimmerte im Sonnenlicht. Sie lag eingeklemmt zwischen zwei Felsbrocken. In der Versuchung aufzustehen und sie dort herauszuziehen, wurde mir bewusst, all dies geschah in meinem Kopf. Mein Unterbewusstsein, das sich an die Oberfläche kämpfte.

»Da!«, schrie ich, während ich den Finger in die Richtung ausstreckte, die Lider öffnete. »Dort! Schau, Stefan! Sieht du es?«

Ich schoss hoch, übersprang einen Stein nach dem anderen, kniete mich vor einen Felsen. Zur Hälfte ragte er aus dem Meer. Schlagartig zog ich die Hand zurück, schüttelte sie. Mir kam es vor, als hätte ich mich am kühlen Wasser verbrannt. Angst stieg in mir hoch, ich wollte sprechen, öffnete den Mund, doch kein Wort entwich. Kurzatmigkeit, Herzrasen, mir wurde schwindlig. Stefan fing mich auf. Hielt seine Arme fest um mich, ich ließ es geschehen. Es fühlte sich beschützend an. Ich drehte mich zu ihm und legte den Kopf an seine Brust. Weinte.

Als ich spürte, dass er mich von dem Ort wegziehen wollte, befreite ich mich. Zeigte auf den Felsen. Klar und deutlich konnte ich ein Gesicht darin erkennen. Ein unschuldiges, weiches, umspielt mit langen Haaren. Mit heruntergezogenen Mundwinkeln, die von Traurigkeit zeugten.

»Erkennst du es auch?«, kam es leise über meine Lippen, ich wollte das Kind nicht erschrecken.

»Kannst du mir beschreiben, was du siehst und wo es genau ist?«

Entsetzt schaute ich Stefan an. »Du siehst es nicht?«, fragte ich flüsternd.

»Nein.«

Ganz klar, ich musste mich ein weiteres Mal hinunter trauen. Brachte ich den Mut auf, jetzt, in diesem Moment? Ich zitterte, die Ameisen hatten sich vermehrt, das Brummen im Kopf brachte Kopfschmerzen mit sich.

Mein Brustkorb hob und senkte sich sekündlich. Kein Weg führte daran vorbei, meine Glaubwürdigkeit stand auf dem Spiel. Auf keinen Fall wollte ich als durchgeknallt abgestempelt werden. Stefan würde es Leftéris berichten und dann könnte ich mit einem Schlag zwei Menschen verlieren, die mir zur Seite standen.

Langsam erhob ich mich. »Ich zeige es dir.« Bange schritt ich voran, bewusst, dass jeden Augenblick meine Hand mit dem Feind in Berührung kommen würde. »Liebes Meer, bitte mache mir keine Angst, ich tue dir nichts, bitte tue du mir auch nichts.« Bevor ich mich vorbeugte, vergewisserte ich mich, ob Stefan mir folgte. Er stand direkt hinter mir. Ich berührte den Stein, strich mit dem Zeigefinger behutsam über die Gesichtszüge. Ließ die traurigen Mundwinkel nicht aus. Spürte Ruhe in mir. Beim Aufrichten trocknete ich mir die Hand an meiner kurzen Hose. Stefan hatte sich niedergelassen. Bleich im Gesicht.

Unglaublich – wahr

Ich setzte mich neben ihn. Sofort legte Stefan beschützend den Arm um meine Schulter. Mein Kopf ruhte auf seiner Brust. Stumm. Beiden schien es uns nicht nach einem Gespräch. Ich hob den Blick, schaute mir die Gegend an. Erst jetzt nahm ich ihre Schönheit wahr. Bis zum Horizont erstreckte sich das Meer, wurde mit dem Himmel eins. Rechts von mir eine Insel. Drei Segelboote lagen dort vor Anker. Ich kniff die Augen zusammen, machte eine Personengruppe aus, die dort am Ufer saß. Wahrscheinlich waren sie von ihren Booten dorthin geschwommen. Von der Bar, die am Dorfausgang lag, kamen leise Töne einer griechischen Ballade. Ich drehte den Kopf in die andere Richtung, während mich Stefan weiterhin im Arm hielt. Berge. Vereinzelte Häuser waren angesiedelt. Auf halber Höhe eines Berges, zwischen vertrocknetem Gras, eine Ziegenherde.

Der zuvor sanfte Wind wurde stärker. Leicht verfaulter Geruch von angeschwemmten Algen kam auf, gemischt mit dem Salz des Meeres.

»Schön ist es hier«, durchbrach ich unser Stillschweigen.

»Mhm.«

»Zuvor sind mir die hohen Berge nur schattenhaft aufgefallen. Beeindruckend der Ausblick.«

»Mhm.«

Ich richtete mich auf, sah Stefan an. »Was ist?«

»Du gehst nach dem Erlebten einfach zur Tagesordnung über. Bist du kein bisschen geschockt?«

»Nein, warum sollte ich?«

Er stand auf, zog mich zu sich hoch. »Ariane, der Stein ist so geformt, dass es tatsächlich dem Bildnis eines Gesichtes gleicht. Das hat es schon oft gegeben, das im Gestein etwas zu erkennen war. Wenn man genug Fantasie hat, die man bei diesem Anblick hier nicht braucht. Das bedeutet …«

»Dass ich bereits gelebt habe und hier starb.« Ich strich mir das T-Shirt glatt.

»Und du nimmst das einfach so hin?« Er nahm mein Gesicht in seine Hände, sah mir tief in die Augen.

»Ja, Stefan, denn damit habe ich die Bestätigung, dass ich noch alle Tassen im Schrank habe. Eher bin ich wütend, dass ich selbst an mir gezweifelt habe, hervorgerufen durch den Klinikaufenthalt. Weißt du, was ich dort durchgemacht habe?« In mir steigerte sich die Wut. »Und wem habe ich das zu verdanken?« Ich riss mich von ihm los, stieg hoch auf die Schotterstraße.

»Warte, ich kann nichts dafür, dass dich deine Eltern eingeliefert haben.«

»Sorry. Es kam alles nochmals in mir hoch.«

Er drückte mich kurz an sich, strich mir beruhigend über den Rücken. Kurz darauf fuhren wir zurück, zu mir nach Hause. Ich bereitete uns Zitronenlimo zu, reichte Stefan ein Glas.

»Wir müssen nun sehen, was und wie wir alles angehen. Ich werde mich hinter die Bücher klemmen, mich in die Rückführungstechnik einarbeiten, mein Wissen auffrischen.« Er trank den Saft mit einem Mal aus.

»Wie bitte?« Wohl zu aggressiv, denn Stefan schreckte zusammen.

»Ich bin davon ausgegangen, du wärst längst mit der Theorie durch!«, setzte ich nach.

»Nein.«

Seinen Gesichtsausdruck stufte ich als schuldig ein im Sinne der Anklage. Ich zog eine Schute, ungeduldig auf seine Erklärung. Doch Stefan blieb stumm. Hatte ich ihn in die Enge getrieben?

»Wir müssen das klären. Es tut mir leid, dass ich so ausgerastet bin, doch ...«

Er hob die Hand, unterbrach mich. »Ich kann dir keine plausible Antwort geben, ich habe sie selbst nicht vorrätig. Vielleicht habe ich dir nicht geglaubt, vielleicht hat es damit zu tun, dass ich mit meinem alten Leben und damit auch mit meinem Berufsstand abgeschlossen habe.« Er zog die Schultern hoch. »Ich bin mir nicht sicher.«

Mit der flachen Hand hieb ich mir vor die Stirn. Woher kamen diese egoistischen Züge, dass ich ständig an mich dachte und mir keine Gedanken darüber machte, wie Stefan sich bei dem Ganzen fühlte?

Ich hielt ihm die Hand entgegen. »Entschuldige, ich bin eigentlich nicht so.«

Er lächelte mich an. »Da haben sich die richtigen gefunden.«

»Nichts ist Zufall«, sagte ich und versorgte uns ein weiteres Mal mit Getränken.

»Habt ihr eine Lösung gefunden?«, fragte Leftéris, als wir gemeinsam auf meiner Terrasse saßen und ihm von den Ereignissen erzählten.

So ganz wollte er uns nicht glauben, doch nachdem ihm Stefan hoch und heilig schwor, dass es der Wahrheit entsprach, bat er uns, ihn zu dem Felsen zu bringen. Er wollte sich selbst davon überzeugen. Die Sonne war seit Stunden untergegangen.

Wir fuhren ins Dorf, parkten. Die Bar war gut besucht, heiße Rhythmen schallten aus den Boxen.

»Was ist, wenn uns einer sieht? Mit den Taschenlampen sind wir nicht unsichtbar«, fragte ich. Wir standen auf dem Felsvorsprung.

»Dann suchen wir nach einem Ohrring von dir, den du am Tag verloren hast«, schlug Stefan vor und stieg als erster hinunter.

»Mitten in der Nacht?«, brachte ich ein.

»Ariane, dann ist es eben ein Erbstück deiner Urgroßmutter und du hast keine Ruhe gegeben, bis Leftéris und ich mit dir hierher suchen fuhren.«

»Spinnen wir wieder ein Lügennetz?«

»Komm, lass uns jetzt Leftéris das Gesicht zeigen und danach sind wir schnell weg, bevor uns einer bemerkt.« Er leuchtete den Boden ab.

»Ist das in Ordnung, wenn ich hier oben auf euch warte?« Mir gruselte in der Dunkelheit vor dem Meer. Allein der Lichtschein, der aufs Ufer fiel, reichte mir aus einige Schritte zurückzutreten.

»Aber leuchte weiter nach unten!«, rief Stefan. Leftéris folgte ihm.

»Hier«, hörte ich Stefan sagen. Schemenhaft machte ich die Männer aus.

»Ich werde verrückt!« Leftéris Stimme. »Echt, ich habe es euch nicht geglaubt. Doch ... verdammt ... Wahnsinn.«

Kurz darauf kamen die beiden hoch.

»Ich gebe zu, Ariane«, meinte Leftéris, »ich habe geglaubt, du spinnst.«

Seine Ehrlichkeit erfreute mich auf der einen Seite, auf der anderen spürte ich ein weiteres Mal an diesem Tag Wut in mir aufsteigen. »Und warum hast du mir die ganze Zeit beigestanden und so getan, als würdest du mir das abnehmen?«

»Du hast mir leidgetan.«

»Du hattest Mitleid mit mir?« Gänzlich sauer drehte ich mich um und wollte loslaufen. Im letzten Moment hielt mich Stefan am T-Shirt fest. Mit Gewalt riss ich mich los. Sie verstellten mir den Weg. »Was seid ihr denn für Freunde? Ich habe euch vertraut.« Aufsteigende Tränen versuchte ich zu unterdrücken, indem ich mir fest auf die Unterlippe biss.

»Wenn du diese Rückführung nicht gemacht hättest und jemand wäre zu dir gekommen und hätte dir diese Story erzählt, hättest du nicht genauso reagiert?«, fragte Stefan. Leftéris drehte sich eine Zigarette, seine Finger zitterten.

»Hätte, hätte, hätte ... Aber ich gebe zu, es kann schon sein«, gab ich bockig zur Antwort.

»Lasst uns nicht streiten«, bat Leftéris nach einem kräftigen Lungenzug.

»Du hast recht. Eher müssen wir jetzt sehen, wie es

weitergehen soll. Freunde?« Stefan hielt mir die Hand entgegen. Zögerlich griff ich zu, obwohl ich mir eingestand, dass ich jede Person, die mit einer solchen Geschichte ankäme, für verrückt erklären würde. Doch das brauchten meine Gefährten nicht zu wissen. Auch Leftéris besiegelte unsere Freundschaft mit Handschlag. Ich wusste, was uns nun bevorstand. Gemeinsam würden wir die Wahrheit herausfinden, einen Mord aufklären, der vor Jahrzehnten stattgefunden hatte. Meinen Mord. Ich blickte in Richtung Felsen und schwor im Stillen: ›Iléktra, ich werde deinen Mörder finden. Eher gebe ich keine Ruhe.‹ Jetzt konnte es losgehen.

Zucchiniernte

Eine Strategie musste her. Zügig wollten wir mit den Nachforschungen beginnen. Bis tief in die Nacht saßen wir zusammen und überlegten unser weiteres Vorgehen. Kurz vor Morgengrauen beschlossen wir, dass Stefan sich beim Bauer freistellen lassen sollte, um sich in die Bücher zu vertiefen, und ich seinen Platz auf dem Feld einnahm. Leftéris sollte sich im Dorf umhören, ob es vor Jahren einen Unfall gegeben hatte, bei dem ein Kind ums Leben gekommen war.

»Gut, dann ist alles besprochen«, sagte ich.

Stefan und Leftéris fuhren, ich winkte dem Auto nach. Die Sonne ging langsam hinter den Bergkämmen auf. Ein warmer Tag kündigte sich an. Die Katzenfamilie schlief tief und fest im Korb. Ich legte mich aufs Bett, versuchte mich auf meinen historischen Roman zu konzentrieren. Zu müde, ich schlief ein.

»Darf ich vorstellen«, sagte Stefan zu seinem Chef. Nun lernte ich den Besitzer kennen. Bei meinen Lebensmitteleinkäufen war ich davon ausgegangen, dass der nette Mann, der mich bediente, der Bauer gewesen wäre, dem das gesamte Anwesen gehörte. Mich wunderte, dass Stefan sich mit dem Chef in deutscher Sprache unterhielt. Ich folgte dem Gespräch und hoffte, der Bauer würde auf unseren Vorschlag eingehen. »Ariane kommt aus

Deutschland und wohnt uns genau gegenüber.« Er zeigte auf mein Häuschen. Der Bauer, ein muskulöser großer Mann, ich tippte auf Anfang siebzig, mit einem grauen Haarkranz. Sein Bauch zeugte von gutem Essen. Ich grüßte freundlich. »Ariane, das ist Pédros.« Ich reichte ihm die Hand. Sie fühlte sich hart an, und mir war einen Moment unwohl dabei.

»Du helfen bei Ernte?«, fragte Pédros.

»Gerne. Nur, solange Stefan ausfällt.«

»Du gearbeitet Feld?«

»Nein.«

Pédros schien nicht besonders erfreut, er verzog das Gesicht. Dann sprach er mit Stefan in der landesüblichen Sprache, gestikulierte wild. Ich verschränkte die Hände hinter dem Rücken, drückte die Daumen fest zusammen. Stefan wurde lauter.

In dem Moment, als ich mich einbringen wollte, um das Unterfangen zu beenden, sagte Stefan: »Du kannst gleich anfangen.«

Verdutzt sah ich ihn an. »Eure Gebärden sahen mir nicht danach aus, dass dein Chef erfreut ist.«

»Mach dir mal keine Gedanken, wir haben nach kretischer Art verhandelt. Ich habe ihm versprochen, wenn du keine besondere Hilfe bist, werde ich sofort arbeiten kommen. Also streng dich an, du weißt, was für dich auf dem Spiel steht.« Er lächelte schelmisch. Sehr aufmunternd.

»Wo fange ich an?«

»Ich zeige es dir. Komm mit.«

Ich nickte Pédros zu und folgte Stefan aufs Feld. Dort

waren bereits einige Helfer bei der Ernte tätig.

»Du bist vorerst bei den Zucchini eingeteilt.« Stefan nahm sich eine leere Holzkiste, ging zum ersten Beet.

Erst jetzt wurde mir das Ausmaß der großen Felder bewusst. Von meiner Terrasse aus konnte ich die Fläche vor dem Bauernhaus erkennen, doch dahinter erstreckte sich die Länderei bis hin zum angrenzenden Berg. Als Sonnenschutz legte ich die Hand an die Stirn.

»Alle Achtung, das ist ein stattliches Anwesen.«

»Willst du aufgeben, bevor du angefangen hast?«, lästerte Stefan.

»Rede nicht, sag mir lieber, was ich zu tun habe.«

Er ging in die Hocke, deutete auf die Pflanzen, die sich auf dem Boden ausgebreitet hatten. Er fuhr mit der Hand durch die grünen Blätter, die für mich von der Form her einem Ahornblatt glichen. »Du erntest die zirka fünfzehn bis zwanzig Zentimeter langen Zucchini.«

»Und was ist mit den größeren?« Ich zeigte auf eine mindestens dreißig Zentimeter gewachsene Frucht.

»Die pflückst du und legst sie in eine andere Kiste. Die kleineren Zucchini schmecken frischer. Je größer sie werden, umso mehr verändert sich ihr Geschmack und es leidet die gesamte Ertragskraft der Pflanze darunter.«

»Wieso?«

»Wenn die Früchte regelmäßig geerntet werden, bilden sich immer wieder neue Blüten.«

»Du meinst hier diese schönen Blüten, daraus entstehen Zucchini?« Sie hatten die Form einer Lilie, gelb mit grün gemusterten Streifen. Innen steckte ein Faden.

»Aus diesen Blüten entstehen Zucchini.« Er hielt mir

eine entgegen. Eine Minizucchini. »Die Blüten, an denen keine Zucchini heranwächst, ernten wir auch. Sie sind sehr beliebt.«

»Was wird damit gemacht?«

»Sie werden mit Reis gefüllt und zubereitet wie die gefüllten Weinblätter.«

»Ihr esst die Blüten?«

»Köstlich!« Stefan fuhr sich mit der Zunge über die Lippen. »Die Bäuerin bereitet sie täglich zu und beliefert damit die Tavernen im Dorf.« Er erhob sich.

»Guter Witz.« Ich schmunzelte, konnte mir nicht vorstellen irgendwelche Blüten zu essen.

»Wirklich, ich bringe dir heute Mittag welche zum Probieren. Du wirst dich wundern. Doch jetzt fang erst einmal an, die Zucchini zu ernten. Um die Blüten kümmert sich die Bäuerin selbst.« Aufmunternd schlug er mir sanft auf die Schulter.

»Und ich gehe das gesamte Feld ab?«

»Schau auf die anderen Helfer, die sind dir weit voraus. Dir hat der Bauer für heute diese eine Reihe zugeteilt, damit du dir ein Bild machen kannst.« Er deutete in die Ferne. In den anderen Reihen standen Erntehelfer, ich tippte auf zehn Personen, Frauen und Männer gemischt. In gebückter Haltung pflückten sie das Gemüse.

»Und womit schneide ich sie ab?«

»Abdrehen. Schau her!« Er bückte sich und zack, hatte er die erste Frucht in die Kiste gelegt. Bei einer größeren Zucchini nahm er ein Messer und schnitt sie vom Stängel ab. »Verstanden?« Er blickte auf, ich nickte. Keine Minute später hatte ich vier Früchte eingesammelt. »Kommst du alleine klar?« Stefan rieb sich die Hände an der Hose ab und hinterließ damit Spuren auf der hellen kurzen Jeans.

»Ich denke, alles verstanden. Nun geh und setz dich nicht in die Sonne zum Faulenzen, sondern schaue schön in die Bücher. Wir haben eine Mission zu erfüllen.« Ich schob ihn ein Stück in Richtung seines Zuhauses.

»Wenn die Kiste voll ist, musst du dir eine neue holen. Lass die andere stehen, die werden eingesammelt, damit du sie nicht schleppen musst.«

»Gut, dann leg ich mal los.«

»Zum Mittagessen hole ich dich und bringe dir Zucchiniblüten mit.«

»Ja, ja.« So ganz wollte ich ihm die Sache mit den essbaren Blüten nicht glauben.

Bereits nach zehn Minuten gebücktem Gehen und Ernten, spürte ich ein Ziehen im Rücken. Immer wieder richtete ich mich auf, streckte und reckte mich. Dabei sah ich mich um. Nicht einen der anderen Helfer beobachtete ich dabei, ständig standen sie in gebückter Haltung. Meine Güte, dachte ich, die halten viel aus. Ich blickte nach vorne, vor mir lag gefühlt ein Kilometer Feld, das ich zu bewältigen hatte.

Die Sonne prallte auf den Kopf und den Rücken. Für den Nachmittag nahm ich mir vor, einen Hut aufzusetzen.

Nicht mal die Hälfte von der Reihe hatte ich geschafft, die anderen Helfer waren bereits fertig, als Stefan wiederkam.

»Und, macht es Spaß?«, neckte er.

Mit dem Handrücken rieb ich mir über die Stirn.

»Ziemlich heftig. Wie viele Jahre machst du das schon?«

»Du wirst dich daran gewöhnen. Aller Anfang ist schwer. Wir gehen zu den anderen, sie sitzen am Tisch. Die Bäuerin kocht täglich für uns.« Er ging los.

»Und du meinst, ich kann da einfach so mit?« Die Aussicht auf ein leckeres Mittagessen ließ meinen Magen knurren.

»Du bist jetzt eine von uns Helfern.«

Auf dem Weg zum Haus bemerkte ich, dass alle Kisten, die ich bis zu dem Zeitpunkt bestückt hatte, eingesammelt worden waren. Mir selbst war es vor lauter konzentriertem Arbeiten nicht aufgefallen, dabei hätte ich gerne gesehen, wie viele ich geschafft hatte.

Freundlich wurde ich im Kreis der Arbeiter aufgenommen, sofort wurde gerückt, damit ich einen Platz am Tisch hatte. Bevor ich mich hinsetzte, fragte ich Stefan nach der Toilette. Er zeigte aufs Haus. »Geh rein, den Flur entlang, letzte Tür rechts.«

Zuvor von der Sonne geblendet, erschien mir der Flur düster. Für einen Moment tastete ich mich an der Wand in den Innenraum. Neugierig schaute ich links und rechts in die Zimmer, denn die Türen standen alle offen. Die Bäuerin kam mir entgegen. Ich rieb die Hände, machte damit verständlich, dass ich das Bad aufsuchen wollte, um sie mir zu waschen. Die Frau war einen Kopf kleiner als ich, hatte ein paar Kilo zu viel auf den Hüften, doch es passte zu ihrem Erscheinungsbild. Ihr braunes Haar trug sie hochgesteckt. Ein Sonnenstrahl vom Flurfenster fiel auf ihr Gesicht. Ihre Augen glänzten, sie strahlten Wärme aus. »Evgenía«, sie zeigte auf sich.

Auch ich stellte mich vor. »Ariane.«

Sie lächelte und eine Zahnlücke kam zum Vorschein. Dann öffnete sie mir eine Tür und zeigte in den Raum. Ich bedankte mich und eilte hinein. Erst jetzt wurde mir bewusst, dass ich dringend musste. Dabei dachte ich, die Hitze hätte mich ausgetrocknet. Auf die Idee, mir am Morgen eine Flasche Wasser mitzunehmen, war ich nicht gekommen. Einiges hatte ich zu lernen, damit ich die Ernte gut überstand, solange Stefan sich in seine Bücher vertiefte. Lesen hätte ich bevorzugt, doch das würde mir bei meinem Problem nicht weiterhelfen. Ich war auf Stefan angewiesen. Mit kühlem Wasser wusch ich mir durchs Gesicht, riss Toilettenpapier ab und tupfte die Stirn und die Wangen leicht trocken. Schnell steckte ich die Haare hoch, einige Strähnen hatten sich gelockert. Als ich durch den Flur zurückging, kam ich am Wohnzimmer vorbei.

Ein uralter, handgeschnitzter Schrank weckte Neugier in mir. Für Antiquitäten hatte ich mich sonst nie interessiert, doch dieses Möbelstück zog mich magisch an. Als ich über die Schwelle treten wollte, um ihn mir näher anzusehen, zog ein heftiger Stich durch mein Haupt. Der Schmerz so stark, dass er mich zu Boden warf. Schützend legte ich die Hände auf den Kopf.

»Was ist passiert?«, hörte ich Stefan fragen, er bückte sich zu mir.

»Ich weiß nicht. Mein Kopf«, brachte ich brüchig über die Lippen. Es pochte gewaltig, ich traute mich nicht die Hände zu lösen.

»Hoffentlich hast du keinen Sonnenstich.« Seine Stimme klang besorgt. »Kannst du aufstehen?« Seine Hand stützte meinen Arm, er half mir hoch.

Tief atmete ich ein und aus, der Schmerz ließ nach, ein wenig schwindelig war mir zumute. »Geht schon.«

Bevor mich Stefan auf den Flur führte, warf ich kurz einen Blick auf den Schrank. Wieder durchfuhr mich ein Stich. Was ist das denn?, dachte ich, rieb mir über die Stirn, wollte damit den erlebten Moment vertreiben. Beim Hinsetzen kam es mir vor, als wäre nichts passiert. Wahrscheinlich die Hitze und dass ich nichts getrunken hatte. Stefan reichte mir eine Flasche Wasser, gierig trank ich. Mein Teller wurde von Evgenía aufgefüllt.

»Was ist das?«, fragte ich an Stefan gewandt.

»Dolmádes, gefüllte Zucchiniblüten.«

Zögerlich steckte ich mir ein Stück der Blüte in den Mund. Knabberte darauf herum. Ich wollte nicht unhöflich sein. Evgenías Blick erfasste mich. Sie lächelte mir nickend zu, zeigte mit einer Handbewegung, ich solle die Blüte essen. Ihr zuliebe überwand ich mich. Eine Geschmacksexplosion fand in meinem Mund statt. Ich schmeckte Kümmel heraus, Reis und da waren noch andere Kräuter enthalten, die ich im Moment nicht benennen konnte.

»Und, zu viel versprochen?«, fragte Stefan, der sich an einem Fleischspieß zu schaffen machte.

»Die sind so etwas von lecker!« Ich nahm mir eine weitere Portion und ließ die anderen Gerichte stehen.

Evgenía reichte mir eine Schüssel mit Zazíki und machte mir vor, die Dolmádes darin einzutauchen. Ich deutete ihr an, dass ich dieses Mal den Geschmack der Blüten genießen wollte. Stefan übersetzte für mich und ich fing mir ein begreifendes Lächeln der Bäuerin ein.

»Wenn du möchtest, bringe ich dich jetzt nach Hause«, sagte Stefan, nachdem der Mittagstisch aufgehoben war und die Helfer gingen.

»Aber ich bin noch gar nicht mit meiner Reihe fertiggeworden.« Erstaunt sah ich ihn an.

»Jetzt ist erst mal Ruhe. Bei der Hitze ernten wir nicht, gegen fünf geht es weiter. Ich hole dich wieder ab. Einverstanden?«

»Du meinst, ich kann meinen Rücken für ein paar Stunden ausruhen?« Ich streckte mich durch.

»Gar nicht so einfach, die Ernte, hm?«

Ich schlug ihm auf die Schulter. »Wenn du deinen damaligen Job nicht an den Nagel gehängt hättest, bräuchte ich nicht auf dem Feld zu schuften.«

»Wir können es auch sein lassen«, kam es verärgert von Stefan.

»Äh, es sollte eigentlich ein Witz sein. Vergiss nie, ich bin dir dankbar für deine Hilfe.« Versöhnlich strich ich ihm über den Arm.

»Ich reagiere halt säuerlich, meine Schuldgefühle, die durch die Situation mit dir ...« Er stockte.

»Schon gut, es tut mir leid, dass ich dir so viel Ärger bereite«, gab ich klein bei.

»Es liegt an mir, schließlich bräuchte ich mich nicht darauf einzulassen. In der Zwischenzeit tue ich es auch für mich. Obwohl ich dachte, ich hätte Frieden gefunden, gehe ich jetzt davon aus, dass ich gut verdrängt habe.«

Meinen Kommentar darauf schluckte ich herunter.

Zuhause ging ich schnell unter die Dusche, dann legte ich mich, ins Badetuch eingewickelt, aufs Bett. Ich lag keine zwei Minuten, da fielen mir die Augen zu. Erst, als Stefan mich von der Haustür aus rief, schreckte ich hoch, schaute auf die Uhr. Kurz vor fünf!

»Moment, ich komme, muss mir schnell etwas anziehen.« Hurtig stand ich auf, stieg in die Jeans und nahm mir ein frisches T-Shirt. Mit Wasserflasche und Kopfbedeckung war ich keine fünf Minuten später draußen. Stefan stand angelehnt an der Fahrertür.

»Verpennt?«, lästerte er.

»Und wenn, ich hoffe, du hast fleißig gelesen.« Ich schwang mich auf den Beifahrersitz.

»Auch ich habe die Mittagspause für ein Nickerchen genutzt.«

»Na gut, bei der Hitze vergebe ich dir diese Ausnahme.«

»Darf ich bitte selbst entscheiden, wann und wie lange ich mich in die Materie einlese?«

»Nun reagiere doch nicht wieder böse. Darf ich mir keinen Witz erlauben?« Ich verschränkte die Arme vor der Brust. »Übrigens brauchst du mich nicht ständig abzuholen, ich könnte das Stück zu Fuß gehen.«

»Ich mache das gerne.«

»Wir könnten uns einigen, morgens und am Abend gehe ich zu Fuß und du bringst mich in der Mittagspause nach Hause. Was hältst du davon?«

»Abgemacht.« Er startete den Motor.

Gegen zwanzig Uhr hatte ich meine Reihe abgeerntet. Ich hatte den Berghang erreicht und sah mich um. Das

Bauernhaus kam mir klein in der Ferne vor. Die Helfer räumten die Werkzeuge zusammen, andere stapelten Kisten aufeinander. Evgenía sammelte Zucchiniblüten. Vom Bauern keine Spur. Ob er überhaupt nicht mehr mit aufs Feld ging?

Langsam machte ich mich auf den Rückweg, froh, bald ein weiteres Mal an diesem Tag unter die Dusche zu kommen. Am Mittag hatte ich vergessen, die Katzen zu füttern, sicherlich warteten sie bereits hungrig auf die Abendration. Ich verabschiedete mich von der Bäuerin, winkte den anderen zu. In dem Moment kam Stefan, um mich nach Hause zu bringen. Erschöpft, doch froh, den ersten Tag überstanden zu haben, schob ich mich auf den Sitz.

»Sag mal, was macht der Bauer den ganzen Tag?«, fragte ich.

»Der sitzt im Büro und organisiert den Vertrieb. Einer muss sich um den Papierkram kümmern.«

»Der Tag sollte gefeiert werden, magst du ein Glas Wein trinken?«, fragte ich, nachdem Stefan den Wagen vor meinem Haus gestoppt hatte.

»Ich will mit den Jungs Fußball schauen.«

»Schönen Abend.« Ich winkte ihm nach, gar nicht enttäuscht jetzt allein sein zu müssen. Katzenmama mit ihren Kleinen erwartete mich auf den Stufen zur Terrasse.

Der Rosengarten

Eine Woche später hatte ich mich an die harte Arbeit gewöhnt. Der Rücken schmerzte weniger, ich schaffte bereits fast drei Reihen an einem Tag abzuernten. Bauer Pédros hatte Stefan gesteckt, dass er mit meiner Arbeit zufrieden sei. Ich freute mich darüber, denn so konnte sich Stefan weiterhin mit der Theorie auseinandersetzen. Im Grunde ging es mir gut. Das Gesicht und die Arme waren leicht gebräunt. Mittags aß ich reichlich von Evgenías Zucchini-Gerichten. Ich schrieb alle Rezepte nieder und stellte ein Zucchini-Kochbuch zusammen. Stefan half mir, die Bäuerin nach der Zubereitung zu fragen. Vlíta, ein Wildgemüse mit leicht bitterem Geschmack, mit Zucchini gekocht, und Kartoffeln mit Zucchini an Zitronensoße gehörten gemeinsam mit den Zucchiniblüten schon bald zu meinen Leibgerichten. Dann hatte Evgenía Zucchini mit Schafskäse kreiert, mit Reis gefüllte Zucchini aus dem Ofen und gemischtes Gemüse mit Balsamico-Essig abgelöscht. All diese Gerichte standen nun in meinem Büchlein. Auf achtzehn Stück war ich in der Zwischenzeit gekommen und hoffte, mir würden selbst weitere Rezepte einfallen. In den arbeitsreichen Wochen ging ich weder ans Meer noch ins Dorf oder zum Gesichtsfelsen. Geduldig wartete ich auf die Rückführung mit Stefan.

Für den heutigen Tag hatte der Bauer mich zu einem abseits liegenden Grundstück eingeteilt, auf dem Frühlingszwiebeln geerntet werden sollten. Ich schulterte den kleinen Rucksack, den Stefan mir geschenkt hatte, damit ich immer genügend Wasservorrat und eine Kopfbedeckung bei mir hatte. Dann verabschiedete ich mich von der Katzenfamilie, deren Futternapf gefüllt war.

»Bis später.« Es kam mir vor, als würden Sofie, Drago und Bonzo jeden Tag ein Stück wachsen. Sie waren längst sicher auf ihren Beinchen, spielten im vertrockneten Gestrüpp und kletterten auf Olivenbäume. Leider blieben mir nicht so viele Momente, ihnen beim Spiel zuzusehen.

Kam ich mittags und abends vom Feld, war mein erster Gang unter die Dusche und dann ins Bett. Ich hoffte, meine Kondition würde sich steigern, damit ich wenigstens am Abend auf der Terrasse sitzen könnte, die Ruhe genießen und die Katzen mit Streicheleinheiten verwöhnen.

Zügig legte ich die kurze Strecke bis zum Bauern zurück. Dort würde mich Evgenía mit einem starken Kaffee und Plätzchen erwarten, die sie täglich für uns Helfer backte. Sie stand den ganzen Tag in der Küche und versorgte die Mitarbeiter mit leckeren Gerichten. Und wenn wir mit der Ernte durch waren, sammelte sie die Zucchiniblüten ein. Kein einziges Mal bemerkte ich an ihren Gesichtszügen, dass sie müde oder erschöpft, geschweige denn mal schlecht gelaunt war. Im Grunde sah ich sie immer lächeln. Mir kam es vor, als würde Evgenía in sich selbst ruhen. Ich mochte sie sehr, fand es schade, dass wir uns nicht miteinander unterhalten konnten. Obwohl, irgendwie verstanden wir uns, mit Blickkontakt. Dass mir das erst jetzt, als ich den Weg zur Arbeit zurücklegte, durch den Kopf ging. Vor ein paar Tagen erzählte mir Stefan bei einem Abendwein, dass Evgenía kein einfaches Leben hinter sich hatte und mit Pédros ständig aneinandergeriet. Bei Eheleuten nicht verwunderlich, meinte ich, und erfuhr von Stefan, dass es sich bei Pédros und Evgenía um Geschwister handelte, die den Hof der Eltern übernommen hatten und bewirtschafteten.

»Kaliméra«, wurde ich aus den Gedanken gerissen. Evgenía hielt mir die Tasse entgegen.

»Efcharistó«, bedankte ich mich und trank einen kräftigen Schluck.

Sie reichte mir die Schale mit dem Gebäck und forderte mich auf, mich zu ihr an den Tisch zu setzen. Auf ihm lagen Zucchini, kleine Tomaten, Knoblauch, Zwiebeln, rote und grüne Paprika. Ich ging davon aus, dass die Bäuerin schon bei den Vorbereitungen fürs Mittagessen war und mir lief das Wasser im Mund zusammen.

Pédros kam und machte mir verständlich, dass ich ihm folgen sollte. Ich verabschiedete mich von Evgenía, obwohl ich liebend gerne bei ihr geblieben wäre. Ich fühlte mich in ihrer Nähe ausgesprochen wohl.

»Heute du, Arian und Zamira Zwiebel ernten«, sagte Pédros.

»Okay.«

»Steig auf die Ladefläche.« Dort saß bereits Zamira. Arian hatte es sich auf dem Beifahrersitz bequem gemacht, die Füße aufs Armaturenbrett gestellt und schien ein kleines Nickerchen zu machen.

»Kaliméra«, grüßte ich und Zamira nickte mir zu. Schon ging die Fahrt los. In dem Moment stellte sich bei mir Angst ein. Was war, wenn wir Richtung Meer fahren würden? Ohne vorher darüber nachgedacht zu haben oder Stefan nach der Lage des Feldes gefragt zu haben, hatte ich mich in eine Situation begeben, die ich jetzt nicht einzuschätzen wusste.

Pédros schlug tatsächlich den Weg Richtung Meer ein.

Ich drückte mich an die Fahrerkabine, zog die Beine an, umschlang sie mit den Armen und legte den Kopf in meinen Schoss. Bloß nicht hochsehen, sagte ich mir. Schon erreichten wir die Hauptstraße, die ins Dorf führte. Der Bauer schlug die andere Richtung ein. Mit geschlossenen Augen überlegte ich, auf welcher Seite sich jetzt das Meer von mir befand. Rechts! Gut, das hieß, ich konnte mir die Landschaft zu meiner Linken ansehen. Wir fuhren an einem Olivenhain vorbei, es folgten Appartementhäuser. Das war in der Nähe von dem Club, in dem ich bei meinem ersten Kreta-Besuch untergebracht war. Ich erkannte den Parkplatz mit dem Wärterhäuschen. Keine fünfhundert Meter weiter hatten wir unser Ziel erreicht. Das Feld lag nicht auf der Seite zum Meer hin, sondern befand sich gegenüber. Ich brauchte nur darauf zu achten, mich nicht ein einziges Mal umzuschauen.

Ach Ariane, schalt ich mich. Du bist doch bereits im Meer schwimmen gewesen, warum hast du noch immer Angst davor? Hast du nicht gemerkt, dass es dir nichts Böses will? Stimmt! Wieso zweifelte ich auf einmal an mir, an meinem Fortschritt, den ich gemacht hatte? Ich schüttelte den Kopf und verbannte damit meine trüben Gedanken.

Zamira war längst abgestiegen, ich hatte es nicht bemerkt, erst in dem Moment, als mich der Bauer rief. Schnell folgte ich den anderen. Pédros wies uns ein. Kurze Zeit später verabschiedete er sich von uns und fuhr zurück zur Farm.

Nun stand ich da, das Meer im Rücken und mit zwei Helfern, mit denen ich aus sprachlichen Gründen kein Wort reden konnte. Beide stammten aus Albanien, hatte mir Stefan erzählt. Die meisten Hilfsarbeiter kamen von dort. Sie arbeiteten härter, für geringeren Lohn. Dazu kam, dass sich in der Krisenzeit die Menschen darangemacht hatten, ihre Felder zu nutzen und für den Hausgebrauch Gemüse anzubauen. Dadurch sparten die Familien Geld, denn auf dem Markt und in den Läden waren die Preise gestiegen. Daher war es für Pédros schwer, seine Ware an den Händler zu bringen, wusste ich von Stefan. Im folgenden Frühjahr wollte der Bauer exportieren. Verträge zur Ausfuhr nach Frankreich und Deutschland lagen bereits vor. Ich nahm mir eine Kiste und fing an, die Zwiebeln mit Vorsicht aus dem Erdboden zu ziehen. Zamira und Arian unterhielten sich rege. Stumm werkelte ich vor mich hin. Ein weitaus kleinerer Acker als der von den Zucchini. Das Feld grenzte an einen eingezäunten Garten. Dort wuchsen unterschiedliche wunderschöne Rosenstöcke.

»Wow, wie das hier duftet«, sagte ich laut zu mir selbst. Ein süßer Geruch stieg mir in die Nase.

Ich ging näher an den Zaun heran, griff nach einer roten Rose und hielt die Nase hinein. Ein Traum! Am Ende eines Zwiebelfeldes auf solch eine herrliche Anlage zu treffen. In der Mitte befand sich ein Springbrunnen, auf dem aus Marmor gefertigte Tauben saßen. Leider war er nicht in Betrieb. Ich ging zum Eingang. Als ich die Tür öffnen wollte, um mir den Garten näher anzusehen, wurde ich am Arm weggerissen.

»Nix reingehen. Verboten!«, schrie Pédros und zeigte auf ein Schild.

Erschrocken sah ich ihn an. Dass er gekommen war, hatte ich nicht bemerkt, viel zu sehr faszinierte mich die Rosenschönheit. Er deutete mir an, vom Eingang wegzugehen.

»Ich kann kein Griechisch lesen«, stammelte ich.

»Deutschland nix gehen fremde Grundstück, oder?«

Hastig schüttelte ich den Kopf. Pédros' Verhalten kam mir übertrieben rüber. Ich hatte nicht klauen wollen, schließlich blühten dort nur Rosen, ansonsten konnte ich nichts Kostbares ausmachen.

»Gehört der Garten dir?«, fragte ich vorsichtig.

»Das geht dich nichts an.«

»Ich hatte nichts Böses vor.«

Erst jetzt spürte ich den Schmerz, den er mir am Arm zugefügt hatte. Was war denn in ihn gefahren? Zamira und Arian waren auf uns aufmerksam geworden, sprachen jedoch kein Wort. Krampfhaft überlegte ich, was ich sagen sollte, damit der Bauer nicht sauer auf mich war und ich dadurch den Job verlor. Dies hätte zur Folge, dass Stefan sofort zurück an die Arbeit musste.

»Entschuldige. Mich haben die wunderschön duftenden Rosen magisch angezogen.« Oje, ein wenig zu geschwollen, dachte ich. Obwohl, nach einem Blick in Pédros' Gesicht merke ich, dass sich seine Züge entspannten.

»Ist heute nicht mein Tag«, brummte er. Ich ging davon aus, dass er Schwierigkeiten hatte und dass seine Wut nicht mir galt, sondern irgendetwas anderem. Erleichtert atmete ich auf.

»Für heute fertig hier, morgen früh weitermachen. Ariane?« Er sah mich an.

»Ja.«

»Nix Garten. Nix Rosen! Nix reingehen! Verboten! Verstanden?«

»Ja«, gab ich kleinlaut zur Antwort.

»Und der ist handgreiflich geworden?«, vergewisserte sich Leftéris. Wir saßen, zusammen mit Stefan, auf meiner Terrasse bei einem kühlen Bier. Leftéris hatte aus dem Club Hackfleischbällchen und Olivenbrot mitgebracht. Stefan steuerte vom Mittag übriggebliebenes Zazíki dazu bei.

»Na, der war richtig rot angelaufen im Gesicht und hat mich am Arm förmlich weggerissen.«

»Komisch, mir ist dieser Garten noch nie aufgefallen«, meinte Leftéris. »Dir?«, fragte er an Stefan gewandt.

»Klar, schließlich arbeite ich seit Jahren für Pédros. Ich habe ihn niemals handgreiflich erlebt. Er brüllt oft und zankt ständig mit seiner Schwester herum, doch dass er jemals jemanden angegriffen hat, nein. Eigentlich ist er ein netter Mann, der hart arbeitet, um den Hof zu erhalten. Kann mir gar nicht vorstellen, welche Laus dem über die Leber gelaufen ist. Gibt's noch Bier?«

Auf mein Nicken hin stand er auf und holte Nachschub.

»Wisst ihr, was kurios an seinem gesamten Verhalten ist?« Stefan reichte mir eine Flasche.

»Erzähl«, forderte ihn sein Freund auf.

»Das Grundstück mit dem Rosengarten gehört nicht ihm.«

»Aber ...«

»Er hat das Feld gepachtet«, unterbrach mich Stefan.

»Weißt du, wem der Acker gehört?« Leftéris tauchte ein Stück Brot ins Zazíki, steckte es sich in den Mund.

»Wenn ich mich recht erinnere, seinem Bruder. Oder war es ein Freund? Ich bin mir nicht sicher. Ist egal. Mir gibt zu denken, dass er gegen dich derart angegangen ist. Auf Grund von ein paar Rosen.« Stefan kratzte sich am Hinterkopf.

»Wahrscheinlich hatte sein Ausbruch überhaupt nichts damit zu tun. Er wollte Dampf ablassen«, meinte Leftéris.

Rosenduft voller Harmonie und Frieden

Die Neugier hatte mich gepackt. Sobald Pédros außer Sichtweite war, verließ ich meinen Ernteplatz und lief zum Rosengarten. Mich nach allen Seiten umsehend, öffnete ich die schwere Eisentür. Sie knarrte. Was für ein Duft, kein Parfüm der Welt konnte dem gleichkommen. Rosa, gelbe, rote Rosen standen abwechselnd nebeneinander an den Seiten. Ein schmaler Weg als Durchgang dazwischen.

Langsam ging ich weiter, berauschte mich an dem süßen Geruch. Ich kam zum Springbrunnen – ausgetrocknet. Dahinter wuchsen fünf weiße Rosenstöcke in einem Halbkreis. Zu ihren Wurzeln weiße quadratische Steine. Ein gepflegter Garten, denn ich fand nicht einen Halm Unkraut vor. Neben den weißblühenden Rosen entdeckte ich einen Liegestuhl. Der Versuchung nachgebend legte ich mich hinein und sah in den wolkenlosen blauen Himmel. Ein traumhafter Ausblick, ich fühlte mich in eine andere Welt versetzt. Voller Harmonie und Frieden.

»Ariane!«, hörte ich eine Stimme, die nach mir rief.

Ich schreckte hoch, lief aus dem Garten, schloss hastig die Tür hinter mir.

Davor traf ich auf Zamira, die wild auf die Hauptstraße zeigte. Erst sah ich das Meer, zuckte zusammen, hielt der Furcht stand, dann den Pick-up des Bauern. Verdammt, wieso kam der zurück? Dankend nickte ich Zamira zu, bückte mich und fing an, die Zwiebeln zu ernten.

Zaghaft traute ich mich hochzuschauen, um zu sehen, ob Pédros weiterfuhr. Leider nicht!

Mit großen Schritten kam er bereits auf mich zu. »Was nicht verstehen? Verboten zu gehen da rein!«, schrie er.

Langsam richtete ich mich auf, überlegte, ob ich ihn ansehen sollte oder nicht. Meine Ameisen kamen hervor, mein Herz bollerte, ich bekam Panik.

»Sieh mich an!«, wütete er.

»Geht nicht«, flüsterte ich.

»Warum? Du mich für verkaufen dumm?!« Pédros hatte sich nicht mehr unter Kontrolle. Gedankenfetzen wirbelten durch meinen Kopf. Wenn ich ihn ansähe, hätte ich einen direkten Blick auf meinen Lebensfeind. »Ariane!« Aggressiv.

Vorsichtig blickte ich hoch. Die Bienen waren in der Zwischenzeit im Kopf angekommen, die Ameisen nahmen jeden Teil des Körpers gefangen.

In meiner Todesangst fasste ich Pédros heftig an sein T-Shirt. Mein Atem hastig. »Dieses Ungeheuer bringt mich um!« Mit Wucht stieß ich ihn von mir weg und rannte so schnell ich konnte übers Feld. Entfernte mich damit vom Meer. Stolperte, fiel hin, schlug mit den Fäusten auf den Erdboden ein, weinte hysterisch.

Schatten fielen über mich.

»Ariane«, leise drang die Stimme an mein Ohr. »Ariane«, mehr nicht, immer nur mein Name.

Meine Kräfte ließen nach, ich rollte mich zusammen, weinte stiller.

Ich wusste nicht, wie lange ich dort gelegen hatte, wahrscheinlich eine Ewigkeit. Jemand beugte sich über mich.

»Ariane.« Ich bildete mir ein Stefans Stimme gehört zu haben, atmete ruhiger. Meine Schulter wurde berührt.

»Komm, ich helfe dir auf.«

Stefan! Ganz klar, es war Stefan. Mit dem Handrücken wischte ich über mein Gesicht, traute mich aufzublicken und sah direkt in seine besorgten Augen. Stefan zog mich ein Stück hoch, nahm mich fest in seine Arme. Ich lehnte erschöpft den Kopf an seine Schulter.

»Verrückte Frau!«, hörte ich Pédros' wütende Stimme. Stefan sprach in Griechisch zu ihm.

Kurz darauf hörte ich ein Auto, das sich entfernte.

»Was ist passiert?« Stefan sprach mit Bedacht.

»Ich war im Rosengarten, Pédros kam, schrie, ich sah das Meer ...«, stotterte ich.

»Hat Pédros dir wehgetan?«

»Nur gebrüllt. Er hatte mir verboten, in den Garten zu gehen. Doch der Duft der Rosen, er hat mich magisch angezogen. Du kannst dir nicht vorstellen, wie gepflegt und wunderschön es dort ist.« Langsam ließ meine Anspannung nach, ich beruhigte mich.

»Und warum bist du ausgerastet, wenn Pédros dir nicht ...«

»Das Meer, ich habe das Meer gesehen!«

»Ach Ariane, vor uns liegt ein weiter Weg, bis du deine Ängste verlierst. Komm, ich bringe dich nach Hause.«

Mit gesenktem Kopf ließ ich mich von ihm bis zum Auto führen. Erst als ich mich in Sicherheit wähnte und wusste, ich konnte den Ozean nicht sehen, hob ich den Blick.

»Ich habe alles versaut, richtig?«, sprach ich und beugte mich ein Stück zu ihm. Wollte den Kopf an seine starke Schulter legen.

»Lass mal, ich werde Pédros erklären, dass du unter einer Wasserphobie leidest.«

»Nein, das möchte ich nicht«, bat ich.

»Was soll ich ihm sonst sagen?«

Ich zuckte mit den Schultern.

»Siehst du, wir müssen ihm die Wahrheit sagen, sonst ist unser Plan gefährdet.«

»Gut, aber nur, dass ich Angst vor Wasser habe. Bitte nicht von meinem Mörder erzählen.« Ich strich mir das Haar glatt. Furchtbar muss ich aussehen, dachte ich und freute mich auf eine Dusche.

»Ich bin mir nicht sicher, ob er dich nicht schon auf Grund deiner Angst vor dem Meer als durchgeknallt einstuft. Mal sehen, ich werde die richtigen Worte finden.«

Auf meiner Terrasse ging ich auf und ab, im Schlepptau Sofie. Sie wollte Streicheleinheiten, zu denen ich im Moment nicht imstande war. Mein Blick gerichtet auf das Nachbargrundstück. Stefan wollte mit Pédros sprechen, ihn beschwichtigen. Die Hände nass geschwitzt, das T-Shirt klebte am Körper, obwohl ich zuvor geduscht hatte. Nervös knetete ich die Finger. Stolperte über Sofie, die aufschrie.

»Lass mich jetzt, geh in dein Körbchen«, schimpfte ich. Sie blieb neben mir, gab die Hoffnung nicht auf, dass ich mich hinabbückte, um sie zu streicheln. Eine Ewigkeit kam es mir vor, bis ich endlich sah, dass sich Stefan mit dem Pick-up auf den Weg zu mir machte. Vom Haus aus konnte ich sein Kommen beobachten.

Trockenheit im Mund und Angstschweiß aus allen Poren. Ich lief ihm entgegen. »Und?«, fragte ich, noch bevor er ausgestiegen war.

»Ein harter Brocken. Pédros hat Angst vor dir.« Er drückte die Fahrertür zu.

»Angst?«

»Du musst ziemlich auf ihn losgegangen sein. Ich habe ihm erst nicht geglaubt, doch Zamira hat es bestätigt. Magst du mir den Vorgang aus deiner Sicht beschreiben?«

Nebeneinander gingen wir auf die Terrasse. Schlapp fiel ich in den Sessel. Stefan nahm mir gegenüber Platz.

»Ich kann das schlecht einschätzen. Wenn mich die Panik komplett erfasst, habe ich Todesangst. Ich stell mir vor, ich würde auf einmal tot umfallen. Und bevor der Schwindel mich erreicht, raste ich aus. Doch ich kann dir nicht sagen, wie schlimm es ist. Danach fühle ich mich ausgepowert und nicht von dieser Welt.« Tränen stiegen auf.

»Du bist Pédros an den Kragen gegangen.«

»Kann sein. Ich will es nicht abstreiten.« Zog ein Taschentuch aus der Tasche und schnäuzte.

»Ich habe dem Bauern von deinen Ängsten erzählt, versucht ihm verständlich zu machen, warum du derart heftig reagiert hast«, sprach Stefan und legte eine Hand auf mein Knie.

Ich schaute auf. »Darf ich morgen beim Ernten helfen?«

»Kannst du dir vorstellen, jetzt mit mir zu kommen und dich bei ihm zu entschuldigen? Ich habe es nicht geschafft, dass er Verständnis für dich aufbringt. Dass du in den Garten gegangen bist, trotz Verbot, wurmt ihn gewaltig.«

»Die Rosen sind wunderschön, das ist die reinste Wohlfühloase dort. So vollkommen friedlich. Es hat mich bezaubert, angezogen.«

»Das kann ja sein, aber er hatte es dir verboten.«

»Warum macht er ein solches Aufheben darum? Wer pflegt den Garten derart gut?«

»Das hat er mir nicht gesagt. Das Grünstück gehört einem Konstantínos, der jedoch seit Jahren in Athen lebt.«

»Kennst du ihn?«

»Nein.«

»Weißt du, warum dieser Konstantínos in der Abgeschiedenheit einen solchen Rosengarten angelegt hat?«

»Nein, vielleicht empfindet er auch Frieden dort. Wer weiß. Mir ist das egal, wichtig ist, dass wir die Angelegenheit mit Pédros ins Reine bringen. Fahren wir?«

»Gib mir fünf Minuten, ich zieh mir etwas anders an.« Im Minirock fühlte ich mich unwohl, Pédros gegenüber zu treten.

Sofie hatte es sich auf dem Bett gemütlich gemacht. Ich zog mir eine Jeans an und machte mir vor meinem Spiegelbild Mut: Das schaffst du. Hast dich selbst in diese Lage gebracht. Du kannst froh sein, dass Stefan an deiner Seite ist.

Zwei Stunden später brachte mich Stefan zurück nach Hause. Fix und fertig war ich. Das Gespräch mit Pédros hatte sich in die Länge gezogen, weil ständig jedes einzelne Detail erneut auf den Tisch kam, bis ins Kleinste durchdiskutiert. Am Ende hatte er meine Entschuldigung angenommen unter der Voraussetzung, dass ich mich von den Rosen fernhielt. Der nächste Ausraster würde mein Ende bei der Ernte bedeuten. Sich wiederholend gab er zu verstehen, dass er aus langjähriger Freundschaft zu Stefan dazu bereit war. Evgenía wohnte dem gesamten Gespräch bei, jedoch hielt sie sich mit ihren Äußerungen zurück. Ich ging davon aus, dass sie ihren Bruder nicht gegen sich aufbringen wollte.

Auf dem Zwiebelfeld wurde ich nicht mehr eingesetzt. Ich half bei den Zucchini und roten Paprikas. Pédros sprach kein Wort mit mir, setzte sich am Tisch weit von mir entfernt. Ständig spürte ich seinen Blick, der jeden meiner Handgriffe verfolgte. Der Rosengarten ging mir nicht aus dem Kopf. Ständig fragte ich mich, warum ein solches Theater damit verbunden war. Eher sollten sich Pédros oder sein Freund darüber freuen, dass ich die Schönheit bewunderte. Im Nachhinein fiel mir auf, dass ich niemals Blumen bei Evgenía gesehen hatte, dabei würden die Rosen den Mittagstisch wunderbar zieren. Ich sprach mit Stefan über mein Empfinden.

Er gab mir den guten Rat, ich solle mich mehr auf mein Problem konzentrieren und die Rosen Rosen sein lassen. Wäre meine Angst vor dem Meer durch den Zwischenfall nicht verstärkt an die Oberfläche gekommen, ich hätte mich getraut, am Abend den Garten aufzusuchen. Der Platz zog mich derart an, verfolgte mich in meinen Träumen. Irgendwann sagte ich mir selbst, dass ich Ruhe geben und mich aufs Wesentliche konzentrieren sollte.

»Feierabend!«, rief Stefan und winkte mir von Weitem zu.

Ich legte die gerade gepflückte Zucchini in die volle Kiste. Ein Helfer auf einem Traktor kam und sammelte sie ein. Schüchtern lächelte er mir zu. Ich drückte den Rücken durch, streckte die Arme zum Himmel. An den Schmerz hatte ich mich in der Zwischenzeit gewöhnt. Ich wusste, dass er vergehen würde, sobald ich ein paar Stunden geruht hätte.

»Alles klar?«, fragte Stefan.

»Ich schaffe täglich mehr.« Stolz schwang in meiner Stimme.

»Ich habe eine gute Nachricht für dich.« Er lächelte.

»Die wäre?«

»Wir fangen am Samstag mit der ersten Rückführungssitzung an.«

»Wirklich?«

»Ja.«

»Wahnsinn, dann wirst du mich endlich von meiner Angst befreien und ich kann ein normales Leben führen.« Spontan umarmte ich ihn.

»Womit habe ich das verdient?«, er lachte und hob mich an den Hüften ein Stück hoch.

»Und das auch noch.« Ich drückte ihm einen Kuss auf die Wange.

»O la la, wenn das so ist, werde ich dir nur noch gute

Nachrichten überbringen.« Er setzte mich ab.

»Du kannst dir nicht vorstellen, wie sehnsüchtig ich darauf gewartet habe.«

»Mich zu küssen?«

Ich schlug ihm mit der Hand auf die Schulter. »Bitte ernst bleiben. Dass wir endlich mit der Therapie anfangen.«

»Das weiß ich, aber dein Kuss hat auch was.« Strahlten seine Augen? Skeptisch schaute ich ihn an. Ob Stefan etwas anderes in den freundschaftlichen Kuss interpretierte? Sollte ich das direkt klären? Nein, Quatsch, was sollte er denn anderes dabei denken?

Rückführung

Ich lag auf dem Bett. Stefan hatte sich einen Stuhl daneben gezogen. Durch die Ritzen der geschlossenen Laden fanden Sonnenstrahlen ihren Weg. Die Schlafzimmertür ebenfalls geschlossen, damit die Katzen uns nicht stören konnten.

»Liegst du bequem?«, fragte Stefan, der die Ruhe selbst zu sein schien.

Ich bewegte den Körper und suchte die beste Position, um zu entspannen. Ein schweres Unterfangen, viel zu aufgeregt, was bei der Sitzung herauskommen würde.

»Soll ich dir ein Kissen unter die Kniekehlen schieben, damit du bequemer liegst?«

»Nein, ist gut so.« Ich faltete die Hände auf dem Bauch.

»Leg die Arme neben deinen Körper und versuche dich zu beruhigen, sonst wird das nichts.«

Ich richtete mich auf, schüttelte mich, versuchte durch ruckartige Bewegungen ein weiteres Mal die richtige Lage zu finden.

»Bist du bereit?«

»Nicht wirklich.«

»Möchtest du es trotzdem?«

Ich nickte.

»Gut. Schließe die Augen und höre auf meine Stimme.«

Seiner Aufforderung folgend schloss ich die Lider und spürte ihr Zittern.

»Atme tief ein und aus und mit jedem Atemzug entspannst du dich mehr und mehr. Ein und aus. Spüre, wie deine Bauchdecke sich beim Einatmen hebt und beim Ausatmen senkt. Ein und aus.« Stefan hielt nach jedem Satz inne, damit ich Zeit hatte seinen Anweisungen zu folgen.

Fest konzentrierte ich mich auf die Atemübung und fühlte, wie langsam die Anspannung von mir wich.

»Du fühlst dich in deiner Mitte, ganz weg von deinem Kopf, deinen schwirrenden Gedanken«, klang Stefans Stimme an mein Ohr. Mein Gefühl, dass er sich sekündlich von mir entfernte. »Ich zähle jetzt von zehn bis eins runter. Mit jeder Zahl entspannt sich dein Körper mehr und mehr. Du fühlst dich immer wohler. Wärme steigt in dir auf. Wenn ich drei Mal hintereinander die Eins genannt habe, ist dein Körper vollkommen entspannt.«

Ich hatte das Gefühl, als würde ich fallen, tiefer und tiefer. Ruhe breitete sich in mir aus, meine Gedanken schienen sich in Luft aufgelöst zu haben. Meine Sinne waren auf Stefans Stimme, seine Zahlen gerichtet.

»Zehn. Schreibe die Zahl in Gedanken auf ein Stück Papier. Stell dir vor, wie du einen Stift nimmst und die Zahl niederschreibst. Stell dir vor, es gäbe keinen Kuli und du würdest die Zahl mit deinen Fingern in den von der Sonne aufgewärmten Sand schreiben. Der Sand kitzelt an deinen Fingern, du spürst ihn und lässt es zu. Stell dir die Nummer zehn als eine Hausnummer vor. Berühre sie und finde heraus, aus welchem Material sie gefertigt ist. Ist es Holz, Kupfer, Plastik, Eisen, Glas oder ein Metall? Und nun nimm deine unsichtbaren Hände und massiere deine Beine von oben nach unten. Schön langsam, Stück für Stück. Von oben nach unten. Lass deine Füße nicht aus. Spürst du, wie deine Füße und Beine sich lockern, entspannen? Mehr und mehr. Sie lockern und entspannen sich mehr und mehr. Deine Beine werden ganz schwer, immer und immer schwerer. Wir gönnen deinen Beinen diese Schwere und mit jeder Zahl, die ich weiter nach unten zähle, fühlst du dich wohler, immer wohler.«

Mich beschlich das Gefühl, als könne die Matratze der Schwere meiner Beine nicht standhalten.

Weiterhin folgte ich Stefans Stimme, die neun, acht, sieben ... immer weiter hinunter zählte und dabei meinen gesamten Körper, Brustkorb, Bauch, Unterleib, Rücken, Hüfte, Gesäß, Hals, Nacken vereinnahmte. Nicht einmal meine Nase, Lunge, Wangen, Schläfen und die Kopfhaut ließ er aus. Und mit jedem weiteren Runterzählen, sechs, fünf, vier, drei, zwei ... fühlte ich mich entspannter, gelockerter.

»Eins, eins, eins. Du fühlst dich ganz eins, du fühlst dich besonders wohl. Du befindest dich jetzt im Alphazustand.«

»Nix, Stefan, einfach nix.« Meine Stimme klang weinerlich, nachdem ich aus der Rückführung erwachte. »Verdammt!«, schrie ich und hieb mit der Faust aufs Bett.

»Beruhige dich«, sagte Stefan. »Steh erst einmal auf und trink ein Glas Wasser. Dann setzen wir uns nach draußen.«

Ich nickte und folgte seiner Anweisung.

»Du machst dir selbst zu viel Druck, Ariane. An deinen

Gesichtszügen erkannte ich, wie angestrengt du nachdenkst. So läuft das nicht, du musst dich fallen lassen.«

Stefan und ich hatten auf der Terrasse Platz genommen.

»Vielleicht liegt es an dir, du hast es nicht mehr drauf.« Erschrocken hielt ich mir die Hand vor den Mund. Traute mich nicht zu Stefan hinüber zu schauen.

»Das will ich nicht abstreiten«, erwiderte er.

»Es tut mir leid, das ist mir so rausgeflutscht. Bitte nicht böse sein.« Ich sah auf, reichte ihm die Hand zur Versöhnung.

»Alles gut, Ariane, zerbrich dir darüber nicht den Kopf. Fakt ist, wir sind keinen Schritt weitergekommen.«

»Ich hatte nicht mal die Bilder von damals vor Augen, als ich in Frankfurt die Rückführung machte. Ist das überhaupt wahr gewesen oder entsprang es meiner lebhaften Fantasie?«

»Ariane, wir sind doch bereits an dem Punkt angelangt, dass die Verortung stimmt und das Kindergesicht auf dem Felsen ist vorhanden. Das kannst du dir also nicht eingebildet haben.«

»Zufall«, sagte ich skeptisch.

»Woher solltest du denn wissen, dass dieses alte Haus am Meer für Ziegenfutter genutzt wurde. Oder hat dir jemand davon erzählt?« Er sah mich an, legte dabei den Kopf ein wenig schräg.

»Nein, niemand.«

»Also bitte.«

»Wie soll es jetzt weitergehen?«

»Wir müssen die Angelegenheit erst einmal ruhen lassen, sehen, wie es dir in den nächsten Tagen geht, vielleicht kommt von der Sitzung etwas nach.«

»Und dann?«

»Ruhe bewahren und nicht ungeduldig werden.«

»Das sagst du so einfach.«

»Und so ist es auch. Ich werde beim Bauern wieder in der Ernte helfen. Wenn du weitermachen möchtest, frage ich Pédros, ob es ihm recht ist.«

»Der hat Schiss vor mir, weil ich so ausgerastet bin.«

»Jede Hilfe wird jetzt gebraucht, die Felder sind gut bestellt.«

»Der nimmt sich lieber jemand Fremdes als die durchgeknallte Deutsche.« Ich lachte kurz auf.

»Warte ab, ich frage ihn. Ich fahre jetzt, lege mich eine Stunde hin und später ab ins Feld.«

Stefan verabschiedete sich und ich sah ihm lange nach, bis er hinter der Kurve aus meinem Sichtkreis entschwand. Legte mich aufs Bett und hoffte, mir würden Erinnerungen zufliegen. Darüber schlief ich ein.

Sofie weckte mich mit ihrem Miauen auf. Die kleine Katze schien Hunger zu haben, ich hatte vergessen, die Futternäpfe aufzufüllen. Schnell kam ich dem Versäumnis nach.

Ein Auto näherte sich dem Haus. Stefan kam zurück. »Los, komm mit, Pédros ist froh, wenn du mithilfst!«, rief er mir aus dem Wagen zu.

»Bist du sicher, dass es keinen Ärger geben wird?« Ich blieb skeptisch.

»Ich habe ihm mein Versprechen gegeben, dass ich in deiner Nähe bleibe, denn er hat uns auf dem Zwiebelfeld eingeteilt. Ein Markthändler hat eine größere Bestellung aufgegeben.«

»Bin gleich da.« Lief ins Haus, wechselte meine Kleidung gegen eine kurze Hose, ein älteres T-Shirt und feste Schuhe. Versicherte mich, dass keine Katze im Haus blieb und verschloss die Tür. »Kann losgehen«, sagte ich.

Wir bogen ab, auf das Grundstück mit dem Zwiebelanbau. Tief atmete ich durch, denn in der Ferne sah ich den wunderschönen Rosengarten.

Stefan schielte zu mir herüber, er schien meine Anspannung gespürt zu haben. »Bleib ruhig, Ariane«, sagte er mit sanfter Stimme und sah sich um, als ob er überprüfen wollte, ob uns jemand gefolgt war.

»Was ist?«, fragte ich.

»Wir ernten jetzt ganz schnell die Zwiebeln, fahren sie zu Pédros, damit er kein Misstrauen gegen uns hegt.«

»Ich versteh dich nicht.«

»Danach kommen wir hierher zurück und sehen uns gemeinsam den Rosengarten an.«

»Aber ...«

»Kein aber. Wir sind mit der Rückführung nicht weitergekommen, darum müssen wir mit dem arbeiten, was uns bereits vorliegt. Dein starkes Interesse an dem Garten macht mich stutzig. Und gestern Abend ist mir eingefallen, dass ich vor langer Zeit einmal Evgenía dort beobachtet habe.«

»Vielleicht hat sie ausgeholfen, die Rosen zu bewässern.«

»Sie kniete vor etwas, aber aus der Ferne konnte ich es

nicht erkennen.« Er stieg aus dem Wagen. »Komm, damit wir mit der Ernte zügig fertig werden.«

Mit vollbeladenem Pick-up fuhren wir zum Bauern und luden ab.

Pédros schaute erstaunt. Stefan erzählte ihm, wir hätten ohne Pausen durchgearbeitet, damit wir zum Strand fahren konnten. Bei der Hitze würde eine Abkühlung im Meer guttun und den Rücken durchs Schwimmen entspannen. Pédros nahm uns die Lüge ab. Wir winkten zum Abschied und fuhren zurück.

Stefan parkte den Wagen in einiger Entfernung.

»Ich bin ganz schön aufgeregt«, meinte ich und rutschte vom Beifahrersitz.

»Frag mich, ich lüge sonst nicht, aber dein derartiges Interesse an dem Garten lässt mir keine Ruhe. Und ich greife nach jedem Strohhalm, damit wir in deiner Angelegenheit weiterkommen und die Wahrheit herausfinden. Ariane, wir sind bereits einen Schritt weiter.«

»Das Felsgesicht und das Futterhaus«, zählte ich auf.

Je näher wir dem wunderschönen und duftenden Rosengarten kamen, umso mehr Ameisen versammelten sich zu einer Armee auf meinem Körper. Mit der Hand berührte ich Stefan am Arm und hielt ihn zurück.

»Was ist?«

»Die Panik rollt an«, flüsterte ich, als wollte ich vermeiden, dass mein Körper die Worte verinnerlichte.

»Tief ein- und ausatmen.«

»Mach ich.«

»Willst du zurück zum Auto? Soll ich alleine dahin gehen?«

Ich richtete den Blick auf den Rosengarten. Nicht weit entfernt breitete sich seine gesamte Schönheit vor mir aus. Ich schloss die Augen, atmete tief und langsam ein und aus, dadurch beruhigte sich meine Armee.

»Wir ziehen die Sache jetzt gemeinsam durch.« Couragiert schritt ich voran.

Stefan öffnete die schwere Eisentür. »Geht es?«

Ich nickte. Er ließ mir den Vortritt.

»Ist das nicht eine gigantische Rosenpracht?« Tief sog ich den süßlichen Duft ein. Stumm kam Stefan hinter mir her.

»Es muss jemand hier gewesen sein. Kein Unkraut und die Erde sieht frisch getränkt aus.«

»Das sehe ich genauso«, meinte Stefan.

»Schau«, ich zeigte darauf, »hier steht der Liegestuhl und rund herum sind weißblühende Rosensträucher gepflanzt. Ist das nicht ein herrlicher Ort zum Verweilen?« Ich war der Versuchung nah, mich in den Stuhl zu legen.

Doch Stefan hielt mich davon ab. »Nicht, wir haben keine Zeit zum Relaxen, wir müssen suchen.« Er sah sich um.

»Und wonach?«

»Das weiß ich selber nicht. Bitte, Ariane, schau du dir jeden Winkel, jede Rose, jeden Stein, von mir aus jeden Halm an und lass alles auf dich wirken.«

Ich biss mir auf die Unterlippe. Fing mit dem schmalen Weg an, ging ihn noch mal auf und ab. Dann betrachtete ich die einzelnen Rosenstöcke. Den ausgetrockneten Springbrunnen. Die Liege, die weißen Rosenstöcke dahinter und die eckigen weißen Marmorsteine unter dem

Beet. Ich bückte mich, denn mir fiel etwas auf. Auf dem Marmor erkannte ich einen eingravierten Engel. Ich berührte ihn mit den Fingern. Ein eiskalter Schauer lief mir dabei über den Rücken. Schlagartig nahm ich die Hand zurück, verlor das Gleichgewicht und landete auf dem Hosenboden. Zog die Beine an, schlang die Arme darum und weinte.

»Was ist passiert?« Stefan hockte sich neben mich. Ich fühlte mich unfähig ihm eine Antwort zu geben. Er rüttelte mich an der Schulter. »Sprich, Ariane, was hast du gespürt?«

Ich konnte es selbst nicht einordnen. »Ich habe diesen Engel berührt und da wurde mir ganz anders.«

Stefan beugte sich über den Stein und sah sich die Gravierung an. Dann setzte er sich neben mich. »Verspürst du ein Panikgefühl?«

»Nein, keine Ameisen und kein Angstzustand. Eher Melancholie, ich möchte weinen.«

»Und das Gefühl kam auf, als du diesen Engel berührt hast?«

Ich nickte und wischte mir die Tränen vom Gesicht. »Mir ist ganz schwer ums Herz. Denkst du, ich bin noch normal?«

Er nahm mich in den Arm, zog meinen Kopf an seine Brust, wiegte sich mit mir im Einklang. »Aber sicher. Sollen wir für heute unseren Versuch abbrechen?«

Ich befreite mich aus seiner Umarmung. »Nein. Gib mir kurz Zeit, ich möchte den Engel noch einmal berühren.«

Stefan sah sich um. »Wir müssen nur aufpassen, dass uns niemand erwischt. Ach, egal. Nimm dir die Zeit, die du brauchst, und wenn Pédros kommt, kläre ich das mit ihm. Was kann er anderes, als uns hier rauswerfen.«

Ein weiteres Mal ließ ich den gesamten Garten auf mich wirken. Fühlte mich durch den süßen Duft der Rosen wie benebelt. Hörte in mich hinein, keine Ameisen, keine Panik, eher ein leeres Gefühl. Nach einem tiefen Durchatmen legte ich die Hand auf den Engel, schloss die Augen und wartete darauf, dass ich irgendetwas spürte. Unter der Hand wurde es warm. Ich zog sie nicht weg, wurde mir bewusst, dass mir Tränen über die Wangen liefen. Kümmerte mich mehr ums Herzgefühl. Zuerst verspürte ich eine Leichtigkeit, die in Schmerz wechselte. Vor meinem inneren Auge zeigten sich Bilder, doch zu verschwommen, um sie klar sehen zu können. Dann wurde es schwarz, die Handfläche kühlte ab. Nachdem ich die Augen geöffnet hatte, berichtete ich Stefan von meinem Erlebnis.

»Meinst du, es hat etwas zu bedeuten?«, fragte ich am Ende.

Stefan zog die Schultern hoch. »Puh ... ich bin im Moment nicht sicher, was ich von alldem halten soll. Ich schau mir die Marmorplatten nochmals genauer an.« Er ging auf die Knie, beugte sich über die Platten, strich mit den Fingern über den Engel und schüttelte dabei ständig den Kopf.

»Was ist?« Ich hatte es mir im Liegestuhl bequem gemacht.

»Ariane, wenn du mich fragst, das ist mir hier alles nicht geheuer. Dieser weiße Marmor erinnert mich an kretische Grabstätten.«

»An was?« Ich sprang auf.

»Der Unterschied ist, dass es hier ebenerdig ist. Und das passt nicht so ganz in das Bild von einer Ruhestätte. Auch fehlt mir das Bild des Verstorbenen und die Inschrift eines Namens. Es passt alles nicht wirklich zusammen.«

Ich schluckte, stierte auf den Engel. »Du meinst, hier könnte jemand begraben sein?«

»Eigentlich nicht, denn das hätte heimlich passieren müssen. Vielleicht ist es eher eine Gedenkstätte an eine verstorbene Person, die Rosen geliebt hat. Vielleicht finden wir im Dorf etwas heraus. Am Abend werde ich ein wenig nachforschen. Ich denke, wir gehen besser, bis jetzt sind wir nicht erwischt worden. Fordern wir unser Glück mal nicht heraus.« Stefan erhob sich und schritt flott aufs Tor zu.

Langsam folgte ich ihm. Gerne hätte ich mich auf dem Liegestuhl niedergelassen und verweilt. Der Schmerz in mir wechselte in einen Erschöpfungszustand.

»Du siehst ziemlich mitgenommen aus.« Stefan hielt mir die Beifahrertür auf.

»Ich komme mir vor, als hätte ich wer weiß was gemacht, die Beine sind schwer, mein Körper fühlt sich ausgepowert an. Am besten, du bringst mich nach Hause und ich lege mich schlafen.«

Die erwünschte Ruhe stellte sich nicht ein. Ich drehte mich im Bett hin und her, zerbrach mir den Kopf über das Erlebte im Rosengarten. In meiner Vorstellung handelte es sich um eine wunderschöne Oase zum Ausruhen. Sicher würde der Besitzer bei einem Besuch den Springbrunnen anstellen, es sich im Stuhl bequem machen und die Seele baumeln lassen. Einzig und allein der Engel passte nicht in mein harmonisches Bild. Um eine Grabstelle konnte es sich mit Sicherheit nicht handeln, dann eher um einen Garten, in dem an einen lieben Menschen besonders gedacht wurde. Ich kam zu dem Entschluss, dass es so sein musste.

Da sich der Schlaf nicht einstellte, stand ich auf und machte mich im Haushalt zu schaffen. Die letzte Woche hatte ich das Putzen vernachlässigt. Die Katzenmama und ihre Kinder lagen im Korb, hoben gleichzeitig kurz die Köpfchen, um sich dann sofort zurück in die Schlafposition zu begeben. Ich hingegen steigerte mich in mein Vorhaben und schwang den Schrubber.

Zufrieden mit meiner Arbeit setzte ich mich auf die Terrasse und schaute hinüber zum Zucchinifeld. Eigentlich würde ich dort helfen, doch Pédros war es lieber, wenn ich nicht in seiner Nähe arbeitete.

Die nächsten Tage vergingen ohne besondere Vorkommnisse. Stefan holte mich morgens zur Arbeit auf dem Zwiebelfeld ab. Und obwohl mich der Rosengarten weiterhin anzog, schaute ich nur aus der Ferne zu ihm hinüber. Stefans Nachforschungen im Dorf hatten nichts Neues ergeben, außer der Bestätigung, dass das Grundstück Pédros' Freund gehörte.

Über eine erneute Rückführung sprachen wir nicht. Leftéris besuchte mich an seinem freien Tag und erzählte, dass seine Frau und die Kinder nach Kreta umsiedeln würden. In der Hoffnung auf ein besseres Verhältnis zwischen den Eheleuten. Leider bekam ich ihn von da an selten zu Gesicht, gönnte ihm jedoch sein Familienleben.

In der Zwischenzeit hatte ich mich mit dem Schwimmen im Meer angefreundet. Schaffte ohne große Angstzustände den Fußweg ins Dorf, um im Minimarkt kleine Besorgungen zu machen. Mein Buch mit Zucchini-Gerichten füllte sich von Tag zu Tag.

Ich hatte gerade einen Zucchini-Auflauf zubereitet, als es an der Tür klopfte.

»Ist offen!«, rief ich und holte die Form aus dem Ofen.

»Das riecht gut«, hörte ich Stefan hinter mir sagen. »Was gibt es?« Er sah über meine Schulter. »So etwas Ähnliches hatte heute Mittag Evgenía zubereitet.«

Ich drehte mich zu ihm um. »Und wie ist die an mein Rezept gelangt?«, fragte ich, ihn anlächelnd.

»Lädst du mich zum Essen ein, dann kann ich dir sagen, welcher Auflauf mir besser geschmeckt hat.«

»Ach ... du möchtest mitessen?«

»Wenn ich schon mal da bin, gerne. Danke für die Einladung.« Er gab mir einen Kuss auf die Wange. Es fühlte sich gut an und ein leichtes Kribbeln fuhr mir durch den Bauch. Erschrocken darüber ging ich hastig an ihm vorbei und räumte Teller aus dem Schrank.

»Habe ich etwas falsch gemacht?«

»Nein, warum?«

»Weil du mich fast zum Umfallen gebracht hast, so schnell bist du auf den Schrank zugestürzt.«

»Oh, entschuldige, das war keine Absicht.« Blies mir

eine Haarsträhne aus dem Gesicht. »Bier?«, wechselte ich das Thema.

»Da sag ich nicht nein.« Als würde er sich bei mir zu Hause fühlen, holte er zwei Flaschen Mythos aus dem Kühlschrank, öffnete sie und brachte sie auf die Terrasse. Dann kam er zurück, zog die Schublade auf und nahm das Besteck heraus. Ich beobachtete, wie selbstverständlich er alles machte und stellte dabei fest, dass es schön wäre, jemanden wie Stefan an meiner Seite zu wissen.

Stefan? Wir waren Freunde und er hatte niemals Anstalten gemacht daran etwas zu ändern.

»Fertig mit Tischdecken, du kannst den Auflauf bringen!«, rief er zur Tür herein.

Nachdem sein Teller leer war, klopfte er sich auf den Bauch.

»Lecker, um ehrlich zu sein, kann ich mich nicht entscheiden, ob dein Auflauf oder der von Evgenía besser ist, weil zwar in jedem von ihnen die Zucchini als Grundzutat steckt, doch die Gewürze sind verschieden und ich gebe zu, beide schmecken super gut. Kann ich Nachschlag bekommen?« Er lächelte mich an.

»Aber sicher.« Mit dem Pfannenwender legte ich ihm ein weiteres Stück des Auflaufes auf den Teller.

»Noch ein Bier?«, fragte ich.

»Bleib sitzen, ich hol es uns.«

Erstaunt sah ich ihm nach. Heute war irgendetwas anders als sonst, wenn Stefan zu Besuch kam.

»Gab es einen besonderen Grund, dass du vorbeigekommen bist?«, fragte ich zwischen zwei Bissen.

»Gut, dass du mich daran erinnerst.« Er hielt im Essen

inne. »Evgenía möchte, dass du am Samstag zu ihrem Geburtstag kommst.«

»Ich?«

»Wieso bist du so erstaunt darüber? Du arbeitest seit Wochen für die Familie auf dem Feld und sie laden alle Helfer ein.«

»Und Pédros, weiß er darüber Bescheid?«

»Seine Schwester hätte dich niemals ohne seine Zustimmung eingeladen, da kannst du dir sicher sein«, antwortete Stefan.

»Ist das nicht traurig, dass Pédros so über sie bestimmt?«

»Er ist halt der Mann im Haus. Prost, auf uns.«

Ich hob die Flasche an und prostete ihm zu.

»Sind die beiden nie verheiratet gewesen?«

»So viel ich gehört habe, soll Evgenía verheiratet gewesen sein, doch ob sie geschieden ist oder ihr Mann verstorben, darüber weiß ich nichts.« Er stellte die Teller zusammen.

»Ich glaub, ich engagiere dich, du scheinst ein guter Hausmann zu sein«, witzelte ich und bemerkte, dass sich über Stefans Stirn ein Schatten legte.

»Wirst du kommen?«, fragte er, als hätte ich den vorherigen Satz nicht ausgesprochen.

»Wenn du versprichst an meiner Seite zu bleiben.«

»Solange du nicht auf Pédros einschlägst, ist ja alles gut.«

Wenigstens lächelt er, dachte ich.

Der Wohnzimmerschrank

Bis hin zu meinem Haus hörte ich den Klang einer Lyra. Die Geburtstagsfeier von Evgenía hatte bereits angefangen. Zügig machte ich mich zu Fuß auf den Weg dorthin. Stefan empfing mich am Gartenzaun und brachte mich zur Bäuerin.

»Stefan, was sage ich denn auf Griechisch zu ihr?«, fragte ich flüsternd.

»Chrónia pollá.«

»Danke.« Ich schritt auf Evgenía zu. »Chrónia pollá.« Fest drückte ich ihre Hand.

»Efharistó. Kátse káto.« Sie zeigte auf einen freien Platz am Tisch.

»Efharistó«, sagte ich dankend und setze mich hin, nachdem ich freundlich in die Runde gegrüßt hatte. Dann zog ich Stefan neben mich.

»Keine Panik, es ist eh kein anderer Stuhl mehr frei«, scherzte er.

Pédros kam aus dem Haus, zog die Augenbrauen bei meinem Anblick zusammen. Trocken schluckte ich, setzte jedoch ein Lächeln auf und nickte ihm grüßend zu. Seine Gesichtszüge lockerten sich. Erleichtert atmete ich auf.

Stefan legte seine Hand auf mein Bein. »Entspann dich.«

»Er traut mir nicht.«

»Ist alles gut. Genieße einfach das Essen und später wird getanzt.«

Evgenía war ins Haus gegangen und kam nun mit den ersten Speisen heraus. Ich sprang auf, fing mir dabei einen skeptischen Blick von Pédros ein, ließ mich nicht abschrecken und ging der Bäuerin zur Hand.

Gemeinsam mit einer Küchenhilfe hatte Evgenía reichlich Speisen vorbereitet. Allein an die zehn *mesédes*, die typischen kretischen Vorspeisen, zählte ich. Das Hauptgericht bestand aus Ziegenfleisch, das im Ofen mit Kartoffeln und Zucchini zubereitet wurde. Am Tisch saßen wir zu fünfzehn Personen und es gab niemanden, der nicht tüchtig zugriff. Das Essen duftete nach frischen Kräutern und jedes Gericht war köstlich. Das Fleisch butterzart und die Beilage schmeckte nach frisch gepresster Zitrone. An den Gesprächen konnte ich mich nicht beteiligen, Stefan übersetzte mir hin und wieder, worüber sich unterhalten wurde.

»Evgenía«, sagte ich. Sie schaute mich an. »Alles schmeckt super lecker.« Nachdem ich es ausgesprochen hatte, wurde mir bewusst, dass sie mich nicht verstanden hatte. Schnell übersetzte Stefan meine Worte. »Polí nóstima.«

Evgenía legte die Hand auf den Brustkorb und sagte: »Efharistó.« Mit Wein prostete ich ihr zu.

»Gleich wird es Käsekuchen geben, da leckst du dir danach die Finger«, meinte Stefan.

»Noch mehr essen? Ich bin jetzt bereits pappsatt und ich müsste mal für kleine Mädchen.«

»Du kennst den Weg.«

»Meinst du, ich könnte da allein rein? Was ist, wenn Pédros das nicht recht ist? Es ist sein Haus und du weißt, ich bin …«

»Mach dir nicht so einen Stress. Du warst eben auch drin. Geh einfach und wenn etwas ist, rufe mich.« Aufmunternd sah mich Stefan an.

Langsam stand ich auf. Sofort wurde Pédros darauf aufmerksam. Ich zeigte mit dem Finger aufs Haus. Wahrscheinlich verstand er, dass ich auf die Toilette musste und nickte mir zu. Mit einem dankenden Nicken wandte ich mich von ihm ab und ging über die Schwelle. Zügig durchquerte ich den Flur, steuerte das Badezimmer an. Nachdem ich mich erleichtert hatte, ließ ich kühles Wasser über die Unterarme laufen. Trocknete sie an einem Handtuch ab und nach einem kurzen Blick in den Spiegel machte ich mich auf den Rückweg.

Die Türen zu den anderen Zimmern standen offen. Schlagartig kamen Bilder in mir auf, von damals, als ich das erste Mal an den Räumen vorbeiging. Der antike Wohnzimmerschrank, erinnerte ich mich. Ich blieb im Türrahmen stehen, starrte auf den Schrank. Beim ersten Erblicken bekam ich einen heftigen Stich im Kopf. Ich konnte nicht anders, ich musste das Risiko eingehen und schlich auf den Schrank zu. Eine wunderschöne handgeschnitzte Arbeit. Magisch wurde ich von dessen Türen angezogen. Kurz vergewisserte ich mich, dass niemand hinter mir stand. Vorsichtig fuhr ich mit der Hand über die herzförmige Verzierung. Mein Herz fing an zu toben, ich atmete hastig. Plötzlich vernahm ich eine flüsternde Kinderstimme.

»Öffne den Schrank. Los mach es.«

Ich sah mich um, niemand außer mir befand sich im Zimmer.

»Worauf wartest du noch?«

Wieder sah ich mich um. Dann hielt mich nichts zurück, ich folgte der Aufforderung der Stimme.

»Ariane, Ariane ...«, hörte ich aus der Ferne. Jemand schlug mir auf die Wangen. Ich öffnete die Augen. Stefan kniete neben mir.

»Was ist?«, fragte ich.

»Das musst du mir schon sagen, ich weiß es nicht. Wir haben draußen einen erbärmlichen Schrei gehört und haben dich hier im Wohnzimmer vor dem Schrank liegend vorgefunden.«

Ich schaute hoch, die Schranktüren waren geschlossen. Ganz sicher hatte ich sie zuvor geöffnet! Was war passiert? Vorsichtig richtete ich mich auf. Benommen hielt ich mich an Stefan fest. Ich sah in die Runde der Menschen, die sich um mich versammelt hatten. Pédros' Blick traf mich massiv. Könnte ich es in dem Moment beschreiben, würde ich sagen: Wenn Blicke töten könnten, wäre ich mausetot. Evgenía stand das Entsetzen ins Gesicht geschrieben. Oje, hatte ich sie derart mit meinem Zusammenbruch erschrocken? Das tat mir leid. Die Frage, die sich mir stellte: Warum bin ich zusammengebrochen und wieso soll ich vorher einen Schrei losgelassen haben?

Stefan half mir beim Aufstehen und brachte mich nach draußen.

»Setz dich.«

Sobald ich mich niedergelassen hatte, zog Pédros Stefan am Arm von mir weg. Sie diskutierten lautstark. Sicherlich ging es um mich, denn während des Gesprächs zeigte Pédros öfters in meine Richtung. Ich fühlte mich erschöpft und hoffte sehnlichst darauf, dass mich Stefan nach Hause fuhr. Je länger die beiden miteinander diskutieren, umso mehr rückten die restlichen Gäste von mir ab, als hätte ich eine ansteckende Krankheit.

Leises Wimmern kam aus dem Hausinneren. Da Evgenía sich nicht draußen befand, ging ich davon aus, dass es sich um sie handelte. Was war denn auf einmal los?

Die Bäuerin weinte, Pédros bekam sich nicht mehr ein und die Menschen gingen auf Distanz zu mir. Stumm blieb ich sitzen und betete, dass Stefan endlich zu mir kommen würde.

»Ariane, komm, ich bringe dich nach Hause. Kannst du aufstehen?« Obwohl ich nickte, half er mir hoch.

»Jassas«, sagte ich und winkte in die Runde.

Stefan schnallte mich im Auto an, ich selbst war nicht in der Lage, diesen einfachen Handgriff auszuüben.

Zuhause brachte er mich ins Schlafzimmer und ich legte mich aufs Bett. Setzte sich auf den Stuhl daneben. Ich sah ihn an.

»Kannst du mir sagen, was passiert ist? Bist du einfach zusammengekracht?«, fragte er, es klang besorgt.

Tränen traten in meine Augen. »Ich bin mir sicher, dass ich die Schranktüren geöffnet hatte, doch ich habe gesehen, sie waren geschlossen. Ich muss mir das eingebildet haben.«

»Hast du nicht. Pédros hat sie sofort geschlossen, als wir dich fanden. Ich wunderte mich, warum er schnurstracks darauf zuschritt und sie zuknallte.«

Ich schloss die Augen, ließ die Momente, seitdem ich die Toilette verlassen hatte, an meinem inneren Auge vorbeiziehen. »Ja, ich habe die Schranktüren geöffnet und ...« Ich schrak auf, griff nach Stefans Hand. »Ich kann mich erinnern, was ich gesehen habe!«, schrie ich.

»Beruhige dich.« Er hielt meine Hand fest in den seinen. »Atme tief ein und aus, beruhige dich. Und dann sag mir, was du gesehen hast.«

»Jana!« Es wurde schwarz um mich. Ich spürte, dass mich Stefan auffing und aufs Kissen drückte. Dann entschwand ich in ein Land der Vergangenheit. Vor Sonnenaufgang erwachte ich.

Stefan saß immer noch auf dem Stuhl, sein Kopf lag auf der Bettkante. Vorsichtig rüttelte ich ihn.

»Guten Morgen.«

Er hob den Kopf, sah mich an. »Guten Morgen, wie geht es dir?«

»Hast du die ganze Nacht auf dem Stuhl verbracht?«, fragte ich mit trockener Kehle. Noch bevor er mir eine Antwort geben konnte, stand ich auf.

»Ja«, kam es kurz über seine Lippen.

»Du bist ein wahrer Freund. Möchtest du etwas trinken, ich bin durstig.«

»Ein kaltes Wasser für den Anfang würde mir guttun und danach ein starker Kaffee.« Er reckte sich.

Nach dem Duschen bereitete ich uns ein Frühstück zu. Wir saßen gemütlich auf der Terrasse zusammen, die

Katzenfamilie hatte sich um uns herum versammelt, alle lagen sie ausgestreckt im Schatten. Hin und wieder hob Sofie das Köpfchen, blinzelte. Sie erhofft sicher, dass ein Stück Schinken vom Tisch fällt, dachte ich.

»Tut das gut, ich hatte ordentlichen Hunger«, meinte Stefan.

»Eigentlich dürften wir nach dem gestrigen reichhaltigen Mal nicht hungrig sein.« Ich zwinkerte ihm zu.

»Wegen dir haben wir den leckeren Kuchen verpasst.«

»Und jetzt bist du mir böse.«

»Nein, das sollte ein Scherz sein.«

»Weiß ich doch. Obwohl mir nicht nach Rumwitzeln sein sollte, nach dem Desaster gestern Abend.« Ich lehnte mich im Stuhl zurück, biss ins mit Käse belegte Brot.

Stefan schaute mich nachdenklich an, sagte schließlich: »Pédros hat mir gestern klar und deutlich zu verstehen gegeben, dass du nicht mehr für ihn arbeiten darfst, er will dich auf seinem Grundstück nicht mehr sehen.«

»Eine andere Reaktion auf meinen Zusammenbruch hätte ich mir bei ihm nicht vorstellen können.« Mit der Serviette wischte ich mir den Mund ab, bevor ich aus der Kaffeetasse trank.

»Er sieht es als Einbruch in seine Privatsphäre. Was hast du dir denn dabei gedacht, an den Schrank zu gehen?«

Ich sah auf, in seine Augen, und hielt kurz den Atem an, bevor ich ihm antwortete. »Mensch, Stefan, ich war wie fremdgesteuert. Ich wollte wirklich nur auf die Toilette und dann sah ich ins Wohnzimmer und erinnerte mich daran, dass ich beim ersten Anblick des Schrankes einen Stich im Kopf bekommen hatte.«

»Ich erinnere mich.« Er nickte.

»Es ist gestern wieder passiert. Dann hat zwei Mal eine Stimme zu mir gesprochen. Habe mich umgeschaut, niemand befand sich im Zimmer. Es zog mich magisch zum Schrank. Ich musste ihn öffnen.«

»Hast du ja geschafft und ...«

»Die Puppe Jana gesehen«, vollendete ich seinen Satz.

»Du erinnerst dich wirklich daran?« Stefan schien aufgeregt, er rückte den Stuhl ein Stück vom Tisch ab.

»Ja. Klar und deutlich, bis mir schwarz vor Augen wurde und ich zu Boden ging.« Ich wischte mir den Schweiß von der Stirn.

»Stefan, es war die Puppe, die ich damals in der Rückführung gesehen habe. Da bin ich mir ganz sicher. Bekleidet mit diesem wunderschönen Sommerkleid. Und das Kind, Iléktra, trug ein luftiges Kleid, aus dem gleichen Stoff gearbeitet. Die Puppe hatte geflochtene Zöpfe, die mit bunten Bändern gehalten wurden. Genauso wie das Mädchen Iléktra. Ich bin mir ganz, ganz sicher. Diese Puppe steht dort im Schrank von Pédros und Evgenía.« Stefan rieb sich übers Kinn, ich hielt seinem Blick stand.

»Bist du dir wirklich sicher, ist es nicht nur eine Wahnvorstellung gewesen, nachdem du gefallen bist?« Er beugte sich zu mir herüber.

Ich hob drei Finger in die Höhe, legte sie auf mein Herz. »Ich schwöre es dir.«

»Gut, ich glaube dir.« Stefan stand auf, zog mich an sich heran und strich mir sanft übers Haar. Ein warmes Gefühl kam in mir auf. In dem Moment wurde mir bewusst, Stefan geht mit mir jeden folgenden Schritt, wo auch immer er uns hinführen würde.

»Tja«, fing Stefan an. »Hast du eine Idee für unsere weitere Vorgehensweise?« Er ließ mich los, setzte sich wieder hin und griff nach einer Tomate. Mit dem Messer viertelte er sie, streute Salz und Pfeffer darüber.

»Ich bin froh, dass du mich nicht für verrückt hältst. Aber wie es weitergehen soll, keine Ahnung.« Ich stibitzte mir ein Tomatenstück.

»Lass es dir schmecken«, neckte er mich. »Was hältst du von einer Runde Abkühlung im Meer.«

Schlagartig kam Panik in mir auf. Ameisen wanderten wie wild auf mir herum, mein Atem wurde kürzer, das Herz raste. Ich lehnte mich im Stuhl zurück. Wie erstarrt sah ich zu Stefan hinüber.

»Was ist, Ariane? Du bist ganz bleich im Gesicht. Hier«, er reichte mir ein Glas Wasser, »trink mal, damit dein Kreislauf in Schwung kommt.«

Ich nahm das Glas nicht an. »Mich überrollt gerade eine Panikwelle«, flüsterte ich.

»Tief ein- und ausatmen, versuch dich zu entspannen. Was denkst du, wodurch sie ausgelöst wurde?« Er rückte den Stuhl so, dass er mir genau gegenüber saß.

»Das Wort Meer hat die Angst hervorgerufen.« Die Hände zitterten, mir wurde mal kalt, mal warm.

»Okay.« Stefan zog das Y in die Länge, als würde er während der Aussprache gleichzeitig angestrengt nachdenken. »Ich möchte, dass du das Glas Wasser trinkst. Bitte.« Erneut hielt er es mir entgegen. Mit beiden Händen umfasste ich es, nahm Schluck für Schluck zu mir.

236

Stefan ließ mir Zeit, wartete geduldig, bis ich wieder Herr über mich selbst schien.

»Musst du nicht arbeiten?«, kam es mir in den Sinn.

»Dir scheint es besser zu gehen, ist die Attacke vorüber?«

»Im Moment ja, aber das heißt ja nicht ...«

»Pst, nicht drüber nachdenken. Um deine Frage zu beantworten, ich habe gekündigt. Rege dich jedoch bitte nicht darüber auf, es ist meine Entscheidung gewesen, für die ich allein die Verantwortung trage.«

»Aber ...«

»Nichts aber, alles ist gut, so wie es ist.« Mit der Hand strich er sanft über mein Knie.

»Wenn du meinst«, entgegnete ich.

»Es gibt ein kleines Problem, welches ich klären muss.«

»Das wäre?«

»Ich muss mir eine neue Bleibe suchen, weil Pédros mich gebeten hat, seinen Anbau zu räumen. Darum fahre ich gleich runter ins Dorf und höre mich mal um. Willst du mitkommen?«

Ich war froh, dass Stefan das Thema Schwimmen nicht mehr ansprach. »Dann ziehst du halt hier ein, groß genug ist das Haus allemal. Und du hast ein eigenes Zimmer, musst nicht auf dem Stuhl und mit dem Kopf auf meiner Bettkante nächtigen«, versuchte ich zu witzeln.

»Bist du dir sicher?« Überrascht sah er mich an.

»Das Zimmer habe ich bis jetzt nicht genutzt. Wenn du die Katzenfamilie akzeptierst und dich beim Pinkeln aufs Klo setzt, sehe ich kein Problem. Also warum nicht?«

Stefan lachte auf.

»Einverstanden, mit beiden Bedingungen.«

Ich hielt ihm die Hand zum Einschlag entgegen.

»Dann hole ich später meine Sachen rüber.«

»Ich kann dir dabei helfen«, bot ich an.

»Nein, kannst du nicht, du darfst dich Pédros' Anwesen nicht mehr nähern.«

»Ach ja, habe ich vergessen, ich bin ja die Durchgeknallte.« Ich trank den Kaffee aus, goss mir neuen ein. »Komm, ich zeige dir dein Zimmer.« Ich stand auf, nahm die Lebensmittel vom Tisch mit, um sie in den Kühlschrank zu stellen. Stefan half mir dabei.

»Der Raum ist groß genug und hell. Drüben kam kaum Licht durchs kleine Fenster.« Rücklings warf er sich aufs Bett, verschränkte die Arme hinter dem Nacken. »Matratze ist auch gut.« Dann setzte er sich auf. »Komm mal bitte her zu mir.« Er klopfte mit der Hand auf die Bettkante. Ich kam seinem Bitten nach. »Wir müssen überlegen, wie wir in deiner Angelegenheit weiter vorgehen.«

»Hast du eine Idee?«

»Wenn wir die Geschichte jemandem erzählen, wird uns niemand glauben. Esoterisches Zeugs würden die Leute sagen, und wir würden sicherlich im Dorf gemieden. Wir müssen logisch vorgehen. Ich werde mich unter den älteren Leuten im Dorf umhören. Welche Fakten haben wir?«

»Meine Rückführung, den Rosengarten, die Verortung hinter dem Fischerdorf, das kindliche Gesicht auf dem Felsen und die Puppe Jana, die gegenüber im Schrank unseres Nachbarn steht«, zählte ich auf.

Stefan rieb sich übers Kinn. »Ich habe mich heute nicht

rasiert«, stellte er daraufhin fest.

»Steht dir gut.« Ich schmunzelte.

»Zurück zum Thema. Ich werde mich im Dorf umhören. Nachfragen, ob vor Jahrzehnten ein Kind ertrunken ist, ob Evgenía beziehungsweise Pédros Kinder haben.« Stefan stand auf, schob die Hände tief in die Taschen der kurzen Jeanshose. »Aber erst einmal ziehe ich aus Pédros' Haus aus und dann überlege ich mir eine Vorgehensstrategie.«

»Puh ...« Ich blies die Wangen auf, atmete schwer aus. »Ich bin so gespannt, was du in Erfahrung bringen wirst.«

Stefan verabschiedete sich und fuhr hinüber, um mit dem Umzug zu beginnen.

In der Zeit machte ich mich an der Staubschicht in seinem zukünftigen Zimmer zu schaffen, wischte feucht mit Lavendelduft über die Fliesen. Sofie kam herein.

»Hey, der Boden ist noch nicht trocken«, schimpfte ich in ihre Richtung. Sie schüttelte erst die eine, dann die andere Pfote und mit einem Satz machte sie eine Punktlandung auf Stefans Bett.

»Na, ob Stefan damit einverstanden ist?« Zur Antwort erhielt ich ein Miauen. Bei dem Gedanken, bald nicht mehr allein zu wohnen, zog ein leichtes Kribbeln durch den Bauch. Mit Stefan an meiner Seite würde ich gemeinsam die nächsten Schritte gehen, um der Phobie ein Ende zu setzen.

Verliebt

Am folgenden Tag kam Stefan mittags mit Neuigkeiten aus dem Dorf. Er hatte eine Anstellung gefunden, denn viele Bauern suchten nach geeigneten und arbeitswilligen Kräften. Beide konnten wir ab dem nächsten Morgen einem Landwirt helfen, der Paprika angepflanzt hatte.

Seine Gewächshäuser lagen in Richtung Ierápetra, daher mussten wir früh aus dem Haus und kamen erst am späten Nachmittag zurück. Gleich nach dem Duschen verabschiedete sich Stefan und fuhr ins Dorf, um weiterhin Nachforschungen anzustellen. Ich blieb allein zurück. Meine Hoffnung auf gemeinsame gemütliche Abende zerplatzte wie ein Ballon, in den zu viel Luft geblasen wurde. Mein Trost lag in der Gewissheit, dass Stefan für mich seine kostbare Freizeit in den Tavernen oder Bars verbrachte.

Nach einer Woche Arbeit hatten wir frei und wollten ausschlafen. Gegen sieben Uhr schrak ich aus dem Bett hoch, ein Geräusch vor der Tür. Es hörte sich an, als wäre dort ein Auto mit hoher Geschwindigkeit zum Stehen gekommen. Ich sprang auf, zog das Sommerkleid über und traute mich, einen Blick aus dem Fenster zu werfen. Pédros! Um nicht aufzuschreien, hielt ich mir die Hand vor den Mund. Mitten auf der Einfahrt stand er und hielt ein Gewehr in der Hand. Feuerte einen Schuss in den

Himmel. Mit zittrigen Beinen ging ich zu Stefans Zimmer. Gerade im Begriff anzuklopfen, trat er heraus, wuschelte sich durchs Haar.

»Was ist das denn für ein Lärm?« Er sah mich an. »Herrjeh, bist du bleich. Ist etwas passiert?«

Meine Stimme versagte, ich zeigte auf die Haustür. In dem Moment erschallte ein weiterer Schuss.

»Wer schießt denn da draußen?« Stefan schaute mich skeptisch an.

»Pédros«, flüsterte ich.

»Ich geh raus, bleib du drinnen.«

Er schob mich in mein Zimmer, ging dann zur Haustür. Vom Fenster aus folgte ich dem Geschehen und konnte an den Gesten ablesen, dass Pédros wütend und aggressiv war. Sie sprachen in der Landessprache, daher konnte ich nicht verstehen, worum es ging. Ich musste mich in Geduld üben. Nach fünf Minuten war der Spuk zu Ende. Mit durchdrehenden Reifen verließ Pédros das Grundstück und feuerte weitere drei Schüsse in die Höhe. Ich trat auf die Terrasse, auf der Stefan mit ernstem Blick stand.

»Und?«, traute ich mich zu fragen.

»Tja, meine liebe Ariane, ich habe bei meinen Nachforschungen anscheinend in ein Wespennest gestochen. Pédros hat mir gedroht, ich solle aufhören herumzufragen, sonst würde ich schon sehen, was ich davon habe.«

»Hat der vor, uns zu erschießen? Waren das Warnschüsse, bevor er ernst macht?« Mein Herz überschlug sich. Beruhigend legte ich die Hand darauf.

Stefan sah mich an. »Warnschüsse, ja, doch so einfach

bringt man nicht jemanden um, nur weil er ein paar Fragen gestellt hat. Er will uns einschüchtern. Das wird er bei mir nicht schaffen, das Gegenteil hat er erreicht.«

»Wie meinst du das?«

»Der hat Dreck am Stecken.«

»Und?«

»Ich gebe erst Ruhe, wenn ich die Wahrheit herausgefunden habe.«

Ich machte einen Schritt näher auf ihn zu, legte die Hand auf seinen Unterarm. »Bringe dich wegen mir nicht in Gefahr, ich bitte dich.«

»Schau, Ariane, ich habe in all den Tagen nichts aus den Leuten herausbekommen, außer Belangloses, was uns schon bekannt ist. Sobald ich fragte, ob Evgenía oder Pédros Kinder haben, wandten sich die Leute von mir ab. Da muss irgendetwas vorgefallen sein. Ich werde es herausfinden!« Stefan ging ins Haus. Kurze Zeit später hörte ich Wasserrauschen aus dem Badezimmer.

»Hoffentlich nimmt alles ein gutes Ende«, sprach ich zu mir selbst und machte mich daran die Katzenfamilie zu füttern. Als hätte Sofie meine Gedanken gelesen, wich sie nicht mehr von meiner Seite. Gerade als ich den Napf füllte, klingelte das Handy. Ich lief ins Haus, sah mich um, es steckte in der Ladestation. Dort musste es seit Wochen drin sein, denn ich hatte in all der Zeit nicht telefoniert.

»Ja bitte?«, meldete ich mich.

»Hallo, ich bin es.« Ich erkannte die Stimme meiner Mutter.

»Hallo Mama«, grüßte ich zurückhaltend.

»Ich wollte hören, wie es dir geht und wann du gedenkst zurückzukommen.« Sie räusperte sich.

»Mir geht es prächtig, ich habe einen Job, genug zu essen, ein paar Katzen, die ich täglich füttere. Mit anderen Worten, ich komme klar und nicht zurück. Danke der Nachfrage.«

»Bitte, Ariana, lass uns doch normal miteinander reden. Dein Vater und ich machen uns Sorgen um dich.«

»Das braucht ihr nicht.« Ich setzte mich auf den Terrassenstuhl, blickte in die Ferne und hoffte darauf, das Gespräch würde bald ein Ende nehmen.

»Dein Vater und ich hatten überlegt, wenn du noch länger auf Kreta bleibst, ob wir dich nicht besuchen ...«

»Und dann? Wollt ihr mich wieder wegsperren lassen?«, fragte ich mit geballter Wut in der Stimme.

»Ariane, es war zu deinem eigenen Schutz.«

»Es ist besser das Gespräch zu beenden. Ich kann euch nicht verzeihen, mir den Klinikaufenthalt angetan zu haben. Ich wollte mich niemals im Leben umbringen. Ein allerletztes Mal spreche ich es jetzt aus. Ich leide an einer Aquaphobie, ich möchte diese endlich verlieren und ich bleibe so lange auf Kreta, bis ich den Mörder ... äh, es geschafft habe keine Angst mehr vor dem Meer zu haben.«

»Was für ein Mörder? Ariane? Da stimmt doch etwas nicht. Komm sofort zurück, wir werden dir helfen!«, schrie Mutter ins Telefon.

»Wir reden, wenn ich wieder in Deutschland bin. Bis dahin bitte ich euch, nicht mehr anzurufen. Passt auf euch auf. Tschüss.« Ich drückte meine Mutter weg.

Das Gespräch hatte mich aufgebracht und die Zeit in

der Klinik an die Oberfläche befördert. Unruhig ging ich auf der Terrasse auf und ab. Sofie gesellte sich zu mir, sie spürte wahrscheinlich meine Anspannung.

»Machst du Sport oder wieso rennst du wie ein Löwe im Käfig umher?« Stefan rubbelte sich mit dem Handtuch über die nassen Haare.

Abrupt blieb ich stehen, Sofie lief gegen mein Bein. Schnell bückte ich mich und hob sie hoch. Drückte sie an die Brust und sofort fing sie mit dem Schnurren an.

»Meine Mutter hat angerufen.«

»Ja und?« Erstaunt sah mich Stefan an.

»Die wollen mich wieder in die Geschlossene stecken!«, schrie ich verzweifelt. Sofie schreckte auf und sprang runter. Hysterisch fing ich zu heulen an.

Mit einem Schritt war Stefan bei mir, nahm mich in den Arm. »Bleib ruhig, Ariane.« Behutsam strich er mir über den Kopf. Mit tiefem Ein- und Ausatmen versuchte ich mich zu beruhigen. Stefan gab mich erst frei, als er spürte, dass mein Zittern sich legte.

»Komm, setz dich mal hier hin.« Er schob mir den Terrassenstuhl zurecht, auf den ich mich fallen ließ, und nahm mir gegenüber Platz.

»Niemand wird dich irgendwo einsperren. Da bin immer noch ich da«, sagte er mit sanftem Ton in der Stimme.

Ich schluckte. »Wenn meine Eltern sich etwas in den Kopf setzen, finden sie Wege ...«

»Pst!« Er legte mir den Finger auf die Lippen. »Jetzt bin ich da und stelle mich allen in den Weg.«

Ich sah auf in seine Augen, die zu blitzen schienen.

»Wenn du es möchtest«, setzte er nach.

Ich deutete ein Nicken an. Er stand auf, beugte sich über mich, hob mein Kinn. Dann spürte ich seine Lippen auf den meinen.

»Ich wollte es mir lange nicht eingestehen«, flüsterte mir Stefan ins Ohr. »Ich hab mich in dich verliebt.«

Mein Herz machte einen Sprung, denn auch ich hatte manches Mal ein warmes Gefühl im Bauch wahrgenommen. »Ich auch«, antwortete ich leise. Und wieder fanden sich unsere Lippen zu einem innigen Kuss, als würde er als Siegel für unsere Verliebtheit stehen.

»Nach dem Schreck mit Pédros' Auftritt nimmt der Tag einen wunderschönen Verlauf«, sagte Stefan, als er mich für einen Moment losließ. »Hast du Hunger?«

Ich nickte. Schon verschwand er in der Küche. Ich blieb zurück und legte mich auf die Liege, schloss die Augen und ein Glücksgefühl breitete sich in mir aus.

Nach einem ausgiebigen Frühstück half ich Stefan beim Abräumen des Tisches.

»Was fangen wir mit dem Resttag an?«, fragte ich.

Er drehte sich zu mir um. »Ich würde gerne einen neuen Versuch starten und schwimmen gehen. Könntest du dich mit dem Gedanken anfreunden? Nach dem Rückschlag, den du erlitten hast, sollten wir es ein weiteres Mal probieren.«

»Mit dir an meiner Seite. Ich geh gleich ins Bad.«

»Nimm dir Zeit, ich räume inzwischen ein paar Sachen in den Schrank, bin noch nicht ganz eingerichtet.«

Stefan verschwand in seinem Zimmer. Ich sah ihm nach mit einem wohligen Gefühl.

»Wir parken das Auto bereits hier.« Stefan stellte den Motor aus und fuhr rechts nah an den Hang.

»Meinst du, die anderen Autos kommen daran vorbei?« Ich blickte mich um auf der Schotterstraße, die zum Meer hinunterführte.

»Bisschen eng, aber besser für unser Vorhaben.« Er stieg aus, hielt mir die Beifahrertür auf.

»Gib mir deine Hand.« Er streckte mir seine entgegen.

»Sobald du ein ungutes Gefühl verspürst, sagst du es mir. Einverstanden?« Er sah mich an.

»Bis jetzt alles gut«, erwiderte ich.

Mit langsamen Schritten gingen wir in Richtung Strand. Ein Blick aufs Meer zu diesem Zeitpunkt nicht möglich. Erst nach der Kurve würde es weit ausgebreitet vor uns liegen.

»Bist du bereit?« Über Stefans Führsorge freute ich mich besonders. Endlich hatte ich einen Partner ...

Kurz hielt ich mein Gedankenkarussell an. Partner, wie schön sich das anfühlte. Ja, endlich hatte ich einen Mann an meiner Seite, bei dem ich mich nicht verstellen musste. Er wusste vom ersten Moment an über meine panische Angst vor dem Meer Bescheid. Und das hatte ihn nicht von mir weggetrieben, sondern genau das Gegenteil trat ein, wir waren uns nähergekommen.

»Bereit?«, fragte Stefan. Wir gingen weiter, um die Kurve. Dort lag mein Feind. Es kam mir vor, als würde er in sich ruhen. Kein Wind wehte, nicht eine einzige Welle wurde an Land getrieben, um am Ufer zu zerbrechen und sich daraufhin ins Meer zurückzuziehen.

»Alles gut«, gab ich von mir.

Wir suchten uns einen Platz am Strand, legten die Taschen und Kleidungsstücke ab.

Ich sah mich um. Wenige Badegäste hatten es sich unter aus Stroh bedeckten Sonnenschirmen gemütlich gemacht. Im Meer schwammen Einheimische. Über den Sand hinweg schritt ich auf meinen Widersacher zu. Spürte Sekunden später die Feuchtigkeit an den Füßen. Das war mir bereits bekannt und bereitete mir keine Probleme.

Stefan stellte sich neben mich, nahm wieder meine Hand. »Kannst du weiter hineingehen?«, fragte er.

Langsam bewegte ich mich voran. Immer und immer tiefer ins Meer, bis mir das Wasser bis zum Bauchnabel reichte. Ich ließ Stefans Hand los und tauchte den Oberkörper unter. Schwamm mit kräftigen Zügen los. Stefan blieb an meiner Seite. Ich versuchte mich hinzustellen, doch wir waren in einem tieferen Bereich angekommen. Es machte mir nichts aus, ich erfreute mich an der Abkühlung.

»Das ist herrlich!«, rief ich in Stefans Richtung und schwamm auf dem Rücken ein paar Züge. So konnte ich erkennen, dass mein Freund lächelte. Ich fühlte mich frei, Stefan war ein guter Schwimmlehrer gewesen. Das lag Wochen zurück und innerlich fühlte ich Bedauern, dass wir nicht täglich schwimmen waren.

Plötzlich fiel mein Blick auf einen Badegast, der seine Schuhe abstreifte und auf dem Weg ins Wasser war. Pédros! Das Foto der Puppe kam vor meinem inneren Auge auf, ich verlor die Kontrolle, spürte keinen Boden unter den Füßen und die Panik nahm ihren Lauf.

»Ich ertrinke!«, schrie ich. Nicht mehr fähig einen Schwimmzug zu machen, ging der Kopf unter Wasser. Heftig wirbelte ich mit den Händen, kam an die Oberfläche, tauchte wieder unter.

»Ariane, bleib ruhig.« Mit wenigen Zügen war Stefan bei mir, schleppte mich ab. Zog mich aus dem Wasser, legte mich an den Strand.

Die Menschen wurden auf uns aufmerksam und bildeten einen Kreis, redeten durcheinander. Ich spuckte Wasser, atmete zu schnell. Stefan hob meinen Kopf an, richtete mich auf.

»Gehen Sie doch bitte, es gibt nichts zu sehen. Meine Freundin hatte einen Krampf.« Um seine Aussage zu untermauern, zog er mein Bein lang, massierte meine Wade. Ich ließ ihn gewähren, schaute mich nach Pédros um und starrte in sein Gesicht, auf dem eine boshafte Grimasse zu erkennen war. Hasste dieser Mann mich? Wäre es ihm lieb gewesen, ich wäre ertrunken? Nur weil wir Nachforschungen angestellt hatten? Was verbarg er?

Die Gestalt auf dem Gesichtsfelsen

»Geh direkt unter die Dusche, ich hol dir den Bademantel aus dem Schlafzimmer«, sagte Stefan, sobald wir das Haus erreichten.

Ich zitterte, als würde ich frieren, dabei hatten wir eine Außentemperatur von dreißig Grad. Ich stellte mich unter die Dusche, drehte den Kaltwasserhahn auf und sofort ab, denn das Wasser war zu heiß. Durch die Sonneneinwirkung auf die schwarzen Wasserschläuche, die freilagen, konnte in der Mittagszeit das Wasser nicht genutzt werden. Schnell drehte ich den Warmwasserhahn auf und aus dem Tank kam angenehm temperiertes Wasser. Das Gesicht hielt ich dem Strahl entgegen, dann wusch ich mir die Haare.

Es klopfte an der Tür. »Ich häng dir den Mantel über die Türklinke«, hörte ich Stefan sagen.

Wie feinfühlig er ist, ging es mir durch den Kopf. Traute sich nicht ins Bad zu kommen. Erneut lächelte ich und spürte, dass langsam das Zittern nachließ. Fest in den Bademantel gewickelt kam ich auf die Terrasse und fand Stefan dort vor.

»Ich habe dir einen Orangensaft gepresst.« Er hielt mir das Glas entgegen.

»Das ist lieb von dir.« Mit beiden Händen hielt ich das Glas umfangen, nahm einen kräftigen Schluck, setzte mich dann auf den Stuhl. Meine Augen richtete ich hinüber zu Pédros' Haus und stöhnte laut auf.

»Was ist?« Stefan schaute mich an.

»Wegen des Anblickes von Pédros wäre ich bald ertrunken, wenn du mich nicht gerettet hättest. So sicher fühle ich mich beim Schwimmen nicht, auch wenn du es mir gut beigebracht hast«, kam es zögernd über die Lippen.

»Du hast Pédros gesehen?«

»Du nicht?«

Er schüttelte den Kopf.

»Als ich ihn sah, kamen sofort Gedanken an die Puppe im Schrank auf und mit einem Mal konnte ich mich nicht mehr bewegen.«

»Hattest du in dem Moment Angst vor dem Meer?«, bohrte er weiter.

»Überhaupt nicht. Pédros' Anblick war der Auslöscher für meine Schockstarre.«

Ich stellte das inzwischen leere Glas auf den Tisch, fuhr mir mit beiden Händen übers Gesicht. Wurde ruhiger, das Zittern legte sich und mir wurde warm. Im Zimmer zog ich mir ein Sommerkleid über, ging zurück zu Stefan. »Sind wir ein weiteres Mal in einer Sackgasse gelandet?«, fragte ich.

»Wir müssen den Stier bei den Hörnern packen.« Als wäre ihm eine fantastische Idee gekommen, rieb Stefan sich die Hände.

»Wie darf ich das deuten?«

»Du warst mit zwei von Pédros' Arbeitern auf dem Zwiebelfeld.«

»Ja und?«

»Mit denen habe ich weiterhin Kontakt. Ich werde sie bitten, mir Bescheid zu geben, wenn Pédros und seine Schwester gemeinsam das Haus verlassen.«

»Was hast du vor?«

»Dann schauen wir uns den Inhalt des Schrankes mal zusammen genauer an.« Er stand auf, lehnte sich lässig an die Terrassenbegrenzung.

»Du willst bei denen einbrechen? Das kann ich nicht zulassen.«

»Was heißt einbrechen? Egal, ob sie auf den Feldern sind oder in der Stadt, die schließen die Tür nicht ab. Also breche ich nicht ein. Ich möchte ja nichts entwenden, nur mal nachsehen.« Stefans Blick ging in Richtung Pédros' Grundstück.

»Und ich soll da mitmachen?« Ich stellte mich neben ihn.

»Ohne dich wird es wohl kaum gehen.«

Mit dem Gedanken Pédros' und Evgenías Haus ohne Erlaubnis zu betreten, freundete ich mich schwer an. Täglich wies ich Stefan auf die Gefahren hin, die auf uns lauerten. Wir könnten verraten oder auf frischer Tat erwischt werden. Stefan war davon überzeugt, wenn die beiden in die Stadt fuhren, hätten wir allein durch die Fahrzeit eineinhalb Stunden Zeit unser Vorhaben in die Tat umzusetzen. Doch unsere Nachbarn verließen in den nächsten Tagen nicht ein einziges Mal das Grundstück. Stefan fuhr in die umliegenden Bergdörfer. Weiterhin fragte er die Dorfbewohner über Evgenía und Pédros aus, und ob es vor Jahren ein Kind gegeben hätte, das im

Meer ertrunken war. Und jedes Mal kam er ohne Ergebnis zurück. Sobald er fragte, ob die beiden Kinder gehabt hätten, stellten sich die Bewohner stumm, wechselten das Thema oder baten ihn sich still zu verhalten. Ich fragte mich, was sich hinter deren Verhalten versteckte.

Für unseren zarten Anfang einer Beziehung blieb wenig Raum für Romantik. Zu sehr waren wir ins Herausfinden der Wahrheit über einen Mord an einem Kind involviert. An meinem Tod! Langsam kam bei mir das Gefühl auf, dass Stefan verbissener als ich selbst nach der Wahrheit forschte. Mindestens vier Mal in der Woche und zu unterschiedlichen Zeiten fuhren wir zum Rosengarten und schauten nach, ob er weiterhin bewässert wurde. Nicht ein einziges Mal trafen wir jemanden vor Ort an.

Stefan hatte mich auf einen Spaziergang bei Vollmond eingeladen, mit anschließendem Essen im Dorf.

»Bist du fertig?« Stefan stand vor dem Haus und wartete darauf, dass wir endlich losgehen konnten. »Komm, sonst verpassen wir noch, wenn der Mond hinter den Bergen aufgeht.«

»Schon da.«

»Schick siehst du aus.« Er zog mich in seine Arme, gab mir einen Kuss.

»Danke. Gehen wir direkt von hier aus zu Fuß ins Dorf?«

Stefans Blick ging zu den Bergen, welche das Meer eingrenzten. »Denke, das ist zu spät, lass uns bis auf den Dorfparkplatz fahren und dann hinüber zum Fischerhafen schlendern.« Er setzte sich ans Steuer. Ich rutschte auf den Beifahrersitz. Ein wenig Unruhe machte sich während der Fahrt in mir breit, ich knetete die Hände im Schoß.

Stefan wurde darauf aufmerksam. »Was ist?«

»Der Parkplatz aus meiner Rückführung und das Kindergesicht im Felsen«, merkte ich an.

»Sollen wir lieber nicht dorthin fahren?« Er hielt den Wagen an.

»Doch, doch. Mir war im ersten Augenblick ein wenig mulmig zu Mute.« Ich legte die Hand auf sein Bein, streichelte sanft darüber.

Er gab mir einen Kuss auf die Wange, fuhr los. Das Dorf schien gut besucht, denn wir fanden schwerlich einen Platz zum Parken.

»Alles in Ordnung?«, fragte Stefan, bevor wir ausstiegen.

Ich nickte. Die Angst vor dem Meer hatte ich in den Griff bekommen. In der Zwischenzeit war ich auf dem guten Weg, das Meer meinen Freund zu nennen. Bereits bei der Umwandlung der negativen Interpretation in eine positive kam keine Angst auf.

Stefan umschloss meine Hand, als ich neben ihm ging. »Ich glaube, bis zum Hafen schaffen wir es nicht mehr. Was hältst du davon, wenn wir uns auf den Felsen niederlassen?« Er sah mich an.

»Aber nicht so nahe bei dem ominösen Stein.«

»Einverstanden.«

Wir gingen ein ganzes Stück, sodass wir weit genug davon entfernt waren. Dann setzten wir uns hin, mit

Blick zu den hohen Bergen, über denen in dem Moment der Vollmond aufging.

»Das ist ja immer ein tolles Erlebnis, das habe ich in Deutschland niemals mitbekommen.« Stefan rutschte näher an mich heran, hielt mich fest im Arm. Ein leidenschaftlicher Kuss folgte.

»Hast du das gehört?«, fragte ich ihn und sah mich um. Der Mondschein leuchtete die Gegend aus. Genau dort, wo ich zuvor nicht sitzen wollte, stand eine dunkel gekleidete Gestalt. Ich kniff die Augen bis auf einen Spalt zusammen, um die Person besser auszumachen. Stupste Stefan an, der im Moment nur Augen für mich zu haben schien.

»Schau mal«, flüsterte ich und zeigte in die Richtung.

»Was macht der denn da?«

»Wieso denkst du, dass es ein Mann ist?«

»Von der Statur her, ziemlich breit gebaut. Sag mal, hat der sich gerade hingekniet und sich bekreuzigt?«

»Sehe ich genauso.« Ein kalter Schauer zog mir über den Rücken, Ameisen suchten sich ihren Weg über meinen Körper. Ich griff Stefans Hand, umfasste sie fest. »Du, ich glaube ...« Mir wurde schwarz vor Augen. Mein Kopf fiel auf Stefans Schulter. Ich spürte, dass er mich in seine Arme zog, damit ich nicht vornüber ins Meer stürzte.

»Es geht, Stefan. Danke. Ist der Mann weg?« Ich traute mich nicht selbst hinüber zu schauen.

»Nein, er verharrt weiterhin in der knienden Stellung.«

»Irgendetwas ist mit ihm, ich spüre es.«

»Versuche hinzusehen, ich halte dich fest, es kann dir

nichts passieren«, bat Stefan mich mit leiser Stimme.

Ich sah auf und direkt zu der Stelle, an der der Mann sich befand. Mein Puls schlug schneller, die Panik überrollte mich gleich einer heftig rauschenden Welle. Doch ich hielt stand und beobachte das weitere Vorgehen der Person. Die sich jetzt schnellen Schrittes entfernte.

»Der läuft rüber zum Parkplatz. Mist, wir sind zu weit entfernt, um ihn einzuholen. Ich frage mich, was war das für eine Vorstellung? Was hat der Typ da gemacht?«

»Das war mein Mörder.«

Ich hatte wohl zu leise gesprochen, denn Stefan ging nicht darauf ein.

»Komm, steh auf.« Stefan zog mich am Arm hoch. Ich blieb versteinert sitzen, mit starrem Blick auf den davongehenden Mann. »Los, komm, sonst werden wir nicht sehen, wer diese Person gewesen ist. Wir müssen laufen.«

»Kann nicht«, kam es kaum hörbar von mir.

»Ariane, das ist zu wichtig. Ich laufe ihm hinterher und hole dich später ab. Bist du damit einverstanden? Wir können uns die Chance jetzt nicht entgehen lassen.« Stefan sah auf mich herab und ich nickte mit Tränen in den Augen.

Er rannte los, ich schlang die Arme um die Beine und fing zu wippen an. Dabei wimmerte ich unaufhörlich. Ich kann nicht nachvollziehen, wie lange ich auf dem Felsen hockte, auf einmal stand Stefan vor mir, völlig außer Atem. Er beugte sich nach vorne, stützte die Hände auf den Oberschenkeln ab, versuchte tief durchzuatmen. Ich rührte mich keinen Deut.

»Der Mann saß bereits in einem weißen BMW X3 und fuhr davon. Das Kennzeichen konnte ich mir nicht so schnell merken, aber das Auto hat einen Aufkleber von der Fähre Anek Lines rechts auf der hinteren Windschutzscheibe.« Er richtete sich auf.

»Danke«, sagte ich, zu mehr war ich nicht fähig, zu tief saß das Erlebnis, vor wenigen Minuten meinen Widersacher gesehen zu haben.

»Wie geht es dir?«, fragte Stefan besorgt.

Zur Antwort zuckte ich mit den Schultern und wiederholte meine Worte nicht, dass wir vielleicht gerade meinen Mörder gesehen hatten. Ich behielt es für mich.

»Denkst du, wir können nach Hause fahren? Schaffst du es bis zum Parkplatz zu gehen oder soll ich den Wagen herholen?« Er zog den Schlüssel aus der Hosentasche.

»Ich komme mit.«

Stefan half mir beim Aufstehen. Mein ganzer Körper fühlte sich verspannt an. Langsam versuchte ich mich aufrecht zu stellen. Dann hakte ich mich bei ihm ein und wir gingen mit vorsichtigen Schritten zum Auto. Zu Hause angekommen, begab ich mich sofort ins Badezimmer unter die Dusche, ohne zuvor meine Kleider auszuziehen. Ließ das lauwarme Wasser über mich laufen.

Es klopfte an der Tür. »Ariane, du bist bereits eine halbe Stunde unter der Dusche, ist alles in Ordnung?«, hörte ich Stefans Stimme, die aus der Ferne an mich herandrang und mich aus der Starre holte. Schnell drehte ich das Wasser ab, streifte die nasse Kleidung ab, rubbelte mich mit dem Handtuch trocken und schlüpfte in den Bademantel.

Es klopfte ein weiteres Mal. »Ariane, bitte ...«

»Ich komme gleich, kämme mir gerade durchs Haar!«, rief ich und vernahm, dass sich Schritte entfernten. Ich sah in den Spiegel. Schwarze Augenringe zierten mein fahles Gesicht. »Oje«, sprach ich zu mir selbst, »wie sehe ich denn aus? Kein Wunder, wenn man seinem Mörder fast gegenübergestanden hat.« Legte die Bürste in den Korb auf der Waschmaschine, in dem ich die Haarutensilien aufbewahrte. Tief durchatmend öffnete ich die Tür und fand Stefan auf der Terrasse sitzend vor.

»Na endlich, ich habe mir bereits Sorgen gemacht. Ist deine Haut jetzt aufgeweicht? Du hattest vor unserem Dorfbesuch bereits geduscht.« Er rückte mir den Stuhl neben sich zurecht.

»Ich hatte das Gefühl, ich müsste unbedingt alles von mir abduschen. Ich stand sogar mit den Klamotten ... Ich bin schockiert über unser Erlebnis.« Setzte mich und schlug den Morgenmantel über die Knie.

»Frag mich mal. Denkst du, das hat mich kalt gelassen?«

»Sicher nicht. Aber lass uns ehrlich sein. Verrennen wir uns nicht in ein Hirngespinst von mir?« Ich schaute zu ihm hinüber.

»Wovon sprichst du?«

Stimmt, ich hatte es ihm nicht gesagt und behielt es auch jetzt für mich. »Ach nix.«

»Wir müssen der Sache nachgehen. Ich habe mir bereits etwas für morgen überlegt, wenn du damit einverstanden bist.« Stefan stand auf, ging vor mir auf und ab.

»Du machst mich nervös, bitte setz dich wieder.«

Er kam meiner Bitte nach. »Ich weiß nicht warum, aber mich beschleicht da so ein komisches Gefühl, das ich nicht in Worte fassen kann. Also, wir werden morgen zum Rosengarten fahren und uns auf die Lauer legen.«

»Du meinst den ganzen Tag über?«

»Ja. Wir werden zu Fuß hingehen und uns im angrenzenden Olivenhain aufhalten.«

»Dann müssen wir uns etwas zum Essen mitnehmen«, sagte ich und Stefan gab mir einen Kuss. Kurz darauf ging ich schlafen, um innerlich ruhiger zu werden und ausgeruht zu sein.

»Ich versorge schnell die Katzen, dann können wir von mir aus losgehen«, sagte ich am frühen Morgen.

Stefan stand am Fenster, beobachtete Pédros' Haus und leerte dabei die Kaffeetasse. »Ich weiß nicht, Ariana, ich weiß nicht. Wer mag wohl der Mann sein? Vielleicht ist es der Besitzer des Rosengartens? Dass Pédros' irgendetwas vor uns verbirgt, ist offensichtlich. Doch was? Hat es mit dem ertrunkenen Kind zu tun, das dir aus der Rückführung bekannt ist?« Sich zu mir drehend wiederholte er: »Ich weiß nicht, ich weiß nicht.«

»Du scheinst zu vergessen, dass ich das Kind war!«

»Entschuldige.«

Kurz darauf brachen wir zu Fuß mit Proviant sowie genug Wasser und Saft auf. Beide trugen wir gedeckte Kleidung. Inmitten des Olivenhains ließen wir uns an einer Stelle nieder, von der aus wir über Pédros' Zwiebelfeld bis hin zum Rosengarten freie Sicht hatten.

Strahlend blauer Himmel. Sonnenstrahlen, die uns durchs Geäst erreichten, brannten auf der Haut. Ständig versuchte ich Schatten zu finden. Wir sprachen kaum miteinander, beide hatten wir unser Augenmerk auf den Garten gerichtet. Die Beine wurden lahm vom langen Sitzen, hin und wieder standen wir auf, streckten uns. Mittags verspeisten wir jeder ein Sandwich und tranken den inzwischen warm gewordenen Orangensaft.

»Mir fallen gleich die Augen zu«, meinte Stefan, als es auf fünf Uhr zuging. »Ich könnte sofort einpennen. Vielleicht ist alles umsonst gewesen und mein mulmiges Gefühl hat mich getäuscht.« Er wischte sich den Schweiß von der Stirn.

»Dass Männer überhaupt solche Gefühle haben können«, sagte ich lächelnd.

»Warum nicht?«

»Ich dachte, dies stünde Frauen zu«, versuchte ich zu witzeln.

»Pst.« Stefan legte den Finger auf die Lippen und gab mir mit Handzeichen zu verstehen, ich solle mich ducken.

Motorengeräusch näherte sich.

Ich kam seiner Aufforderung nach und spürte, dass mein Herz schneller schlug. Das Auto kam in unser Blickfeld. Ich hielt mir die Hand vor den Mund, um nicht laut aufzuschreien. Ein weißer BMW X3! Und mit dem Anblick konnte ich direkt meine Ameisenarmee begrüßen. Der Wagen hielt und ein Mann stieg aus. Von der Statur her musste es sich um die Person von gestern

Abend handeln. Stefan zog sein Smartphone, machte Fotos. Zoomte das Bild näher heran und zeigte es mir. Ich konnte das Gesicht des Mannes nicht erkennen, zu sehr verpixelt. Ich schüttelte den Kopf und beobachtete das Vorgehen des Mannes. Konnte es kaum glauben, er nahm Kurs auf den Rosengarten und öffnete das Eisentor. Ging hinein, stellte den Wasserbrunnen an, aus dem es sofort anfing zu sprudeln. Dann setzte sich der Mann auf einen der Stühle, legte die Beine hoch. Es sah aus, als würde er mit jemandem sprechen.

Ich konnte nicht erkennen, ob er ein Handy in der Hand hielt.

»Was macht der da?«, flüsterte ich. »Ein Fernglas fehlt uns. Es sieht aus, als würde er sich sonnen wollen oder vielleicht wird beim Anstellen des Brunnens die Blumenbewässerung in Gang gesetzt.«

Stumm verharrten wir und beobachteten den Mann, der sich keinen Millimeter bewegte, doch weiter vor sich hin redete. Nach mindestens einer Stunde bog ein Pkw aufs Feld ab. Wieder duckten wir uns, denn der Wagen fuhr nah an uns vorbei.

»Das ist Pédros!«, rutschte es mir etwas zu laut heraus.

»Ruhig, Ariane, sonst werden die auf uns aufmerksam. Dann haben wir ziemlich schlechte Karten.«

Pédros bremste den Wagen hart ab, sprang vom Sitz und ging schnellen Schrittes auf den Mann im Garten zu. Wild gestikulierte er mit den Armen und brüllte, doch wir konnten die Worte nicht verstehen, dafür waren wir zu weit entfernt. Die Männer stritten, das konnten wir klar erkennen.

»Vielleicht ist der Mann ohne Befugnis in den Garten eingedrungen«, flüsterte ich.

»Ich denke, es handelt sich um den Besitzer. Die Frage ist, warum Pédros so einen Aufstand macht. Verdammt, dass wir nicht näher ans Grundstück rankommen.«

»Schau mal!« Ich zeigte Richtung Straße, von der zuvor die beiden Autos gekommen waren. »Das glaub ich jetzt nicht.«

»Was will Evgenía denn hier?«

Als die Bäuerin den Rosengarten betrat, wurde Pédros auf sie aufmerksam, schrie seine Schwester an, griff nach ihrem Arm und zerrte sie ins Auto, fuhr mit ihr davon.

»Was war das denn für eine Aktion?«, fragte Stefan und beobachtete weiterhin den Mann, der als erstes den Garten betreten hatte. Den Oberkörper gebeugt, saß er auf dem Stuhl. Die Hand hielt er vor seine Augen, als würde er weinen.

»Kurios«, meinte ich.

»Wir warten, bis der Mann geht und folgen ihm ... Ach, Mist, wir sind ja ohne Auto hier. Verdammt, der darf uns nicht entkommen.« Falten legten sich auf Stefans Stirn, er dachte wohl angestrengt nach. Ich verhielt mich ruhig, wollte ihn nicht stören. »Ich geh rüber«, sagte er und sprang auf.

Ich griff nach seinem T-Shirt, versuchte ihn zurückzuhalten. »Du spinnst«, sagte ich leise. »Wir wissen nicht, um wen es sich handelt und zu was er fähig ist. Du hast Pédros' Ausrasten selbst miterlebt. Vielleicht stimmt mit dem Typ etwas nicht.«

»Genau, und deshalb geh ich jetzt rüber, tue so, als wä-

261

re ich auf den Rosengarten aufmerksam geworden und schau mir den Typ mal aus der Nähe an. Vielleicht bekomme ich irgendetwas aus ihm heraus.«

Was sollte ich machen? Weiterhin versuchen, Stefan von seinem Vorhaben abzubringen oder ihn ziehen lassen? Würde er sich überhaupt ein weiteres Mal zurückhalten lassen?

»Ich komme mit. Wir tun so, als würden wir spazieren gehen.« Ich stand auf, räumte die Sachen in die Tasche.

»Bist du dir ganz sicher? Was ist, wenn du in Schockstarre verfällst? Da müssten wir uns schon jetzt eine plausible Erklärung zurechtlegen.« Stefans Blick lag auf dem Grundstück gegenüber.

»Wenn es geschieht, erklärst du ihm, dass mir das täglich passiert, ich würde an einer ausgefallenen Krankheit leiden.« Obwohl mir nicht zum Lächeln war, konnte ich es dennoch nicht unterdrücken.

»Und wie bitte soll diese Krankheit heißen?«, witzelte Stefan. »Aber Spaß beiseite. Komm mit und versuch, dich zusammenzureißen, so gut es eben geht. Sollte die Panik aufkommen, lass sie dich überrollen und halte es durch. Einverstanden?« Tief sah er mir in die Augen.

Ich nickte mehrfach. »Versprochen.«

Stefan schulterte sich die Tasche, nahm mich an der Hand und wir traten aus dem Olivenhain hinaus auf den Feldweg, der zum Rosengarten führte. Hin und wieder drehte sich Stefan um, damit er sicher gehen konnte, dass nicht gerade Pédros mit seinem Pick-up um die Ecke schoss. Ausschließen konnten wir es nicht, bei der Szene, die sich zuvor abgespielt hatte.

Wir brauchten nicht lange für die Wegstrecke.

Der Mann blieb in der gebeugten Haltung sitzen und bemerkte uns nicht einmal, als wir vor dem Gartentor standen. Erst als Stefan ihn auf Griechisch begrüßte, schaute er erschrocken auf, wischte sich übers Gesicht.

Er hatte geweint!, stellte ich fest. Stefan versuchte den Mann in ein Gespräch zu verwickeln, ich stand stumm daneben, griff fester seine Hand und schaute mir den Mann an. Erst die Statur, dann seine Hände und zum Schluss erforschte ich das Gesicht und suchte nach einem Erkennen. Meine Ameisenarmee hatte mich längst überrollt, doch ich hatte es Stefan versprochen und ließ die Welle über mich ergehen. Und dann traute ich mich, dem Griechen in die Augen zu sehen. Sie strahlten nichts Böses aus, im Gegenteil, Schmerz und Trauer schienen in ihnen zu liegen. Ich konzentrierte mich auf seine Stimme, ob sie mir aus der Rückführung bekannt vorkam. Nein! Vielleicht lag es daran, dass der Mann im ruhigen Ton mit Stefan sprach. Ich hatte während der Rückführung Bedrohung in der Stimme erlebt.

»Alles gut?«, fragte Stefan in meine Richtung.

»Ich komme klar. Hast du etwas erfahren können?«

»Bis jetzt sind wir beim Smalltalk«, antwortete er.

In dem Moment winkte uns der Mann in den Rosengarten hinein.

»Möchtest du?«, fragte Stefan.

»Wenn du weiterhin meine Hand fest umklammert hältst, das gibt mir Sicherheit.«

»Ich werde mal sehen, ob ich seinen Namen herausbekomme.«

Stefan ging auf ihn zu, reichte ihm die Hand und stellte sich und mich vor.

»Konstantínos«, antwortete der Mann.

Konstantínos? War das nicht der Kumpel von Pédros? Dann war er der Mann, dem dieser wunderschöne Rosengarten gehörte. Er bot uns Stühle an. Wir nahmen Platz, ich hielt meine Armee in Schach, während Stefan die Konversation fortsetzte. Ich hatte keine Ahnung, wovon sie redeten. Der Mann zeigte auf die Rosen, den Brunnen und später auf die Marmorplatte mit dem Engel. Meine Anspannung konnte ich kaum aushalten, ich wollte wissen, womit ich es zu tun hatte. Dennoch mischte ich mich nicht ins Gespräch ein. Durchhalten, bis wir den Ort verlassen hatten, stand für mich an erster Stelle. Nach einer gefühlten Ewigkeit stand Konstantínos auf, holte aus einer Kiste, die sich im hinteren Teil des Gartens befand, eine Heckenschere. Ich zuckte zusammen.

»Beruhige dich, er möchte dir gerne einige Rosen mitgeben.«

Mein Hals war ausgetrocknet. Für einen Moment ließ ich Stefans Hand los, kramte aus der Tasche die Wasserflasche und trank kräftig.

Mit einem bunten Rosenstrauß kam Konstantínos zurück und überreichte ihn mir. »For you«, sagte er.

Lächelnd bedankte ich mich. »Efharistó.«

Unsere Finger berührten sich. Augenblicklich brach mir der Schweiß aus und zugleich wurde mir schwindelig.

»Ariane, komm, setz dich wieder und trink mehr Wasser.« Stefan zog mich zum Stuhl zurück, reichte mir die

Flasche. Ich trank sie leer.

»Very hot, today«, meinte der Grieche.

»Yes«, entgegnete ich freundlich. Kurz darauf verabschiedeten wir uns und ließen den Mann mit den traurigen Augen zurück.

Nach dreißig Metern konnte ich nicht mehr an mich halten. »Sag, was hast du rausbekommen?« Blieb stehen und schaute Stefan an.

»Tja ...«, fing Stefan an. »Du wirst überrascht sein.«

»Spann mich nicht auf die Folter, rede bitte!«

»Das ist Evgenías Ehemann.«

»Bitte, wer?«

»Du hast richtig gehört. Sie sind verheiratet.«

»Aber warum lebt er nicht mit ihr zusammen?«

»Er ist vor vielen Jahren nach Athen gezogen. Evgenía durfte nicht mit, ihr Bruder hatte es ihr verboten.«

»Bitte was?«

»Pédros scheint einen enormen Einfluss auf seine Schwester auszuüben.«

»Los, erzähl mir jetzt alles, was du herausgefunden hast.« Mein Herz bollerte, ich zog Stefan zum Olivenhain, genau zu der Stelle, an der wir den gesamten Tag wartend verbracht hatten.

»Komm, setz dich, das muss ich mir in Ruhe anhören.«

Stefan ließ sich auf einen Baumstumpf nieder, fuhr sich durchs Haar. »Brr ...«, kam dabei aus seinem Mund.

»Ist es so schaurig?« Die Armee war nicht gänzlich verschwunden, mir drehte sich der Magen fast um, sofort griff ich erneut nach Stefans Hand.

»Pass auf. Also, der Mann heißt Konstantínos, er war

Pédros' bester Kumpel. Er verliebte sich in Evgenía, beide erst sechzehn Jahre alt. Evgenía wurde schwanger und sie heirateten. Mit siebzehn brachte sie das Kind zur Welt.« Stefan hielt inne, sah mich an.

Ich riss die Augen groß auf, schluckte trocken und verfiel ins Räuspern. »Sie haben ein gemeinsames Kind?«

»Hatten.«

»Ist es gestorben?«

Keine Antwort von Stefan. Warum nicht? Oje! Mir fiel es wie Schuppen von den Augen. Ich war die Tochter von Evgenía und Konstantínos. Tränen traten in meine Augen, die Panik verstärkte sich. Ich konnte sie nicht zurückhalten. Ich schrie mir die Seele aus dem Leib!

Stefan sprang auf, umfasste mich fest mit den Armen. Das bewirkte, dass ich Atemnot bekam und mich freistrampelte.

»Tief ein- und ausatmen, Ariane. Beruhige dich, bitte beruhige dich.«

Aus der Ferne kam eine Stimme an mein Ohr. Stefan drehte sich um, Konstantínos stand hinter uns, sprach irgendetwas. Mein Schrei wurde schlagartig hysterischer, ich brach zusammen, fiel zu Boden. Mein eigener Vater war mein Mörder!

Die Wahrheit über den Rosengarten

»Ariane.« Jemand tätschelte meine Wangen. Ich kam zu mir. Stefan kniete neben mir. Mit einer Hand stützte er meinen Kopf. »Da bist du ja wieder.« Er drückte mir einen Kuss auf die Stirn.

»Es tut mir leid«, sprach ich leise.

»Alles gut. Ariane, ich möchte dich nach Hause bringen, zu Fuß wird es nicht gehen. Bitte sei jetzt stark, ich habe Konstantínos um Hilfe gebeten, uns mit dem Auto zu dir zu fahren.«

»Bitte nicht«, bat ich weinerlich.

»Dich den Berg hoch zu tragen schaffe ich nicht. Dich zurücklassen und das Auto holen möchte ich auch nicht. Komm, ich helfe dir auf und bleibe an deiner Seite. Um ehrlich zu sein, der Mann ist nett und hilfsbereit. Zu Hause erzähle ich dir seine Geschichte.« Er stützte mich unter dem Arm, zog mich hoch.

Sofort kam der Mann auf uns zu. Ich biss mir auf die Lippe, um nicht wieder loszuschreien und ließ alles über mich ergehen.

Gemeinsam brachten sie mich zum BMW, halfen mir auf den Rücksitz und Stefan schnallte mich an. Wir sprachen kein einziges Wort. Hin und wieder schaute der Grieche mich an. In den traurigen Augen spiegelte sich Mitgefühl. Bildete ich mir alles ein? Gab es überhaupt ein Leben vor dem jetzigen Leben?

Konnte der Mann, mein Vater, der Sensibilität ausstrahlte, mein Mörder sein? Zweifel verstärkten sich.

Zuhause brachte mich Stefan ins kühlere Schlafzimmer und, legte mich aufs Bett. »Ich bin gleich zurück, verabschiede mich schnell von Konstantínos.«

Ich hörte, wie sich das Auto entfernte. Stefan setzte sich zu mir auf die Bettkannte, schob mir ein Kissen in den Rücken, damit ich bequemer aufrecht sitzen konnte. Selbst war ich nicht in der Lage irgendetwas zu machen.

»Er ist weg. Den hast du ziemlich erschreckt mit deinem Schrei. Nicht nur ihn, sondern auch mich. Ich wusste gar nicht, wie ich mich verhalten sollte.« Er beugte sich über mich, streichelte meine Wange.

»Sag mir bitte alles, was du mit ihm im Rosengarten gesprochen hast.« Ich verschränkte die Arme vor der Brust, als wollte ich mich vor etwas schützen.

»Ich hole uns erst etwas zu trinken.« Er ging in die Küche und kam mit zwei Gläsern Limo zurück. Hielt mir eins entgegen.

Mit beiden Händen umfasste ich das Glas und trank es in kleinen Schlucken leer, während Stefan mir Konstantínos' Geschichte erzählte.

»Evgenía und er waren sechzehn, als sie sich ineinander verliebten. Als Evgenía unerwartet schwanger wurde, heirateten sie und als beide siebzehn waren, brachte Evgenía eine Tochter zur Welt.« Stefan hielt inne.

»Das hast du mir bereits erzählt.«

»Ich habe es extra wiederholt, um zu sehen, wie du jetzt damit umgehst. Soll ich weitererzählen?«

»Danke, dass du so einfühlsam bist. Die Panik hält sich derzeit in Grenzen. Erzähl bitte.« Aufmerksam hörte ich zu, damit mir nicht ein einziges Wort entging.

»Als Familie lebten sie in dem Haus, in dem Evgenía wohnt. Konstantínos sagte, sie wären glücklich gewesen. Pédros war sein bester Freund und er kam die Familie hin und wieder aus Chaniá besuchen.«

»Er wohnte gar nicht hier?«

»Nein, sondern im Westen der Insel. Chaniá liegt drei Stunden Autofahrt entfernt.«

»Und wieso wohnt er nun mit Evgenía zusammen und warum lebt Konstantínos nicht dort?«

»Warte, darauf komme ich zu sprechen.«

»Okay.«

»Bist du sicher, du hast die Kraft die Geschichte bis zum Ende zu hören?« Besorgt sah er mich an. »Sollen wir eine Pause machen?«

Ich atmete tief durch. »Nein, bitte sprich weiter«, bat ich.

»Ihre Tochter tauften sie auf den Namen Iléktra.« Er hielt ein weiteres Mal inne.

Meine Tränen stiegen auf. Iléktra. Eindeutig war ich in meinem früheren Leben die Tochter von Evgenía und Konstantínos. Konnte diese Erkenntnis wirklich der Wahrheit entsprechen? Wollte ich zweifeln, als Schutz vor der Realität? »Was hat es mit dem Rosengarten auf sich?«, traute ich mich zu fragen. Ich wollte alles erfahren, um endlich mit der Vergangenheit aus meinem Vorleben abschließen zu können. Und ich erhoffte mir, danach keine Aquaphobie mehr zu haben.

»Im Garten befinden sich die Gebeine von Iléktra.«

Ich hatte das Gefühl, als würde mein Herzschlag für einen Moment aussetzen. »Ich liege dort begraben.« Keine Frage, eine Feststellung. »Hat er dir gesagt, in welchem Alter ich starb?«

»Mit dreizehn.«

»Und wie?«

»Ertrunken. Iléktra war beim Spielen vom Felsen gefallen. Konstantínos versuchte sie zu retten, er kam zu spät.« Stefan rückte näher an mich heran. Es gehörte bereits zur Gewohnheit, dass er dann meine Hand in seine schloss.

»Er lügt! Konstantínos hatte mich verfolgt, er hat mir das angetan.«

Unbeweglich saß ich auf dem Bett, obwohl ich im Inneren den Drang verspürte weglaufen zu wollen. Konnte die bleischweren Beine jedoch nicht bewegen.

Stefan erzählte weiter. »Iléktra wurde einen Tag nach dem Ereignis auf dem Friedhof in Sfáka beigesetzt.«

»Oben im Dorf? Aber dann liege ich dort und nicht im Rosengarten.«

»Evgenías und Konstantínos' Ehe zerbrach an dem grausamen Schicksal, ihr Kind verloren zu haben. Pédros kam aus Chaniá und sorgte fortan für seine Schwester. Konstantínos baute sich ein neues Leben in Athen auf. Alle paar Jahre kommt er für kurze Zeit auf die Insel. Die Eheleute wurden niemals geschieden und blieben beide allein, ohne Partner.«

»Der Rosengarten spielt welche Rolle?«, fragte ich ein weiteres Mal.

»Nach drei Jahren wurden Iléktras Überreste aus dem Grab geholt. Konstantínos kam eigens dafür aus Athen angereist. Er und seine Frau säuberten die Gebeine, legten sie in eine Holzkiste. Statt die Kiste in der Kirche für Gebeine aufzubewahren, erbaute Konstantínos den Rosengarten. In dessen Mitte hob er ein Grab aus und die Gebeine bekamen dort die letzte Ruhestätte. Danach verschwand Konstantínos wieder nach Athen. Evgenía pflanzte all die Rosen an. Sie und ihr Bruder kümmerten sich gemeinsam um die Bewässerung. Konstantínos war schon länger nicht mehr hier und litt darunter.«

Ich hörte in mich hinein und konnte meine Empfindungen nicht einordnen. Unmöglich konnte ich mir in dem Moment vorstellen, dass Konstantínos mein Mörder gewesen war. Eher kam es mir vor, als hätte er sich selbst die Strafe auferlegt nicht in seiner Heimat zu leben.

»Und warum ausgerechnet heute?«

»Iléktra wäre heute sechzig Jahre alt geworden. Konstantínos wollte sie an diesem Festtag nicht allein lassen und sie um Verzeihung bitten, dass er sie damals nicht hatte retten können.«

»Das hat er dir alles erzählt?« Ich gab zu, ich war ziemlich erstaunt.

»Er ist siebenundsiebzig, würde gerne zurück nach Kreta kommen und in der Nähe wohnen. Pédros stellt sich ihm in den Weg. Er wirft ihm vor, seine Schwester mit all ihrem Leid allein gelassen zu haben.«

»Ich wäre heute sechzig geworden. In meinem jetzigen Leben bin ich gerade mal zweiundvierzig. Ich weiß gar nicht, wie ich mit all dem umgehen soll. Müde bin ich, magst du mich ein wenig schlafen lassen?« Bittend sah ich Stefan an, der sich sofort erhob.

»Wenn du mich brauchst, ich sitze auf der Terrasse.« Von der Tür aus warf er mir einen Handkuss zu.

Ich lächelte. Legte mich auf die Seite in eine Embryostellung.

Durch das Klappern von Tellern wurde ich wach. Ein Lichtstrahl kam unter der Tür hindurch. Ich schaltete das Nachtlämpchen an, stand langsam auf. Herzhafter Duft zog aus der Küche zu mir herüber.

»Oh, du hast gekocht«, sagte ich und stellte mich neben Stefan an den Herd. Öffnete den Deckel. »Zucchinipfanne. Lecker, wie das duftet! Denke mal, mit reichlich Knoblauch drin.« Ich sah Stefan in die Augen.

»Geht es dir gut?« Er zog mich in seine Arme.

»Erstaunlicherweise ja.«

Sanft küsste er meine Lippen. »Du hast wohl vom Essen genascht?«, witzelte ich, denn der Kuss schmeckte nach Knoblauch.

»Ich habe Hunger, du nicht?«

»Doch. Soll ich den Tisch decken oder füllen wir unsere Teller direkt hier auf?«

»Ist schon alles draußen und die Katzen habe ich gefüttert. Sofie hat ständig vor deiner Tür miaut.«

»Ich habe nichts mitbekommen. Habe sowieso das Gefühl, als würde ich meine Katzenfamilie derzeit vernachlässigen.«

»Sie bekommen Futter und frisches Wasser und Streicheleinheiten verteile ich auch.«

Stolz drückte Stefan die Brust hervor.

Ich lächelte. Nach dem leckeren Essen erhob ich mein Weinglas und prostete Stefan zu. »Danke, dass du nicht von meiner Seite weichst und alles mit mir gemeinsam durchstehst. Das würde so manch ein anderer Mann nicht machen. Die Erfahrung habe ich nicht nur einmal im Leben gemacht.«

»Du bedeutest mir viel, Ariane, vergiss das nicht, auch wenn unsere Beziehung erst langsam wächst.«

»Danke.« Ich schaute hinüber zu Evgenías Haus. Dort brannte in einem Zimmer Licht. Ich ging davon aus, dass es sich um das Wohnzimmer handelte.

»Wie es Evgenía wohl geht.«

»Ich denke, eine Mutter trauert ewig um ihr Kind, wenn es vor ihr aus dem Leben gerissen wird«, sagte Stefan.

»Dieser Konstantínos verhält sich überhaupt nicht wie ein Mörder«, meinte ich.

»Woher willst du wissen, wie sich ein Mörder verhält?« Gemütlich lehnte sich Stefan im Stuhl zurück, sah zu mir herüber.

»Er hatte so traurige Augen.«

»Und ein Mörder nicht?«

»Irgendwie passt der Mann nicht in meine Rückführung. Von Konstantínos kommt für mich keine Gefahr herüber. Angst ja, aber Gefahr nicht. Er hat eine ruhige tiefe Stimme. Wie hast du ihn empfunden, als er von seiner Tochter sprach?«

»Er hat mit viel Gefühl und Liebe von ihr erzählt.«

»Und passt das zu einem Mörder?«

273

»Dann sage mir bitte, wie du dir alles erklärst, was du bei der Rückführung gesehen hast und wir bei unseren Nachforschungen wiedergefunden haben.«

Kurze Zeit hing ich meinen Gedanken nach, ließ alle Erlebnisse nochmals am inneren Auge vorbeiziehen. »Du hast ja recht, es stimmt der Ort, der Felsen, der Tod eines Mädchens und der Name. Mensch!« Mit der Hand hieb ich mir vor die Stirn. »Und die Puppe in dem Schrank gegenüber!« Ich zeigte in die Richtung.

»Siehst du, das kann nicht alles Zufall gewesen sein, oder?«

Ich zuckte mit den Schultern. »Ich weiß nicht. Ich weiß nicht ...«

»Wir müssen uns Zugang ins Haus verschaffen. Ich werde mit meinen Ex-Kollegen nochmals reden und dann schauen wir uns den Schrankinhalt genauestens an. Deal?« Er hielt mir seine Hand zum Zuschlag hin.

»Deal.« Oje, schoss es mir durch den Kopf, wenn das mal alles gut geht.

In der folgenden Woche versuchte ich, mit dem Erlebten klarzukommen. Machte in den frühen Morgenstunden, wenn die Sonne gerade aufging, ausgedehnte Spaziergänge in die Berge oder wanderte hinunter zum Rosengarten. Stand dort vor dem Eisentor, bewunderte die Blumenpracht und sog die vom süßen Duft geschwängerte Luft tief in meine Lungen. Zum Glück begegnete ich kein einziges Mal Pédros auf den Erkundigungstouren. Stefan fuhr morgens nach Ierápetra und arbeitete bei einem Bauern, der Auberginen anbaute. Oft kam er erst am späten Nachmittag zurück. Ich ließ die Seele baumeln, setzte mich unter einen Olivenbaum, Kätzchen Sofie immer an meiner Seite. Drago und Bonzo spielten lieber im Schatten der Terrasse und die Katzenmama ruhte unter dem Hibiskus, ließ ihre Kleinen jedoch nicht aus den Augen. Obwohl sie längst selbstständig waren.

Die Beziehung zwischen Stefan und mir machte langsam Fortschritte. Aus meiner Sicht hielt er sich zurück, bis die Angelegenheit um meine Panik aus der Welt geschafft sein würde. Mir reichte, dass er sich in meiner Nähe befand, alles andere konnte warten.

Stefan hatte Auberginen von der Arbeit mitgebracht, die auf dem Markt nicht mehr verkauft werden konnten. Ich bereitete sie zu, indem ich sie in zwei Hälften schnitt, einritzte, sie dann kurz im heißen Olivenöl anbriet. Danach gab ich sie in eine Auflaufform, legte in Scheiben geschnittene Tomaten und zum Schluss ein Stück Feta darauf. Schob sie in den Backofen.

Stefan holte uns eine gekühlte Zitronenlimo und füllte die Gläser. »Ich muss dir etwas sagen«, fing er an. Der Unterton in seiner Stimme ließ mich aufhorchen. Ich war mir darüber klar, dass er mir etwas Wichtiges mitzuteilen hatte.

»Morgen ist gegenüber endlich sturmfreie Bude. Die Chance sollten wir nutzen, um uns in Ruhe umzuschauen.« Er sah mich an.

»Puh … ich hatte gehofft, ich wäre aus der Nummer raus.«

»Wie bitte?«

»Na ja, in den letzten Tagen habe ich versucht, mit allem abzuschließen und mir gesagt, dass mir meine Fantasie einen großen Streich gespielt hat. Ich komme ganz gut mit dem Meer zurecht.«

»Ach wirklich?« Er zog die Stirn kraus.

»Bist du anderer Meinung?«

»Ja, denn du warst seit dem Vorfall mit Konstantínos nicht ein einziges Mal am Meer!«

Nach kurzem Überlegen stimmte ich ihm zu. Stefan hatte recht. »Du meinst …«

»Es ist noch nicht ausgestanden«, unterbrach er mich.

Ich blies Luft aus. »Gut, machen wir es morgen. Dann gehe ich bald schlafen, damit ich Kraft sammle.«

»Bist du damit einverstanden, wenn ich heute Nacht mal neben dir schlafe? Ich könnte dich im Arm halten.«

Seine sanfte Stimme ließ mein Herz höher schlagen. Bis jetzt hatten wir getrennt genächtigt, waren uns über einen Kuss hinaus nicht nähergekommen. Hatten wir nicht jeder mit sich stumm ausgemacht es erst einmal so zu belassen? Seine Nähe würde mir sicherlich beim Einschlafen helfen. Ich wollte nicht länger darüber nachgrübeln, was sein könnte oder auch nicht.

»Das hört sich gut an«, antwortete ich mit belegter Stimme.

Was verbirgt sich hinter der Schranktür?

Die ersten Sonnenstrahlen fielen durchs Fenster. Am Abend hatte ich vergessen, den Sonnenladen vorzuschieben. Stefan lag eng an mich gekuschelt, den Arm hatte er um meine Taille gelegt. Ich lauschte seinen tiefen Atemzügen. Nach leidenschaftlichen Küssen hatte Stefan in der Nacht die Handbremse angezogen und mir ins Ohr geflüstert, dass wir für unsere Vereinigung genügend Zeit hätten. Er wünschte sich, dass wir später gern an unseren ersten Sex zurückdenken würden. Unser Vorhaben sollte zu dem Zeitpunkt keine Rolle mehr in unserem Leben spielen, sondern die wunderschöne Erinnerung uns nah gekommen zu sein. Er sprach aus, was mir im Kopf herumschwirrte.

Um ihn nicht zu wecken, rührte ich mich kein Stückchen. Wollte diesen Moment, solange es ging, genießen.

Leider wurde er von meinem Gedankenkarussell zunichtegemacht. Schlagartig spukte mir im Kopf unser Vorhaben herum. Von den Zehen ausgehend spürte ich die Ameisenarmee. Sie marschierte im strengen Schritt aufwärts, bis hin zu den Haarwurzeln.

»Was ist?« Stefan beugte sich über mich. »Du zitterst total.«

»Entschuldige«, flüsterte ich, »ich wollte dich nicht wecken. Die Panik hat mich im Griff.«

Er drehte mich zu sich, schob einen Arm unter meinen Kopf, den anderen legte er locker um meine Körpermitte. »Möchtest du darüber reden?«

»Als ich erwachte, ging es mir gut. Auf einmal ...«, schluchzte ich.

»Findest du es besser, wenn wir nicht in Evgenías Haus gehen?« Mit den Fingern drehte er eine meiner Haarsträhnen.

»Vielleicht bekommen wir niemals mehr eine solche Chance geboten. Denn Pédros wird uns nicht freiwillig den Schrank öffnen.«

»Da stimme ich dir zu.« Er gab mir einen Kuss auf den Scheitel. Seine liebevollen Berührungen beruhigten mich und die Armee zog sich langsam zurück.

»Ich mache uns ein deftiges Frühstück, während du unter die Dusche springst.« Stefan ließ mich frei und stand auf.

»Soll ich dir nicht helfen?« Unsicher stellte ich mich auf die Beine, die mir wie Gummi vorkamen.

»Das schaffe ich schon.«

Während des Frühstücks auf der Terrasse beobachteten wir das gegenüberliegende Haus.

»Die Kollegen steckten mir, dass die beiden um elf einen Termin in Sitía hätten.« Stefan biss in ein Käsebrot, das er obenauf mit einer Scheibe Tomate belegt hatte.

»Wussten sie auch, worum es sich handelt?«

»Nein. Aber wir haben mindestens eineinhalb Stunden Zeit, das ist die Fahrzeit für hin und zurück.«

»Meinst du wirklich, dass wir bei den beiden einbrechen sollten?« Ich räumte die Teller zusammen, brachte sie in die Küche. Eine Antwort erwartete ich auf die Frage nicht. Mir selbst bewusst darüber, dass wir unser Vorhaben durchziehen mussten.

Stefan stürmte in die Küche. »Mach dich fertig, sie fahren los.« Schnell stellte er die letzten Esswaren vom Tisch in den Kühlschrank. Ich schlüpfte in die festen Schuhe.

»Bist du bereit?«, fragte Stefan, als ich auf die Terrasse kam.

»Nicht wirklich.« Sofie strich um meine Beine. Ich bückte mich zu ihr hinunter. »Tut mir leid, mir fehlt die Zeit mich jetzt um dich zu kümmern.« Streichelte ihren Rücken, den sie bei meinen Berührungen hochdrückte.

»Setz dich einen Moment, wir warten ein Weilchen, damit wir sicher gehen können, dass sie nicht zurückkommen«, meinte Stefan, der nervös hin- und herrannte.

»Erst hetzt du mich und jetzt soll ich mich in aller Ruhe hinsetzen? Ich habe das Gefühl, mein Puls ist auf hundertachtzig!« Ich lehnte mich an die Hauswand. Mein Blick haftete auf Pédros' Haus. Wieso sagte ich immer wieder, es wäre sein Haus? Eher Evgenías, denn er selbst wohnte ja zuvor an der Westküste. Wieso schossen mir solch unwichtige Gedanken durch den Kopf? Wollte ich mich damit beruhigen? Nein!

Mein Sinn für Gerechtigkeit trat zum Vorschein. In meinen Augen unterdrückte Pédros seine Schwester, aus welchem Grund auch immer. Vielleicht würden wir irgendwann eine Antwort darauf finden.

Fünfzehn Minuten später setzten wir uns in den Wagen und fuhren los. Weder Stefan noch ich sprachen ein

Wort, auch nicht darüber, wie wir vorgehen wollten. Er hielt direkt vor der Eingangstür.

»Ist das nicht zu auffällig?« Ich schaute Stefan fragend an.

»Im Grunde ist es egal, wo wir den Wagen abstellen, gefährlich ist es allemal.« Er stieg aus, ließ den Schlüssel stecken.

Mit Schlottern in den Beinen rutschte ich vom Beifahrersitz. Stefan stand bereits an der Haustür, sah sich nach allen Seiten um. Dann stellte er fest, dass die Tür verschlossen war.

»Hast du nicht gemeint, sie würde immer offenstehen?«, fragte ich.

Neben dem Eingang befand sich ein Blumentopf mit einer Aloe Vera darin. Er hob ihn an und zum Vorschein kam ein Schlüssel.

»Woher wusstest du das?«

»Intuition.« Er lächelte mich an. »Jetzt gehen wir rein. Bist du bereit?«

»Nein, natürlich nicht, aber es bleibt mir nichts anderes übrig, damit wir der Wahrheit endlich ein Stück näherkommen.«

Stefan nahm meine Hand und zog mich in den Flur.

Meine Augen mussten sich erst einmal an die Dunkelheit gewöhnen. Kurz darauf standen wir im Wohnzimmer. Mein Blick richtete sich auf den Schrank.

»Soll ich ihn öffnen oder möchtest du selbst?«, fragte Stefan.

»Lieber du, ich bleibe erst mal in sicherer Entfernung stehen.«

»Sicherer Entfernung? Da wird ja jetzt keine Bombe oder so etwas explodieren oder ein böses Etwas herausspringen.«

»Machst du dich über mich lustig? Wenn ja, ist das im Moment der absolut falsche Zeitpunkt.« Meine Magensäure stieg hoch. Mir wurde von jetzt auf gleich derart übel, dass ich mir die Hand vor den Mund hielt, um den Brechreiz zu unterdrücken. Als Nächstes marschierten die Ameisensoldaten im Gleichschritt über die Haut. Mein Körper fing zu beben an. Ich setzte mich in den Sessel, der sich in meiner Nähe befand. Stefan öffnete die Schranktüren. Mein Blick haftete auf dem Inhalt.

Stefan holte einen Bilderrahmen heraus, hielt ihn mir entgegen. »Schau mal, auf dem Foto sind Evgenía, Konstantínos und ...«

»Ich«, vollendete ich seinen Satz. Er reichte mir den Rahmen, ich sah mir das Bild ganz genau an und horchte in mich hinein: Das bin ich gewesen? In meinem anderen Leben. Im Leben vor diesem jetzigen Leben?

Verband mich eine Ähnlichkeit mit Iléktra, die ich in die jetzige Zeit mitgenommen hatte? Feststellen konnte ich nichts.

»Spürst du irgendetwas?« Stefan kniete sich vor mich.

»Panik, aber sie hält sich in Grenzen. Auf dem Foto erkenne ich das Kind nicht wieder. Es hatte Zöpfe, hier hat es kurz geschnittene Haare.«

»Magst du mal näher rankommen, schaffst du das? Ich möchte nicht alles rausnehmen. Schwer, es später an die gleiche Stelle zurückzustellen.«

Stefan half mir beim Aufstehen. Mit kleinen Schritten

trat ich näher. Ich sah mir weitere sieben Bilderrahmen an, auf nicht einem einzigen hatte das Mädchen lange Zöpfe.

Iléktra wirkte glücklich, ihre Augen strahlten. Evgenía faltenfrei und Konstantínos Figur im Gegensatz zu jetzt sportlich. Auch die Augen der Eltern leuchteten. Die drei lächelten, schauten sich gegenseitig an. Es sah eher nach einer harmonischen Beziehung zwischen ihnen aus als nach einem Vater, der zum Mörder seiner eigenen Tochter wurde. Meine Panik verschwand, denn ich empfand keine Gefahr, die vom Inhalt des Schrankes ausging. Im oberen Fach lag die Puppe. Sie hatte Zöpfe und als ich sie erblickte, kam die Panik schlagartig zurück. Peng! Sofort machte ich einen Schritt zurück.

»Was ist?«, fragte Stefan.

»Lass uns bitte gehen«, bat ich.

Er nickte, schloss den Schrank und wir gingen nach draußen. »Zu Hause sprechen wir in aller Ruhe über deine Gedanken und Gefühle.« Er hielt mir die Beifahrertür auf, strich sanft über meinen Handrücken. Dann lief er zurück, schloss die Tür, legte den Schlüssel ins Versteck zurück.

Zuhause stieg ich langsam aus dem Auto. Mir kam es vor, als hätte ich seit Tagen nicht geschlafen, fühlte mich erschöpft.

»Trink erst einmal Wasser.« Stefan hielt mir ein Glas entgegen. Ich hatte überhaupt nicht mitbekommen, dass er bereits im Haus war. »Und dann setz dich und erzähl mir alles genau, versuche bitte nichts auszulassen.« Er rückte sich den Stuhl neben mir zurecht.

»Viel gibt es nicht zu sagen. Ich hatte Panik, doch beim Anblick der Bilder fühlte ich nichts. Nein, nichts ist nicht richtig. Die Panik legte sich, ich sah dort in glückliche Gesichter.« Ich schaute auf und in seine Augen.

»Du meinst, die Bilder haben dich nicht in eine Schockstarre versetzt.«

»Das hättest du sicher bemerkt.«

»Ich möchte es genauestens wissen, um mir ein klares Bild machen zu können.«

»Von den Fotos ging keine Gefahr aus. Ich hatte auch nicht das Gefühl, dass ich das Mädchen bin, das dort mit seinen Eltern fotografiert wurde. Kein bisschen.«

»Gut. Noch etwas anderes?«

»Das Mädchen hatte keine langen Haare. Iléktra aus meiner Rückführung hatte Zöpfe.«

»Stimmt!« Stefan hieb sich mit der Hand vor die Stirn. »Das ist mir selbst nicht aufgefallen. Und weiter?«

»Beim Anblick der Puppe kam meine Panik wieder auf. Und die Puppe trägt Zöpfe.«

Nach meinen letzten Sätzen blieb es lange Zeit still zwischen uns. Stefan schien angestrengt zu überlegen. Und auch ich suchte in meinem Gehirn-Archiv nach Übereinstimmungen. Irgendetwas passt nicht zusammen, stellte ich nach langem Denken fest.

»Ariane, möchtest du wissen, wie ich über alles denke?«

Als Antwort brachte ich ein Nicken zustande.

»Deine Angst hat sich beim Anblick der Fotos zurückgezogen, somit ging von den abgebildeten Personen kei-

ne Gefahr für dich aus. Als du Konstantínos gegenübergestanden hast, meintest du, er hätte eher traurige Augen
und auch dort kam keine Angst auf gegen seine Person.
Evgenía mochtest du von Anfang an. Liege ich bis jetzt
mit meinen Ausführungen richtig?«

»Ja.«

»Konstantínos war der Mann auf dem Felsen mit dem
Kindergesicht. Du konntest ihn zu dem Zeitpunkt auf-
grund der Dunkelheit nicht genau erkennen. Richtig?«

»Ja.«

»Dann bleibt im Moment die Puppe Jana übrig, die bei
dir die Angst auslöst. Dazu kommt deine weiterhin un-
begründete Panik vor dem Meer. Ich rede von deinem
jetzigen Leben!«

»Ich stimme dir in allem zu.«

»Dann komme ich zu meiner Schlussfolgerung.«

Nervös rutschte ich auf dem Stuhl hin und her, hing an
Stefans Lippen.

»Das Meer und die Puppe haben nichts mit der Familie, die aus Iléktra, Konstantínos und Evgenía besteht, zu
tun.«

Verwirrt schüttelte ich den Kopf und hakte nach.

»Wie meinst du das?«

»So leid es mir tut, Ariane, aber wir müssen noch mal
ganz von vorne anfangen. Deine Panikanfälle haben
nichts damit zu tun, dass du von jemandem ermordet
worden bist. Iléktra ist durch einen Unfall ertrunken, das
wissen wir, aber ...«

»Was, aber? Ich bin Iléktra!«, schrie ich und von da an
war für den Moment an ein weiterführendes Gespräch

nicht zu denken. Ich schaltete ab, ließ Stefan nicht mehr zu Wort kommen.

Eine Woche lang strichen wir das Thema um meinen Tod aus dem früheren Leben aus unserer Konversation.

Stefan ging weiterhin seiner Arbeit beim Bauern in der Stadt nach. Von meiner Seite bestand kein Interesse, Geld hinzuzuverdienen. Noch konnte ich von den Ersparnissen leben. Ich verbrachte die Zeit rund ums Haus. Kaufte mir eine Hängematte, spannte sie zwischen zwei Olivenbäume. Stundenlang konnte ich dort verbringen, Sofie immer mit dabei. Sie lag eingerollt auf meinem Bauch. Abends bereitete ich für Stefan und mich ein Essen zu. Oft bestand es aus Gemüse, das er vom Bauern geschenkt bekommen hatte. Zum Einschlafen kuschelten wir uns aneinander, obwohl die Nächte ziemlich schwül waren. Doch allein Stefans Nähe brachte Ruhe in mein Seelenleben.

Oft erwischte ich mich dabei, dass ich auf der Terrasse saß und Evgenías Haus beobachtete. In meiner Gedankenwelt war sie meine Mutter aus dem Vorleben. Ich malte mir aus, wie es sein würde, wenn wir jetzt eine freundschaftliche Beziehung aufbauen könnten. Würde Evgenía mich, so wie meine Mutter aus dem jetzigen Leben, für verrückt erklären lassen und mich wegsperren? Dies konnte ich mir bei der herzlichen Bäuerin, so wie ich sie kennengelernt hatte, nicht vorstellen. Ich war froh darüber, dass Stefan nicht ein einziges Mal das Gespräch in Richtung Vorleben anfing, wusste jedoch, dass ich mit meiner Aquaphobie nur ein kleines Stück weitergekommen war. Tief in mir wollte ich diese Altlast endlich loswerden und ein freieres Leben führen. Ich überlegte, ob ich mich immer wieder ins Wasser zwingen sollte, bis ich irgendwann den Bann gebrochen hatte. Mir schauderte bereits beim Gedanken daran.

Überraschender Besuch

Ich lag in der Hängematte, döste vor mich hin. Streichelte dabei Sofie und lauschte ihrem Schnurren. Da hörte ich, dass sich ein Auto dem Haus näherte. Als ich hochsah, erkannte ich ein Taxi. Hatte der Mann sich verfahren? Oder hatte Stefan einen Autoschaden und ließ sich nach Hause bringen? Der Wagen hielt, der Taxifahrer stieg aus und grüßte winkend zu mir herüber. Ich stand auf und als ich aufs Auto zuging, stieg von der Rückbank mein Vater aus. Papa? Was wollte der denn hier? Und Mutter? Nein, nur er. War meiner Mutter etwas zugestoßen? Hatten sie mich telefonisch nicht erreichen können? Ferngesteuert und mit Angstgefühlen ging ich auf meinen Vater zu.

»Hallo, Ariane«, grüßte er freundlich lächelnd.

»Papa! Was machst du denn hier?« Schritt näher auf ihn zu, hielt jedoch Abstand, zu tief saß der Stachel, dass er und Mutter mich hatten einweisen lassen. Vater hatte keine Skrupel, er nahm mich in den Arm, drückte mich an sich. Mir blieb die Luft weg und ich wand mich aus seiner Umarmung.

Der Taxifahrer holte aus dem Kofferraum Papas Gepäck. Mein Vater zahlte und schon verabschiedete sich der Mann mit einem »Jassas.«

»Ist das eine Hitze. Hast du ein Glas Wasser für mich?« Papa stellte den Koffer auf die Terrasse, ließ sich in einen

Stuhl fallen, zog ein Taschentuch heraus und wischte sich den Schweiß von der Stirn.

»Magst du lieber Orangensaft?«, fragte ich, bereits auf dem Weg in die Küche.

»Erst Wasser, danke«, hörte ich ihn hinter mir sagen.

Ich reichte ihm das Glas, nahm ihm gegenüber Platz.

Traute mich nicht zu fragen, ob etwas passiert war, und wartete geduldig darauf, dass Papa anfing zu erzählen.

Mit dem Handrücken wischte er sich über den Mund. »Ganz schön heiß hier.«

»Ja, aber wenn man sich daran gewöhnt hat, fällt es einem nicht mehr so auf.«

»Schön ruhig wohnst du«, stellte er fest.

»Mir gefällt es sehr.« Nun müsste er endlich mit der Sprache herausrücken, dachte ich.

Papa trank wieder aus dem Glas, blieb stumm.

Meine Geduld ging langsam, aber sicher zu Ende.

»Gibt es einen bestimmten Grund, warum du hergekommen bist?« Den Kopf legte ich zur Seite, sah ihm skeptisch in die Augen.

»Ich wollte es dir persönlich mitteilen und nicht am Telefon.«

»Spann mich nicht auf die Folter«, erwiderte ich mit unterkühlter Stimme. Verdammt, ich konnte ihm nicht verzeihen, was er mir angetan hatte.

»Ich habe mich von deiner Mutter getrennt«, sagte er mit abgewandtem Blick.

»Du hast was?« Ich war entsetzt.

»Nach meiner Rückkehr werde ich die Scheidung einreichen.«

Mit allem hatte ich gerechnet, ach nein, ich hatte ja mit nichts gerechnet, weil es mir egal war und ich längst eine Schutzmauer aufgebaut hatte, gegen die Verletzung, die ich von ihm und Mutter erlitten hatte.

»Und da kommst du extra nach Kreta, um mir das mitzuteilen? Mal ehrlich, ein Anruf hätte mir gereicht oder ich hätte es irgendwann einmal erfahren, wenn ich in Köln wäre.«

Mit traurigen Augen sah Vater mich an. Ob betrübt über seine Trennung oder meine ausgesprochenen Worte? Egal, es berührte mich nicht. »Möchtest du denn gar nicht wissen, warum ich mich von ihr getrennt habe?« Er setzte sich gerade auf.

»Ich habe genug mit mir selbst zu tun.« Ich stand auf und holte aus dem Kühlschrank eine Flasche Wasser, schenkte meinem Vater nach und trank selbst.

»Leidest du immer noch unter der Aquaphobie?« Seine Stimme klang gebrochen.

»Nicht mehr so stark, aber ja, sie ist vorhanden.«

»Darf ich dich etwas fragen?«

»Warum nicht? Wenn ich möchte, antworte ich, wenn nicht, musst du damit zurechtkommen.«

»Bei unserem letzten Telefongespräch hast du angedeutet, du würdest nach deinem Mörder ...«

»Habe ich es mir doch gedacht«, unterbrach ich ihn. »Hast du eine einstweilige Verfügung dabei, mich wieder wegsperren zu lassen? Ist das der Grund, warum du hier bist? Lass mich einfach in Ruhe! Du und Mutter, ihr habt niemals Verständnis für meine Phobie aufgebracht.« Ich sprang auf, ging auf Abstand, vermied meinen Vater dabei anzusehen. »Seit meiner Kindheit bin ich in Behandlung bei Psychologen. Es hat alles nichts gebracht, außer dass mir eingetrichtert wurde mich der Phobie zu stellen, sie durchzustehen. Dann würde alles wie ein Wunder verschwinden. Pusteblume, es verschwindet nichts!« Ich wollte gehen.

Vater stellte sich mir in den Weg. Griff meine Oberarme mit seinen Händen. »Bleib stehen und höre mir mal genau zu.«

Ich verschränkte die Arme vor der Brust.

»Ich gehöre nicht zu den Menschen, die eine andere Person schlecht machen wollen. Doch mir ist es im Moment äußerst wichtig, dass du und ich ein normales Gespräch führen können. Deine Mutter war hinter allem die treibende Kraft. Ja, ich als Mann hätte mehr Stärke, mehr Durchsetzungsvermögen an den Tag legen, und kein Feigling sein sollen. Heute weiß ich es, doch ich brauchte meine Zeit, um mich selbst zu finden und die Trennung zu deiner Mutter endlich durchzuziehen.«

Abrupt ließ er mich los, ich kam ein wenig ins Schwanken.

»Was heißt endlich?«

»Ariane, kann ich bei dir wohnen oder muss ich mir ein Zimmer suchen? Ich bin müde, mein Flieger ging mitten in der Nacht los. Im Moment bin ich zu ausgepowert, um das Gespräch an dieser Stelle weiterzuführen. Ich bitte dich um dein Verständnis und ich verspreche, nein, ich schwöre dir, ich werde dir alles erzählen. Die gesamte Wahrheit von Anfang an.«

Vater sah mich aus müden Augen an.

»Ich habe kein Zimmer frei. Du kannst dich auf der Couch oder dort in der Hängematte ausruhen. Wenn Stefan ...«

»Wer ist Stefan?« Erstaunt sah er mich an.

»Mein Freund, wir wohnen zusammen. Er kommt am späten Nachmittag von der Arbeit, dann schauen wir uns nach einer Unterkunft für dich im Dorf um.« Ohne auf eine Reaktion von seiner Seite zu warten, rollte ich den Koffer ins Wohnzimmer. Er folgte mir. »Dort«, ich zeigte auf die linke Tür, »kannst du dich frischmachen. Handtücher liegen im Regal.«

»Ariane.« Am Tonfall erkannte ich seine Erschöpfung. Drehte mich zu ihm um. »Ja.«

»Denk nicht, dass ich die Eiszeit zwischen uns nicht spüre. Und ich werde mich jeder deiner Fragen stellen, das bin ich dir längst schuldig.« Vater öffnete den Koffer, entnahm ihm die Kulturtasche.

»Du tust ziemlich geheimnisvoll. Bin ich von dir nicht gewohnt. Wenn du Hunger hast, kannst du dich am Kühlschrank bedienen. Kommst du zurecht? Kann ich dich alleine lassen, ich brauche erst mal Zeit für mich, um damit klar zu kommen, dass du vor meiner Tür aufgetaucht bist.«

»Geh und mach ruhig, was du für richtig hältst. Ich lege mich hin und versuche zu schlafen.«

Als Vater in Richtung Bad ging, folgte ich ihm mit meinen Blicken. Sein Gang war schleppend, Papa um Jahre gealtert.

Am späten Nachmittag kam Stefan nach Hause. Ich lag weiterhin in der Hängematte, damit ich im Haus keine Geräusche machte, solange mein Vater schlafen wollte. Sofie streckte sich, dann sprang sie hinunter und lief auf Stefan zu. Der bückte sich und streichelte ihr kurz übers Fell.

Er kam zu mir, gab mir einen Begrüßungskuss. »Was ist passiert? Wenn ich sonst nach Hause komme, klappern bereits die Teller in der Küche. Heute nicht?«, sagte er in scherzhaftem Ton.

»Mein Vater ist da«, brachte ich es kurz auf den Punkt.

»Dein Vater? Wo, wie jetzt? Ich wusste gar nicht, dass er kommen wollte.« Stefan setzte sich auf die Hängematte, die daraufhin ins Schaukeln geriet.

»Hey, ich falle runter.«

»Wirst du nicht, ich habe mich mit den Beinen am Boden abgestützt. Erzähl.«

»Da gibt es nicht viel zu sagen. Er hat sich von meiner Mutter getrennt und wollte es mir persönlich mitteilen.«

»Deine Mutter ist also nicht mit.«

Ich schüttelte den Kopf.

»Hat er gesagt, warum sich deine Eltern getrennt haben?«

»Noch nicht. Müde vom Flug wollte er erst einmal ausruhen. Danach, so sagte er, würde er mir alles erzählen und meine Fragen beantworten.«

»Mmm«, kam es von Stefan rüber. Ihm fehlten wohl genauso wie mir die Worte.

»Wir müssen eine Unterkunft für ihn besorgen. Könnten wir ins Dorf fahren zu Britta ins Touristenbüro? Dort werden wir sicherlich ein Zimmer für ihn finden.«

»Wie lange hat er vor zu bleiben?«

Ich zuckte mit den Schultern. »Hat er nicht gesagt.«

»Vielleicht sollten wir warten, bis er wach geworden ist und gemeinsam fahren. Bist du damit einverstanden?«

»Machen wir. Aber jetzt lass mich mal bitte aufstehen, das ist mir zu unsicher mit dir gemeinsam auf der Hängematte.«

Stefan stand als erster auf, dann ich. In dem Moment trat mein Vater auf die Terrasse. Er reckte sich und rieb sich die Müdigkeit aus den Augen.

Ich nahm Stefans Hand, wollte damit demonstrieren, dass er zu mir gehörte. Und wenn ich seine Wärme spürte, gab es mir Sicherheit und Schutz. »Papa, darf ich dir meinen Freund Stefan vorstellen«, sagte ich, an meinem Vater gewandt, danach zu Stefan: »Mein Vater.«

Zum Gruß reichten sie sich die Hände. »Freut mich Sie kennenzulernen«, sagte Stefan.

»Ich habe heute erst von Ihnen erfahren«, antwortete mein Vater lächelnd.

»Besser als nie«, erwiderte Stefan. »Nehmen Sie doch bitte Platz, ich hole uns ein kühles Bier.«

»Gute Idee«, hörte ich Vater sagen.

Die beiden scheinen sich ja von Anfang an gut zu verstehen, dachte ich.

Ein Stich ging mir durchs Herz. Irgendwie war mir das nicht ganz recht. Stefan wusste schließlich, was meine Eltern mir angetan hatten. Fiel er mir jetzt in den Rücken oder war es einfach Freundlichkeit, die ihn veranlasste meinem Vater ein Bier zu holen? Schnell schob ich die negativen Gedanken beiseite. »Stefan und ich fahren gleich mit dir zusammen ins Dorf, um im Touristenbüro nach einer Unterkunft zu fragen.«

»Dein Vater könnte auch hierbleiben, wenn ich zu dir ins Zimmer ...« Stefan reichte Papa eine Flasche. Sie prosteten sich zu.

»Nein, es ist besser, wenn wir im Dorf etwas finden«, fiel ich ihm ins Wort. »Und wo ist mein Bier?«

»Och ... wieso hast du nichts gesagt, dann hätte ich dir eins mitgebracht. Warte, ich eile. Mit oder ohne Glas?«

»Das weißt du doch, bitte mit.«

Vater beugte sich zu mir herüber.

»Ariane, ich will dir keine großen Umstände machen. Bitte, lass uns versuchen, auf einem vernünftigen Weg miteinander auszukommen und zu reden. Ich würde gern ein Zimmer im Dorf oder in eurer Nähe nehmen, denn ich bleibe wenige Tage und möchte die Zeit nutzen, um Klarheit in dein Leben zu bringen.«

»Klarheit in mein Leben?« Wütend stampfte ich auf. »Was bildest du dir ein mir Vorschriften machen zu wollen, wie ich zu leben habe! Von mir aus kannst du direkt zurück nach Deutschland.«

Vater stand auf, kam auf mich zu. Mit bitterernstem Blick sah er mich an. »Nein, Ariane, das kann ich nicht. Ich bin nicht den weiten Weg hierhergekommen, um unverrichteter Dinge zu gehen. Ich habe dir einiges zu sagen und ob du willst oder nicht, du musst mir dabei zuhören und dann wird sich vieles klären. Ich bitte dich, mir diese Chance zu geben.« So unterwürfig hatte ich Vater mir gegenüber nie erlebt. Mir blieben die Worte aus.

»Störe ich? Soll ich euch allein lassen?« Stefan reichte mir das Getränk.

»Nein, kommen Sie. Ich denke, meine Tochter hat verstanden, dass mir die Angelegenheit am Herzen liegt. Oder nicht, Ariane?«

»Es scheint dir auf jeden Fall wichtig zu sein.«

»Ist es«, meinte er, hob sein Bier an und prostete Stefan und mir zu.

Wiedersehen

Gemeinsam fuhren wir ins Dorf zu Brittas Reiseagentur.

»Schöne Gegend geblieben«, äußerte mein Vater auf der Fahrt entlang der Olivenhaine, hinunter ins Dorf.

»Da stimme ich dir zu, auch durch den Tourismus hat sich nicht viel verändert, hat mir Stefan erzählt«, sagte ich.

Stefan bog auf den Parkplatz ein.

»Hier schon.«

Ich drehte mich zu meinem Vater auf der Rückbank um. »Wie meinst du das?«

»Ein Hirte hütete auf dem Grundstück einmal Ziegen. Dort in dem fast verfallenen Häuschen war die Futterstelle der Tiere.«

»Hatte ich dir das am Telefon erzählt, ich kann mich gar nicht daran erinnern?« Ich konnte mein Erstaunen kam in Grenzen halten.

Stefan stellte den Wagen ab, zog den Schlüssel. Er sprach kein einziges Wort. Schnell stieg ich aus, klappte den Sitz zurück und ließ Vater heraus.

Der sah sich nach allen Seiten um. »Ja, ich erinnere mich genau.«

»Woran bitte? Dass ich dir davon am Telefon erzählt habe?«

Er drehte sich zu mir. »Lass uns erst einmal eine Unterkunft für mich finden.«

Was soll diese Geheimnistuerei!, schrie es in mir. Ohne mich um Vater zu kümmern, ging ich mit Stefan in Richtung Ortseingang. Papa holte uns schnell ein.

Britta bemühte sich ein Zimmer zu finden. Alle Unterkünfte im Dorf waren belegt. Britta telefonierte über eine Stunde herum. Die Situation kam mir bekannt vor. »Ich habe ein Zimmer für Sie gefunden«, sagte sie nach mindestens zehn vorherigen Absagen.

»Und wo?« Mein Gefühl sagte mir, dass ich so schnell wie möglich aus diesem Büro musste. Ich hörte das Meer, das gegenüber lag. Es schien aufgewühlt zu sein, so wie ich in meinem Inneren.

»Stefan«, Britta richtete sich an ihn, »hast du deine Unterkunft bei Pédros aufgegeben?«

»Ja, ich wohne mit Ariane zusammen.«

»Genau dieses Zimmer ist das einzige, welches in der Umgebung frei ist«, gab Britta bekannt.

»Das darf nicht wahr sein!«, sagte ich etwas zu laut.

Erstaunt sah mein Vater mich an. »Gibt es ein Problem?«

»Pédros ist auf mich nicht gut zu sprechen«, antwortete ich.

»Aber ich hatte keine Probleme mit ihm«, meinte Stefan. »Ich bin in Freundschaft dort ausgezogen. Es hat keinen Streit gegeben. Ich könnte deinen Vater dorthin bringen und ihm Pédros vorstellen.«

Ich hielt mir die Hände auf die Ohren. »Nein, das geht nicht!«

Stefan kam auf mich zu, nahm meine Hände herunter und sah mir tief in die Augen.

»Bei Pédros oder mit uns zusammen.«

Erst schaute ich Vater an, der sich in der Zwischenzeit auf einen Stuhl gesetzt hatte und sich das ganze Theater um sein Zimmer in Ruhe betrachtete.

Er hatte ja keine Ahnung, was Pédros und ich für ein Problem miteinander hatten. Ich überlegte angestrengt.

»Soll ich das Zimmer buchen oder nicht?«, fragte Britta.

»Papa«, richtete ich mich an ihn, »wie lange hast du vor zu bleiben?«

»Meinen Rückflug buche ich erst, wenn wir beide alles miteinander geklärt haben.«

»Somit spätestens übermorgen«, stellte ich für mich selbst fest, doch mein Vater zuckte mit den Schultern.

»Du musst dich entscheiden«, sagte Stefan.

»Ich könnte Vater dort nicht besuchen«, brachte ich hervor.

»Ich komme zu dir, auch wenn ich nicht weiß, worum es eigentlich geht«, sagte er.

»Einverstanden, Britta. Dann buche bitte das Zimmer. Bitte sag Pédros nicht, dass es sich beim Mieter um meinen Vater handelt, sonst wird er sofort das Angebot zurückziehen.«

»Oje, habt ihr euch so verkracht?«, erwiderte Britta. »Das geht mich nichts an, ich werde es buchen und sagen, dass Stefan den Gast zu ihm bringen wird.«

»Na, auf deine Geschichte mit diesem Pédros bin ich gespannt«, meinte Vater, als wir Brittas Büro verlassen hatten.

»Dann haben wir uns ja viel zu erzählen.« Mein Lächeln war aufgesetzt, denn in mir herrschte Unruhe und ich konnte kaum erwarten wieder zu Hause zu sein. Auf dem Weg zurück zum Parkplatz kam es mir vor, als würde Vater sich jedes einzelne Haus genau ansehen. Auf der Rückfahrt sprachen wir kein Wort miteinander. Sogar Stefan hielt sich zu meinem Erstaunen zurück. Er setzte mich zu Hause ab und fuhr direkt rüber zu Pédros. Von der Terrasse aus beobachte ich den Vorgang.

Eine geschlagene Stunde später kam Stefan zurück. »Ariane, du fällst vom Glauben ab, was ich dir zu erzählen habe.« Im Laufschritt kam er vom Auto auf die Terrasse. Setzte sich neben mich.

»Du bist ja total aufgeregt, was ist denn passiert? Hat Pédros bereits herausgefunden, dass es sich um meinen Vater handelt, hat er mit dem Gewehr auf ihn gezielt, ist mein Vater ...«

»Höre zu.« Sanft strich er mir über die Hand. »Pédros war nicht vor Ort.«

Erleichtert atmete ich tief ein und aus. Das bedeutete, meinem Vater schien nichts zugestoßen zu sein. Langsam beruhigte ich mich. »Was hat dich dann so aufgekratzt?«

»Wir sind dort angekommen, haben deines Vaters Koffer abgeladen und sind zur Eingangstür gegangen. Von drinnen hörte ich Tellergeklapper. Ich rief nach Evgenía. Sie reagierte nicht und als ich gerade ins Haus treten wollte, kam mir dein Vater bereits zuvor.«

»Das ist eigentlich nicht seine Art in fremde Häuser einfach reinzugehen. Und dann?« Ich rutschte vor Aufregung auf dem Stuhl hin und her.

»Er selbst rief nach Evgenía.«

»Meine Güte, was hat er sich da erlaubt, wenn Pédros das mitbekommen hätte«, ich sah zu Stefan auf. »Hat er nicht, oder?«

Er schüttelte den Kopf. »Mir kam es vor, als würde sich dein Vater in dem Haus auskennen, denn er ließ mich nicht vorgehen.«

»Ja und dann?«

»Kam Evgenía aus der Küche, sah ihn an, schlug die Hände vors Gesicht, weinte, lachte, alles zusammen halt.«

»Du willst mir einen Bären aufbinden. Zum Spaßen ist mir bei weitem nicht zu Mute.« Der Versuchung nah aufzustehen, hielt mich Stefan zurück.

»Dein Vater nahm sie in den Arm, drückte sie an sich und dann weinten beide.«

»Das glaube ich dir nicht.«

»Doch, Ariane, genauso hat es sich zugetragen. Dein Vater und Evgenía kennen sich.«

In dem Moment schaltete ich mich ab aus der Unterhaltung.

Stand auf, ging ins Schlafzimmer, legte mich aufs Bett und schloss die Augen. Ich wollte einfach verschwinden, weit weg. Konnte und wollte mir keinen Reim darauf machen, was mein Vater mit Evgenía zu tun hatte. Meine Mutter aus meinem ersten Leben kannte meinen Vater aus meinem jetzigen Leben. Wer spielte mir einen Streich? Ich zwickte mich in den Arm, nein, ich träumte nicht.

Stefan kam ins Zimmer, setzte sich auf die Bettkante. Ich zog die Decke komplett über mich. Versuchte, die irrsinnige Hitze, die dadurch entstand und mir das Atmen schwer machte, zu ignorieren.

»Ariane, es ist die Wahrheit, ich habe dir die Wahrheit erzählt.«

Ich nahm eine Hand hervor und winkte ab. Stefan hatte mich verstanden, er verließ das Zimmer. Erst dann kam ich aus meinem Zufluchtsort heraus. Spürte Angst. Panik davor die Geschichte aus meines Vaters Mund zu hören. Hier ging etwas nicht mit rechten Dingen zu. Von wem kam das Böse? Ein abgetakeltes Spiel zwischen Pédros, Evgenía und meinem Vater? Hatte er zuvor ausspioniert, wo er mich finden könnte? Wieviel hatte er Britta dafür bezahlt, dass er ausgerechnet dort unterkam, im Haus meiner Mutter und meines Onkels! Hatten sich alle gegen mich verschworen, um mich ohne weitere Probleme in die Geschlossene einweisen zu lassen? Und Stefan? Welche Rolle spielte er bei all dem? Konnte ich dem Mann vertrauen, den ich langsam anfing zu lieben. Ich fühlte mich allein und verlassen, mit Angst im Herzen und den Ameisen auf der Haut.

Die Wahrheit kommt ans Licht

»Ariane«, hörte ich Stefans Stimme. Verschwand sofort in mein Schutzloch. »Du liegst seit gestern im Bett. Weder trinkst du, noch stehst du auf, um etwas zu essen. Komm bitte, lass uns in aller Ruhe reden. Ich bin für dich da und möchte dir helfen.« Seine Stimme klang matt.

Keinen Millimeter rührte ich mich, erst in dem Moment, als ich hörte, dass er von der Tür wegging. Nachts hatte ich mich leise ins Bad geschlichen und mir aus der Küche zwei Flaschen Wasser geholt. Das konnte Stefan nicht wissen. Ein Hungergefühl empfand ich nicht. Fühlte mich ausgelaugt, betrogen und verraten. Hatte Angst mich der Realität zu stellen. Schloss die Augen und versuchte mich in eine andere Welt zu denken. Bloß weg von all den Übeltätern um mich herum.

Ich spürte eine Berührung an der Schulter, zuckte zusammen, dann sah ich auf. Mein Vater beugte sich über mich.

»Verschwinde, ich lasse mich nicht einweisen. Flieg einfach ab und lass mich in Ruhe.« Hysterisch wirbelte ich mit den Armen umher. Selbst überrascht von der Energie, die ich für mein Auflehnen aufbrachte.

Vater schritt bis zur Tür zurück. »Ich bin nicht hergekommen, um dich irgendwo einzuweisen. Ich bin hier, um dir zu helfen.« Seine Stimme klang brüchig.

»Das glaub ich dir nicht! Ihr habt euch alle gegen mich

verschworen!« Ich konnte mich nicht beruhigen, setzte mich gerade auf. Die Panik schnürte mir fast den Hals zu. Ich tastete ihn ab, um sicherzustellen, dass dort keine Schlinge lag, die zugezogen wurde.

»Stefan!«, rief Vater. Mein Freund stellte sich neben ihn. »Vielleicht kannst du mir sagen, warum Ariane derart ausrastet? Ich bin wirklich hergekommen, um ihr zu helfen. Dass meine Tochter bei meinem Erscheinen derart am Rad dreht, damit habe ich nicht gerechnet.«

»Josef«, setzte Stefan an.

Ich fiel ihm ins Wort. »Ach, per Du seid ihr bereits! Wie lange denn schon? Hat mein Vater dich angeheuert, vom ersten Tag an, als ich herkam?«, klagte ich.

»Dass du mir gegenüber jetzt ziemlich ungerecht bist, ist dir im Moment nicht bewusst. Da ich weiß, woher deine Panik rührt, bin ich dir deswegen nicht böse. Doch ich möchte, dass du aus dem Bett kommst, dich ein wenig frisch machst und dann setzen wir uns zu dritt zusammen und reden offen und ehrlich über alles. Ich bitte dich darum.« In Stefans Augen spiegelte sich pure Besorgnis.

Ich horchte in mich hinein. Würde der Mann, für den ich Liebe empfand, mir dermaßen wehtun wollen? Sollte Stefan mir die ganze Zeit etwas vorgespielt haben? Um ehrlich zu mir selbst zu sein, das traute ich diesem einfühlsamen Mann nicht zu.

Stefan und Papa verließen das Zimmer. Langsam wagte ich mich aus dem Bett, ging ins Bad, duschte und zog mir frische Kleidung an.

Stefan reichte mir eine Tasse Kaffee, als ich auf die Terrasse trat. Mein Vater saß im Schatten. Kater Bonzo und Kater Drago spielten mit den Schnürsenkeln seiner Schuhe. Sofie hatte es sich auf seinem Schoß gemütlich gemacht. Hatte mich auch Sofie verraten? Irre Gedanken, die sich im Kopf abspielten. Vielleicht war ich auf gutem Weg, den Verstand zu verlieren oder hatte ihn bereits seit Jahren ... Ich brach die düsteren Überlegungen ab, denn ich wusste genau, dass ich klar bei Sinnen war. Setzte mich, schaute in die Runde. Niemand traute sich das erste Wort zu sprechen. Somit blieben wir eine Weile stumm sitzen. Stefan wibbelte mit den Beinen. Vater spielte mit den Kätzchen.

»Sollen wir jetzt rumsitzen und uns anschweigen?«, fragte Stefan. Gleichzeitig sahen Papa und ich zu ihm hin.

»Ich weiß nicht ...«, stotterte mein Vater. »Es ist alles so verworren. Ich habe Angst davor, etwas falsch zu machen.« Er streichelte Sofies Rücken, sie schnurrte.

»Wenn es euch recht ist, fange ich an, denn ich bin nicht so tief involviert wie ihr beiden und vielleicht, wenn ich den Anfang mache, ist es für euch leichter«, schlug Stefan vor.

Ich nickte und auch Papa stimmte ihm zu.

»Josef, dir ist bekannt, dass deine Tochter an einer Aquaphobie leidet. Liege ich damit richtig?« Er sah Vater an.

»Ja. Seit ihrer Kindheit.«

»Und ich weiß von Ariane, dass du und deine Frau ihr ermöglicht habt, damit klarzukommen, indem ihr sie habt eine Therapie machen lassen.«

»Etliche Therapien ...«, murmelte ich.

»Ja, das stimmt«, antwortete Papa. »Unsere große Hoffnung, dass Ariane dadurch ein normales Verhältnis zu großen Gewässern erhält, fand nach drei verschiedenen Therapeuten ihr Ende.«

»Als ich älter wurde, habe ich weitere Ärzte aufgesucht. Ich habe versucht mich an die Anweisungen der Psychologen zu halten, doch ...« Ich hielt inne, jedem von uns war bewusst, dass mir bis dato niemand geholfen hatte.

»Gut. Da haben wir ja schon mal einen Anfang, auf den wir aufbauen können.« Stefan lehnte sich im Stuhl zurück.

Vater setzte sich nun so, dass er mir genau in die Augen sah. Und ich wusste, jetzt würde ich etwas erfahren, was mir nicht guttun würde.

»Ariane, ich möchte dir endlich sagen, warum ich mich von deiner Mutter getrennt habe. Magst du mir jetzt zuhören?« Er setzte Sofie auf dem Boden ab. Sie miaute, strich ihm kurz ums Bein und verschwand dann in Richtung Hängematte. In dieser würde ich in diesem Moment gerne liegen. Die Seele baumeln lassen, mit Sofie auf dem Bauch, und fünf einfach gerade sein lassen. Doch ich saß fest und war mir bewusst, ein Weglaufen würde mir nicht helfen. Die Vergangenheit würde mich schneller einholen, als ich die wenigen Schritte bis hin zur Hängematte schaffte. Da ich unfähig war, meinem Vater mit Worten zu antworten, machte ich eine ihn auffordernde Handbewegung.

»Ich habe deine Mutter deinetwegen verlassen«, folgten darauf die Worte.

»Sag mal, geht's noch? Du willst mir das Aus eurer Ehe in die Schuhe schieben?« Wütend hieb ich mit der Faust auf die Stuhllehne. »Den Schuh zieh ich mir nicht an!«

»Ariane«, mischte sich Stefan ein, »ich denke, dein Vater hat sich nicht geschickt ausgedrückt. Höre ihm weiter zu. Und du, Josef, bitte sprich.«

»Entschuldige, ich wollte keine Schuldgefühle bei dir aufkommen lassen. Das war wirklich eine schlecht gewählte Formulierung.«

»Gut, Entschuldigung angekommen.« Ich spürte meinen Puls in der Halsschlagader, so sehr hatten mich seine Worte in Rage gebracht.

»Also fange ich nochmals an. Als Eltern sollte man an einem Strang ziehen, das würde dem Kind helfen, und Mutter und Vater nicht gegeneinander ausspielen. Ich stand immer hinter den Dingen, die deine Mutter für richtig hielt, auch wenn ich oft einen anderen Standpunkt vertreten habe. Deine Mutter ließ diesen nicht gelten.« Er rieb sich die Hände an der Jeans ab. Zog ein Taschentuch aus der Tasche und wischte sich über die Stirn, auf der sich etliche Schweißperlen gebildet hatten. Dann sprach er weiter: »Wenn wir uns stritten, ging es oft darum, dass deine Mutter mit meinem Job nicht einverstanden war. Immer und immer wieder warf sie mir meine für sie dreckige Arbeit vor, wollte, dass ich mehr danach strebte, ein angesehener Anwalt, Arzt oder Notar zu werden.«

»Hattest du das nicht studiert?«

»Ja, ihr zuliebe. Du weißt, wir waren ziemlich jung, als

wir zusammenkamen.«

»Ich weiß.«

»Deine Mutter hatte einen guten Job gefunden, als Assistentin in einer Kanzlei. Ich ging damals auf die Uni. Ungern, denn in Wirklichkeit lag mir das Studieren überhaupt nicht. Deine Mutter wurde schwanger. Ich freute mich auf unser Kind. Die Schwangerschaft verlief mit Komplikationen, deine Mutter musste viel liegen und konnte daher nicht ihrem Job nachkommen. Also fiel ihr Verdienst aus.«

»Das hat mir niemals jemand von euch erzählt«, warf ich ein.

»Wir haben dir viel nicht erzählt, Ariane. Im Nachhinein bereue ich die verpassten Augenblicke aufs Tiefste.« Vater wischte sich eine Träne von der Wange. Ich nickte. »Die schwierige Schwangerschaft war für mich damals das Beste, was mir passieren konnte.«

»Bitte?« Ungläubig krauste ich die Stirn.

»Warte, ich kläre es direkt auf. Wir standen ohne Einkommen da, jemand musste die Familie ernähren. Endlich konnte ich das Studium ohne schlechtes Gewissen deiner Mutter gegenüber aufgeben und fing in einer Schrauber-Werkstatt an. Dort lernte ich den Beruf als Automechaniker von der Pike auf, ohne auf die Schule gehen zu müssen. Ich fühlte mich befreit, meinen Traumjob auszuüben. Und wie du weißt, schraube ich bis heute noch leidenschaftlich an Oldtimern herum.«

»Das stimmt. Ich erinnere mich, als Kind hast du mich oft mit in deine eigene Werkstatt genommen. Natürlich wurde ich dabei dreckig und Mutter hat uns die Hölle heiß gemacht, wenn ich mein hübsches Kleidchen mit Öl beschmiert hatte.« Ich lächelte in mich hinein, das waren wunderschöne Kindheitserlebnisse.

Vater stimmte zu. »Ich ging in meinem Job förmlich auf und deine Mutter dadurch eher unter.« Er hielt inne.

»Wie meinst du das?«, fragte ich erstaunt, denn ich konnte mich nicht an eine Situation erinnern, in der Mutter meinem Vater seine Arbeit vorgeworfen hatte. Auf jeden Fall nicht in meinem Beisein.

»Sie wollte einen Anzugträger mit Titel. Den konnte ich ihr nicht bieten.«

»Und wieso habt ihr euch nicht längst getrennt?«

Vater blickte zu Boden, saß in gebeugter Haltung. Sein Atmen ging schnell. Ich konnte es genau erkennen, denn sein Hemd bewegte sich auf und ab.

Meine Ameisen standen in Warteposition, ich spürte, sie wollten heraus, sich über den Körper hermachen. Mit starker Willenskraft versuchte ich sie in Grenzen zu halten.

Vater setzte sich wieder gerade hin, sah mich an. »Du warst sieben. Wir machten Urlaub, hier auf Kreta.«

»Bitte? Wir waren wirklich auf Kreta? Wieso kann ich mich daran nicht erinnern?« Ich sprang auf, ging auf und ab, wollte damit die Ameisen weiterhin vor ihrem Sturm über mich in die Schranken weisen. Abrupt blieb ich stehen.

»Moment mal, mir fällt da etwas ein. Wir waren immer in Urlaub, jedes Jahr, oder?« Ich sah Vater an.

Er nickte.

»Und wir haben Bilder gemacht, denn ich weiß, wie ich

mit Mutter zusammensaß und wir uns die Fotos ständig angesehen haben.«

»Du hast so getan, als würdest du deiner Mutter Reisen verkaufen und ihr damit die Orte schmackhaft machen wollen. Eins deiner Lieblingsspiele.«

»Von einem Jahr gibt es keine Bilder. 1982. Ich bin mir ganz sicher, denn mit Zahlen kenne ich mich von Berufswegen aus, Zahlen vergesse ich nicht so schnell. Habe ich recht, Papa?«

»1982 waren wir auf Kreta.«

»Genau in diesem Dorf?«

»Ja. Wir haben im Hotel Móchlos gewohnt.«

»Und habt ihr damals keine Fotos gemacht?«

»Doch, haben wir.«

»Was ist mit ihnen passiert?«

»Deine Mutter und ich haben sie vor dir weggesperrt.«
Ich schluckte trocken. »Warum?«

»Tja, da sind wir an dem Punkt angekommen, der mir schwer fällt, dir zu erzählen.«

Die Ameisenarmee lief los. Ich sackte ein wenig in mich zusammen, raffte mich jedoch gleich wieder hoch. Stefan sprang auf und stütze mich, brachte mich zum Stuhl zurück.

»Josef«, sagte Stefan, »Ariane erlebt gerade einen Panikanfall, ich denke, wir geben ihr Zeit, bis er abgeklungen ist.«

Mit Tränen in den Augen sah ich ihn dankbar an. In mir tobte ein Vulkan. Das Herz raste, der Atem viel zu schnell und die Armee tat den Rest dazu. Zwei Möglichkeiten standen mir zur Wahl. Ruhig bleiben und abwarten, es akzeptieren, dass es in dem Moment so mit mir war oder mich reinsteigern, bis hin zu Todesängsten. Ich spürte Stefans Hand, die auf meinem Rücken lag und ließ die Panikwelle über mich ergehen. Die ganze Zeit über sah Vater mich mit verlorenem Blick an. Er formte die Lippen, doch kein Ton entwich.

Nachdem mein Atem regelmäßig ging, reichte mir Stefan ein Glas Wasser. »Trink, damit dein Kreislauf nicht absackt.«

Dankend nahm ich das Glas entgegen, seufzte tief, spürte eine leichte Entspannung.

»Papa. Meine Attacke ist vorerst vorüber. Ich fühl mich ausgelaucht und bin müde. Doch ich weiß, wenn ich mich ausruhen würde, wäre es ein Herauszögern vor der Wahrheit. Ich möchte sie wissen und versuche durchzuhalten. Erkläre mir, warum ich die Bilder nicht sehen durfte.«

Vater schien zu überlegen, ob er wirklich weitersprechen sollte.

»Josef, egal wie schlimm es ist, vielleicht liegt dort der Schlüssel für Arianes Phobie.«

»Das hast du richtig erkannt, Stefan. Du hättest Psychologie studieren sollen«, sagte Vater mit aufgesetztem Lächeln.

»Das habe ich«, antwortete Stefan kurz.

»Oh, das habe ich nicht gewusst«, erwiderte mein Vater.

»Woher auch.«

Durch diese Konversation zwischen Stefan und Vater wurde mir klar, dass die beiden sich vor dem jetzigen

Zusammentreffen nicht gekannt hatten. Es beruhigte mich und nun konnte ich mich wieder ganz auf Stefan einlassen und ihm vertrauen.

»Können wir zum Thema zurückkommen?«, fragte ich, da ich nicht wusste, wie lange sich meine Armee zurückhielt.

»Schon vor der Reise nach Kreta hatte ich einen Versuch gestartet, mich von deiner Mutter zu trennen. Ich konnte ihre Nörgelei, dass ich ein Schrauber und kein Anwalt bin, nicht mehr ertragen. Es gab genug andere Gründe, die spielen jedoch jetzt keine Rolle, das sind Sachen zwischen deiner Mutter und mir. Sie bat mich eindringlich, den Urlaub gemeinsam zu verbringen und in aller Ruhe, mal weg vom Alltag, über unsere Eheprobleme zu sprechen. Ich bereue bis heute, dass ich mich habe dazu breitschlagen lassen. Glaube mir, Ariane, glaube es mir.« Bittend sah er mich an.

Ich zuckte die Schultern. »Ich kann dir erst etwas glauben, wenn ich erfahre, worum es eigentlich geht und was eure Streitigkeiten mit mir zu tun haben. Ich kann mich nicht an ein einziges Mal erinnern, dass ihr euch gestritten habt.«

»Darum hatte ich deine Mutter gebeten und ausnahmsweise hielt sie sich daran.«

»Und weiter?« Ich wollte, dass er endlich zum Punkt kam, mein Magen drehte sich, Übelkeit stand in den Startlöchern.

»Drei Wochen Urlaub. Es war die Hölle für mich. Deine Mutter zog mich täglich mit ihren spitzen Bemerkungen über meine Arbeit herunter. Wenn wir andere Gäste des

Hotels kennenlernten, schwärmte sie mir ständig vor, welch angesehene Menschen es wären, mit tollen Jobs, bei denen sie sich nicht die Hände schmutzig machten. Dass ich mit der Werkstatt im Monat oft mehr verdiente als manch ein Anwalt, das scherte deine Mutter einen Dreck. Wir stritten immer dann, wenn du mit anderen Kindern gespielt oder im Bett gelegen hast.« Nervös knetete er die Hände im Schoß. »Ich hielt ihre Nörgelei nicht mehr aus. Statt im Urlaub zueinander zu finden, entfremdeten wir uns umso mehr. Zwei Tage vor dem Abflug teilte ich deiner Mutter mit, dass ich mich von ihr trennen würde. Sie tobte und schrie mich an. Mein Versuch, sie zu beruhigen lief fehl. Auf einmal standst du im Türrahmen. Beide hatten wir nicht gehört, dass du von draußen hereingekommen warst.« Ständig wischte sich Vater Tränen von den Wangen.

»Ich kann mich an nichts erinnern«, sagte ich leise, bewusst darüber, dass das, was Vater bis dato erzählt hatte, erst die Spitze vom Eisberg war.

»Du wirst es verdrängt haben«, meinte Stefan und rückte den Stuhl näher zu mir, legte die Hand auf meinen Unterarm. Meine Angst stieg, ich hielt sie im Griff, indem ich mir fest in den Oberschenkel kniff. Den Schmerz schluckte ich weg.

»Auf einmal war deine Mutter wie von Sinnen. Erst schlug sie auf mich ein. Mit Mühe ergriff ich ihre beiden Hände. Dann trat sie um sich. Ich rief dir zu: ›Ariane, geh raus mit den anderen spielen, der Mama geht's gerade nicht gut. Ich komme gleich zu dir.‹ Mit Anstrengung versuchte ich zu lächeln, dir damit die Angst zu nehmen, denn du standest wie angewurzelt im Türrahmen. Deine Freundinnen aus dem Dorf und du, ihr hattet draußen mit euren Puppen gespielt, darum hattest du deine Lieblingspuppe in den Händen und drücktest sie ganz fest an dich. Verdammt, ich konnte dir nicht helfen, dich nicht in den Arm nehmen, dir nicht die Angst und das Bild ersparen von einer hysterischen Mutter vor deinen Augen. Krampfhaft war ich damit beschäftigt, deine Mutter von mir fernzuhalten. Mit einem Mal wurde sie auf dich aufmerksam, rannte zu dir, schrie drohend: ›Das Kind nimmst du mir nicht weg!‹. Zog dich am Arm, rannte mit dir aus dem Hotel, über die Schotterstraße, vorbei an der Ziegenherde zu den Felsen.«

»Zu den Felsen? Zu welchen Felsen?« Ich war der Versuchung nah aufzuspringen, Stefan hielt mich zurück.

»Halte durch, Ariane, halte durch, es könnte der Anfang für deine Heilung sein.«

»Aber ... aber ...«, stotterte ich und konnte die Tränen schwer zurückhalten.

»Kind«, die Stimme meines Vaters klang matt herüber, »ich kam euch nicht so schnell nach. Deine Mutter rannte wie von der Hornisse gestochen und schrie immer nur: ›Das Kind nimmst du mir nicht weg!‹. Sie erreichte den Felsen. Ich brüllte sie an stehenzubleiben. Da sprang sie mit dir ins Meer. Wellen schlugen über euch zusammen.«

»Höre auf, Papa, höre auf!« Ich hyperventilierte.

Stefan reagierte sofort. »Schau mich an, Ariane, tief ein- und ausatmen, tief ein- und ausatmen. Los, mach mit!«

So gut es ging, kam ich seiner Aufforderung nach. Nach fünf Minuten atmete ich ruhiger.

»Es tut mir so leid, Ariane, es tut mir so leid«, sagte Vater.

Ein weiteres Mal bat mich Stefan, bis zum Ende durchzuhalten. Am gesamten Körper zitterte ich, sehnte mich nach Ruhe, innerlich wie äußerlich. Doch mir war bewusst, ich musste den Rest der Wahrheit erfahren. Ich sah mich in der Umgebung um, wollte versuchen, dadurch Fassung aufzubauen. Sofie lag ausgestreckt in der Hängematte. Ich sehnte mich zu ihr, wollte sie streicheln. Bonzo und Drago sah ich nicht, sie schienen auf Wanderschaft zu sein. Katzenmama ruhte in einer Kiste im Schatten des Hauses. Zikaden gaben im Olivenhain ein Konzert. Die Sonne strahlte am wolkenfreien Himmel. Am liebsten würde ich entschweben, hoch, ganz hoch hinaus, damit mich keiner erreichen konnte.

Obwohl, ich wollte das Ende der Geschichte hören. Vater und ich sahen uns in die Augen, blieben stumm dabei, bis ich leicht den Kopf neigte und ihn damit zum Weitersprechen aufforderte.

»Ich schrie mir die Seele aus dem Leib. ›Das Kind gehört auch mir. Du kannst mir meine Tochter nicht einfach wegnehmen und ins Wasser springen. Sie kann überhaupt nicht schwimmen‹. Mit dem letzten Wort hatte ich euch erreicht, sprang ins Meer, doch da war mir bereits ein Mann zuvorgekommen. Woher kam der auf einmal? Vorher war er mir nicht aufgefallen. Er hatte dich fest im Griff, versuchte einhändig gegen die Wellen zu schwimmen. Sofort kraulte ich auf euch zu. Gemeinsam schafften wir es, dich an Land zu bringen. Ich stieg aus dem Wasser, schaute, ob du atmen würdest. Mit Erleichterung stellte ich deinen Atem fest und du hattest die Augen geöffnet, sahst mich an. Diesen Blick habe ich bis heute nicht vergessen, er hat sich tief in mein Herz gegraben. Ich nahm dich in den Arm und du fingst an zu husten. Mit lieben Worten versuchte ich dich zu beruhigen.«

»Und Mutter?«

»Ja, Ariane, die hatte ich in all der Aufregung um dich vergessen.«

»Einfach so?«

»Ja. Du kannst dir nicht vorstellen, wie sehr ich das später bereute.«

»Und dieser Mann?«, fragte Stefan.

»Der brachte Arianes Mutter an Land. Ohne sich nach dir zu erkundigen, lief sie geradewegs zum Hotel.«

»Mutter hat nicht nach mir geschaut?«

»Nein.«

»Weißt du, wer der Mann war?«

»Ich brauche jetzt erst mal etwas zu trinken. Habt ihr eine Cola oder Limo da?«, fragte Vater.

»Ich hole dir eine aus dem Kühlschrank«, sagte Stefan und ging in die Küche.

Vater wühlte sich mit den Händen im Haar, als wolle er die Vergangenheit damit herausschütteln.

»Papa?«, sprach ich leise.

Er sah auf. »Ja.«

Stefan kam zurück, reichte Vater das Gewünschte und setzte sich wieder zu mir. In Ruhe ließ ich Vater trinken, dann fragte ich: »Hatte ich seitdem Angst?«

Als Antwort erhielt ich sein Nicken.

»Und ihr habt mich all die Jahre bis zum heutigen Tage

Therapien machen lassen, obwohl ihr den Auslöser für meine Phobie gewusst habt?«

»Ja. Schuldig.«

»Warum?«, kam es fast flüsternd über meine Lippen.

»Deine Mutter hatte ihre Mittel mich davon abzuhalten, dir zu helfen. Sie drohte mir, wenn ich sie jemals verlassen sollte, würde sie dir etwas antun und danach sich selbst. Sie setzte mich damit unter Druck, dass ich ihr gegenüber keine Hilfe geleistet hatte. Nur durch den Mann wäre sie mit dem Leben davongekommen.«

»Meine Mutter hat dich gezwungen, bei ihr zu bleiben, all die Jahre? Fünfunddreißig Jahre lang hast du das still hingenommen?«

Ich war mir bewusst, dass ich Vater Vorwürfe machte, aber in dem Moment konnte ich nicht diplomatisch mit der Angelegenheit umgehen.

»Ja, das habe ich und weiterhin ihre Sticheleien, die meinen Job betrafen.« Er trank die Limo aus.

»Das muss ich erst mal alles sacken lassen. Mutter ist mit mir ins Meer gesprungen, damit sie mit mir gemeinsam untergeht. Und der Grund dafür war, dass du dich von ihr trennen wolltest. Das ist harter Tobak. Kann ich mich hinlegen? Ich möchte in Ruhe darüber nachdenken. Bin mir jedoch sicher, ich werde später Fragen an dich haben. Bist du damit einverstanden, Papa?« Erschöpft sah ich ihn an.

»Dafür bin ich hergekommen, um mich der Wahrheit zu stellen. Etwas dagegen, wenn ich mich in der Hängematte niederlasse?«, fragte er.

»Nein, ich wollte eh aufs Bett.«

Gleichzeitig standen wir auf und gingen in unterschiedliche Richtungen auseinander. An der Haustür drehte ich mich um. »Stefan, magst du mitkommen, ich könnte einen starken Arm gebrauchen.«

Fragen zum Weg der Heilung

Vom herzhaften Geruch, der aus der Küche ins Zimmer zog, wurde ich wach. Draußen ging gerade die Sonne unter. Stundenlang musste ich geschlafen haben. Ich tastete neben mich, Stefan lag nicht mehr dort. Wahrscheinlich stand er vor dem Herd und kümmerte sich um unser leibliches Wohl. Ich fühlte mich gerädert, die Offenbarung meines Vaters hatte mich aus dem Gleichgewicht gebracht. Mir kam nicht eine Szene in den Sinn, die davon zeugte, dass meine Eltern keine Ehe, sondern ein Nebeneinanderleben hatten. Da konnte niemand mehr von Liebe reden. Mutter erpresste Vater damit, mich ihm zu entziehen, wenn er sie verlässt, und Papa ertrug es all die Jahre. Er hätte längst gehen können. Warum tat er es nicht? Nicht die einzige Frage, die mir unter den Nägeln brannte. Ziemliche Verwirrung baute sich in mir auf. Die Rückführung, in der ich, Iléktra, zu Tode kam. Ein Trugbild? Gab es Iléktra gar nicht? Entstand sie aus meiner Fantasie, einem Hirngespinst gleich?

Nein, Iléktra hatte es gegeben, oder nicht? Doch! Sie war die Tochter von Evgenía.

»Riecht lecker.« Ich legte die Arme von hinten um Stefans Mitte, lehnte den Kopf an seinen Rücken.

»Hast du Hunger?«

»Ja, ziemlich«, gestand ich mir ein.

»Dann deck du den Tisch. Dein Vater ist mit dem Auto

rübergefahren, wollte sich frischmachen und kommt zum Essen zurück. Ich bin davon ausgegangen, dass ich in deinem Interesse gehandelt habe, als ich ihn einlud.«

»Sicher. Magst du mir verraten, was es gibt?« Ich stellte mich neben ihn.

Stefan hob den Topfdeckel. Nudeln kamen zum Vorschein.

»Und die Soße dafür aus Zucchini, Tomaten und reichlich Knoblauch zubereitet.«

»Dass es toll duftet, habe ich beim Aufwachen festgestellt und wenn es so herrlich schmeckt, wie es aussieht, könnte ich mir vorstellen, dass du ab sofort immer für uns kochst.« Ich drückte ihm einen Kuss auf den Mund.

»Warte erst einmal ab, bis du probiert hast.«

Ich öffnete den Schrank, nahm Teller und Besteck heraus und deckte auf der Terrasse den Tisch. Sogleich war Sofie zur Stelle und meldete Hunger an. Aus der Vorratskammer holte ich zwei Dosen Futter und füllte draußen die Näpfe. Die Kleinen stürzten sich mit ihrer Mama darauf, danach vernahm ich das Schmatzen der Katzenfamilie.

Vater kam zurück. In mir machte sich weder Freude noch Unmut breit. Eher das verhaltene Warten darauf, alles bis ins kleinste Detail erklärt zu bekommen. Davon versprach ich mir meine langersehnte Heilung der Phobie. Lächelnd winkte mir Papa aus dem Auto zu.

»Hallo Josef, genau zur richtigen Zeit.« Stefan brachte den Topf mit den Nudeln nach draußen, ich ging in die Küche und holte die Soße und einen Schöpflöffel. Mir lief das Wasser im Mund zusammen, der Magen knurrte.

Seit dem Morgen hatte ich nichts mehr gegessen.

»Bier, Wein oder Antialkoholisches?«, fragte Stefan in die Runde.

»Bier wäre nicht schlecht«, antwortete Papa und setzte sich an den gedeckten Tisch.

»Wasser und Wein für mich.« Nahm Vater gegenüber Platz.

»Kommt sofort.«

»Wie geht es dir?« In Papas Gesicht spiegelte sich ein Schatten von Besorgnis.

»Ich habe viele Fragen.«

»Die werden wir nach dem Essen aus der Welt schaffen«, mischte sich Stefan ins Gespräch ein und stellte die Getränke auf den Tisch.

»Möchte noch jemand?«

»Nee danke. Ich bin pappsatt.« Papa strich sich über den Bauch, er hatte zwei Mal zugeschlagen. Genauso wie ich. Das Nudelgericht war Stefan perfekt gelungen, da konnte ich nicht an mich halten.

»Kommt, wir räumen ab. Ich hol uns einen Raki, damit wir das Essen gut verdauen.« Stefan lächelte.

»Als wenn der Schnaps helfen würde«, lästerte ich.

Nach dem Zuprosten hing jeder für kurze Zeit seinen Gedanken nach. Ich stärkte mich innerlich für die Antworten auf meine unzähligen Fragen.

»Papa.«

Er sah zu mir herüber. »Ja.«

»Ich möchte dir keine Vorwürfe machen, ich mag es einfach verstehen wollen.«

Er nickte.

»Warum hast du Mutter niemals zuvor verlassen?«

»Nachdem sie mit dir ins Wasser gesprungen war, hatte ich Angst, pure Angst, der Schock saß tief. Ich wäre besser damals in Therapie gegangen, um das Erlebte zu verarbeiten. Wir schwiegen die Angelegenheit, bei der du beinahe ums Leben gekommen wärst, einfach tot. Oft war ich kurz davor deine Mutter endlich zu verlassen, doch habe niemals, bis zum jetzigen Zeitpunkt, den Mut dazu besessen. Ich wollte dich nicht alleine mit ihr zurücklassen. Einmal aus Angst, sie würde dir und sich etwas antun, und dann, als deine Phobie stärker wurde und wir beide wussten, woher sie rührte, waren meine Schuldgefühle zu groß. Das Einzige, was mir blieb, war dir nahe zu sein, wenn du die Psychologen aufgesucht hast. Immer wieder hatte ich die Hoffnung, dass einer der Ärzte dir helfen könnte. Dieses Wunschdenken wurde jedes Mal zerschlagen, sobald du nach wenigen Terminen keine Änderung zeigtest. Somit lebte ich all die Jahre mit Schuld und enormer Angst.«

»Du hattest eine weitere Chance gehabt. Als ich älter wurde, hättest du mir die Wahrheit sagen müssen.« Ich schluckte Tränen herunter.

»Ich weiß. Es tut mir leid, glaube mir, es tut mir unglaublich leid, was ich dir alles angetan habe.«

»Nicht nur mir, Papa, auch dir selbst.«

»Da hast du recht.«

»Der Mann, der mich aus dem Wasser gezogen hat, weißt du, um wen es sich gehandelt hat?« Bei meiner Rückführung, von der Vater nichts wusste, als ich als Iléktra starb, gab es keinen Mann, der mir das Leben rettete. Erstaunlich für mich, dass ich in meiner beiden Leben das gleiche erlebte. Ertrinken, einmal mit Todesfolge, das andere Mal mit Rettung.

»Ja, ich kenne diesen Mann. Konstantínos ist sein Name.«

Mir wurde schwindelig, ich hielt mich an der Stuhllehne fest.

»Ariane, alles gut? Du bist plötzlich bleich im Gesicht.« Vater stand auf, kam auf mich zu, kniete sich vor mir nieder. Ich blickte zu Stefan, der nicht weniger erstaunt schaute.

»Konstantínos? Bist du dir da sicher, dass der Mann so hieß?«

»Ja.« Vater erhob sich, ging zu seinem Platz zurück. »Ja, ich bin mir sicher, warum? Du kennst ihn bestimmt, er ist Evgenías Ehemann.«

Erneut schaute ich zu Stefan, der mir aufmunternd zunickte. Und dann erzählte ich Vater von der Rückführung, vom Felsen, dem Gesicht auf dem Felsen, und vom Rosengarten. Nachdem ich zum Ende gekommen war, rechnete ich damit, dass Papa mich für verrückt erklären würde und mich sofort ins Haus einsperrte, damit ich für niemanden eine Gefahr wäre. Ich traute ihm nicht. Doch mit einem Blick in seine Augen erkannte ich, dass Vater mir aufmerksam zugehörte hatte. Er rieb sich über den Mund.

»Wow«, waren seine ersten Worte und er überraschte mich damit. »Das ist ja eine Geschichte. Ich wusste gar nicht, dass es solche Rückführungen wirklich gibt. Gesehen im Fernsehen, ja, doch ich dachte, das wäre so eine neumodische Masche, die Leute an die Flimmerkiste zu ketten.«

»Stefan hat eine weitere Rückführung mit mir gemacht, wir kamen nicht weit, drum sind wir auf Spurensuche gegangen. Halt, ich habe noch etwas vergessen zu erzählen. Die Puppe ...« Nun berichtete ich von dem Schrank, der in Evgenías Wohnzimmer stand, und dessen Inhalt. Von der Puppe namens Jana.

»Das ist deine Lieblingspuppe. Ich dachte, sie wäre damals im Meer verloren gegangen.«

»Meine Puppe?«

»Ja. Ohne sie konntest du nicht einschlafen, du hattest sie mit, als deine Mutter dich mit sich zog. Mir ist erst am folgenden Tag der Verlust aufgefallen. Ich frage mich nur, wie die Puppe in den Schrank zu Evgenía gelangt ist. Denke, wir können davon ausgehen, dass Konstantínos sie gefunden hat. Wir waren einen oder zwei Tage später abgereist.«

»So kann es gewesen sein. Es ist unglaublich, dass Konstantínos mein Lebensretter gewesen ist.«

»Das ist ein Zufall, der kaum in Worte zu fassen ist«, sagte Stefan. »Doch es gibt viel zwischen Himmel und Erde, was nicht mit Logik zu erklären ist. Noch jemand ein Bier oder Wein?«

»Wein bitte.«

»Gerne ein Bier.« Papa reichte Stefan die leere Flasche.

Ich wartete Stefans Rückkehr ab, wollte die nächste Frage stellen, jedoch kam er mir zuvor.

»Weißt du, Josef, was Konstantínos damals auf den Felsen gemacht hat?«

»Ja. Das ist eine traurige Sache und wenn ihr die Geschichte hört, unglaublich. Es passt zu dem, was du in deiner Rückführung gesehen hast.«

Papa stand auf, lehnte sich an die Brüstung. Überschlug lässig dabei die Füße.

»Bin gespannt.« Nachdem ich die beiden Worte ausgesprochen hatte, fiel mir auf, dass meine Armee mich bis jetzt nicht besucht hatte. Horchte in mich hinein. Sie stand nicht mal zum Ausrücken bereit. Hatte das Geständnis meines Vaters und der wahre Grund der Phobie sie verdrängt? War ich auf dem Weg der Heilung? Würde ich niemals mehr im Leben diese Panik verspüren? Ich seufzte auf.

»Evgenía und Konstantínos hatten jung geheiratet, da sie ein Kind erwarteten. Eine Tochter.«

»Kennst du ihren Namen?« Ich wusste die Antwort im Voraus, hätte eigentlich gar nicht fragen brauchen. Wollte ich die Antwort überhaupt hören? Wusste ich diesen Namen nicht bereits?

»Du kennst den Namen selbst. Iléktra.«

Punktlandung!

»Sie war dreizehn, spielte mit zwei Freundinnen auf den Felsen. Genau auf den Felsen, wo deine Mutter Jahre später mit dir zusammen ins Meer gesprungen ist.«

»Ich habe es mir bereits zusammengereimt«, meinte Stefan.

»Konstantínos hielt sich an dem Tag um die Zeit dort auf, weil es Iléktras Todestag und Todesuhrzeit war. Beim Spielen ist sein Kind ausgerutscht und mit dem Kopf auf den Stein geschlagen. Eine Welle kam über sie und zog sie ins Meer. Die Freundinnen rannten ins Dorf, holten Konstantínos, der mit den Eltern der Freundinnen in der Taverne saß. Er kam zu spät, er konnte seine Tochter nicht retten.« Vater wischte sich eine Träne weg. »Reiner Zufall, Schicksal, was auch immer es gewesen ist. Er war in dem Moment da, um dich vor dem Ertrinken zu retten.«

Vater kam auf mich zu, zog mich vom Stuhl und nahm mich in den Arm. »Ich gab mir die Schuld, so wie er sich damals die Schuld gegeben hatte. Glaube mir, ich kann dir nicht sagen, wie glücklich ich bin, dich jetzt im Arm halten zu dürfen«, flüsterte er mir ins Ohr. Nun liefen auch meine Tränen. Als wir uns beruhigt hatten, setzten wir uns wieder hin. Stefan reichte mir ein Taschentuch, Vater hatte stets eins in der Hosentasche.

»Weißt du noch anderes über Konstantínos?«

»Dazu kann ich etwas sagen, denn ich habe dir nicht alles erzählt«, fing Stefan an. »Ich sagte dir bereits, dass dein Vater Evgenía kennt.«

Ich nickte.

»Als ich deinen Vater zur Unterkunft brachte, sind die beiden ja aufeinandergetroffen. Ich spielte den Übersetzer.«

»Und dafür danke ich dir«, warf Vater ein.

»Gerne.«

»Wir wissen ja, dass im Rosengarten die Gebeine von Iléktra begraben liegen. Konstantínos und Evgenías Ehe zerbrach an ihrem Schicksal, ihr Kind verloren zu haben. Konstantínos bat Evgenía mit ihm ein neues Leben in Athen aufzubauen, doch sie wollte nicht weit entfernt von der Grabstätte leben und blieb hier. Ihr Bruder nahm sich ihrer an und verbot Konstantínos, nachdem der nach Athen gezogen war, jeglichen Kontakt zu ihr, denn er sah in seinem Schwager einen Versager. Der weder auf sein Kind achten konnte noch seiner Frau zur Seite stand. Wir wussten bereits, dass er hin und wieder nach Kreta zu Besuch kam, um seiner Tochter nah zu sein.«

»Langsam fügt sich alles zusammen. Bei der Rückführung wurde ich durch das Verhalten meiner Mutter schicksalshaft mit dem Ertrinken von Iléktra verbunden. Das könnte die Vorlage für einen Spielfilm sein.« Mein Lächeln war verkrampft. Trotzdem stellte sich eine gewisse Erleichterung bei mir ein. Innerlich weinte ich um Iléktra, deren Leben so jung ein grausames Ende genommen hatte.

»Wisst ihr, warum Konstantínos im Moment hier ist?«, fragte Vater.

»Ja, das haben wir von ihm persönlich erfahren, als wir ihn im Rosengarten angesprochen haben«, sagte Stefan. »Es wäre Iléktras sechzigster Geburtstag gewesen, Konstantínos wollte sich mit seiner Tochter in Gedanken aussöhnen. Und seine Frau um Verzeihung bitten. Doch Pédros machte den beiden einen Strich durch die Rechnung, indem er seine Schwester fortzog.«

»Oje!«, sagte Papa. »Was für eine Geschichte. Übrigens habe ich vorhin Evgenía gesehen. Zum Glück war ein griechischer Helfer anwesend, der Englisch sprach, und so habe ich mich kurz mit ihr unterhalten.«

»Was hat sie dir erzählt?«

»Das Konstantínos bei ihr zuhause war und sich nicht

hat von Pédros rauswerfen lassen. Sie haben lange miteinander gesprochen und möchten den Lebensabend gemeinsam verbringen. Sie geht mit ihm über die Winterzeit nach Athen und hilft ihrem Mann dort seinen Hausstand aufzulösen, danach wollen sie zusammen in ihrem Haus wohnen.«

Vor überraschter Freude klatschte ich in die Hände. »Dann gibt es für die beiden ein Happy End.« Ich schielte zu Stefan, der mich liebevoll anlächelte.

»Denkst du, Ariane, du könntest mir eines Tages verzeihen?«, fragte Papa.

»Gib mir bitte Zeit.«

Er nickte. »Ja, so viel zu möchtest. Und solltest du auf Kreta wohnen bleiben, mit Stefan, ich komme euch gerne besuchen oder ziehe her. Schön ist es allemal und ich bin ja frei und ungebunden.«

»Ich werde nach einer Weile mit Mutter reden wollen. Und ich möchte die Bilder sehen, die vor mir versteckt wurden«, meinte ich.

»Das wirst du, dafür werde ich persönlich sorgen!« Vater reichte mir die Hand, ich schlug ein.

»Du wirst in den nächsten Tagen Leftéris kennenlernen. Er ist Reiseleiter im Club und war damals an meiner Seite, als ich auf dem Felsen umgefallen bin. Und hat uns bei unseren Nachforschungen geholfen. Leider hat er seit einigen Wochen nicht mehr so viel Zeit gehabt uns zu besuchen, seine Familie ist aus Athen hergezogen.«

»Ich freue mich ihn kennenzulernen«, meinte Papa.

Nun wurde es still zwischen uns. Mir war leicht ums Herz, denn es gab keinen Mörder, sondern zwei Kinderschicksale, die auf irgendeine Weise verbunden waren. Stefan trank von seinem Bier. Vater stand auf und spazierte ein Stück in den Olivenhain.

Harmonie und Frieden

Der Mond leuchtete hell, die Sterne funkelten am wolkenfreien Himmel und spendeten Vater Licht auf seinem Weg. Die Katzenfamilie lag im Korb und schlief fest. Dann machte ich im Schein der Straßenlaterne einen Schatten aus.

»Kommt da jemand aufs Haus zu?« Ich rieb mir die Augen.

Stefan sah in die Richtung, in die ich zeigte. »Ich glaub es nicht.« Er stand auf, ging der Person entgegen.

Jetzt erkannte ich, um wen es sich handelte. Evgenía kam auf die Terrasse zu. Hinter ihr erschien Konstantínos und Pédros. Bei seinem Anblick zuckte ich zusammen. Wir waren nicht freundschaftlich auseinandergegangen.

Stefan schritt auf alle zu und bat sie an unseren Tisch. Vater kam zurück und stellte sich neben mich. Meine Augen ruhten auf Pédros, er lächelte mir zu.

»Magst du sie fragen, ob sie etwas trinken möchten«, bat ich Stefan.

Kurz darauf holte ich Bier, Wein und Gläser aus der Küche. Als wir uns zugeprostet hatten atmete ich tief durch. »Pédros«, fing ich an. Er nickte. »Es tut mir leid, ich wollte dich nicht ...«

Pédros winkte mit der Hand ab. »Lass gut sein. Wir alle geredet.«

Er zeigte auf seine Schwester und Konstantínos.

»Ich wissen, was passiert und warum du so verrückt warst, und verstehe dich. Nix böse mehr. Jamás.« Er prostete mir mit seinem Glas zu.

»Jamás«, erwiderte ich und hatte Tränen der Erleuchterung in den Augen.

Evgenía zog etwas aus einer Tasche, ich hatte gar nicht mitbekommen, dass sie eine dabei hatte. Lächelnd hielt sie mir eine Puppe entgegen.

Fest schloss ich Jana in meine Arme. Nicht fähig, ein einziges Wort zu sagen, stand ich auf und legte mich in die Hängematte. Sanft streichelte ich über Janas Zöpfe, ich hatte meiner Lieblingspuppe viel zu erzählen.

Für einen Moment schaute ich zum Tisch hinüber. Stefan lächelte mir zu. Sofie sprang auf meinen Schoß und schnurrte.

Ein neuer Lebensabschnitt fing für mich an. Ich hatte eine außergewöhnliche Erfahrung erlebt, blickte zum Himmel und wünschte Iléktra könnte uns sehen. In Gedanken bedankte ich mich bei ihr. Zwischen Himmel und Erde gab es einiges, was nicht logisch zu erklären war ... kamen mir Stefans Worte in den Sinn. Die Phobie vor Wasser, die mich so lange geplagt hatte, war aus der Welt geschafft. Nun konnte die Heilung beginnen.

Ende

Arianes Zucchini Rezepte

Zucchini – Kartoffel – Auflauf

Zutaten für 1 Person
3 mittlere Kartoffeln
1 Zucchini
2 mittlere Tomaten
1 kleine Zwiebel
2 Eier
150 g Schafskäse (Féta)
½ Bund Petersilie
½ Teelöffel Oregano
½ Teelöffel Basilikum
Pfeffer, Salz, Kartoffelgewürz
30 ml Olivenöl
Auflaufform

Zubereitung
Kartoffeln schälen, waschen, in dünne Streifen schneiden und in die Auflaufform geben. Mit Kartoffelgewürz würzen, je nach Bedarf. Zwiebel abschälen, waschen und in dünne Scheiben schneiden, dann auf den Kartoffeln verteilen. Zucchini waschen, in dünne Scheiben schneiden, leicht salzen, und auf die Zwiebeln geben. Tomaten waschen, in dünne Scheiben schneiden und auf die Zucchini geben. Petersilie waschen, klein hacken und auf die To-

maten geben. Eier verquirlen, Pfeffer, Oregano und Basilikum darin vermischen und über den Auflauf geben. Schafskäse zerbröckeln, über den Auflauf geben und zum Schluss das Olivenöl.

Ofen: Umluft auf 180 Grad vorheizen. Den Auflauf abdecken und für 35 Minuten in den Ofen geben, mittlere Schiene. Nach 25 Minuten schauen, ob die Kartoffeln gar sind, dann die letzten 10 Minuten den Auflauf aufdecken, damit der Käse ein wenig knusprig wird.

Zucchini Omelett

Zutaten für 1 Person
1 Zucchini
1 Dose Thunfisch
5 Cocktailtomaten
½ Zwiebel
3 Eier
50 g geriebenen Schafshartkäse
½ Teelöffel Oregano
Salz, Pfeffer
5 Esslöffel Olivenöl

Zubereitung
Zwiebel waschen, in kleine Stücke schneiden und in einer Pfanne im Olivenöl langsam anbraten. Zucchini waschen, über eine Reibe reiben, Flüssigkeit mit der Hand ausdrücken, leicht salzen. Zu den Zwiebeln geben. Tomaten vierteln und in die Pfanne geben. Den Thunfisch hineinbröckeln. 10 Minuten köcheln lassen. Eier verquirlen, Oregano, Salz und Pfeffer (nach Bedarf) und geriebenen Schafshartkäse zu den Eiern geben, vermischen und dann auf die Zucchinimasse geben. Nach drei Minuten Omelett drehen, von beiden Seiten goldgelb werden lassen.

Maisnudeln mit Zucchinisoße

Zutaten für 2 Personen
200 g Maisnudeln
2 Zucchini
7 sonnengereifte Tomaten (oder 1 Dose gehackte Tomaten)
3 Knoblauchzehen
150 g Schafshartkäse
20 ml Olivenöl
½ Teelöffel Oregano
Pfeffer, Salz

Zubereitung
Nudeln kochen nach Vorgabe.
Zucchini waschen, vierteln und dann in Scheiben schneiden. Olivenöl in einen tiefen Topf geben, erhitzen. Knoblauch schälen und ins Öl reiben. Kurz andünsten. Die Zucchini hinzugeben. Die Tomaten waschen, am oberen Ende abschneiden, dann über eine Reibe reiben. Den Saft in den Topf geben. Oregano, Salz und Pfeffer hinzugeben. Auf kleiner Stufe zirka 15 Minuten köcheln lassen.
Nudeln in einen tiefen Teller füllen, die Soße drüber geben. Zum Schluss geriebenen Schafshartkäse hinzufügen.

Hackfleisch mit Zucchini überbacken

Zutaten für 4 Personen
500 g Lammgehacktes oder Rindergehacktes oder halb &
halb mit Schweinegehacktes
3 Zucchini
200 g Cocktailtomaten
3 mittelgroße sonnengereifte Tomaten
250 g Schafskäse (Féta)
250 g geriebenen Schafshartkäse
7 Knoblauchzehen
1 mittelgroße Zwiebel
1 Teelöffel getrockneten Oregano
1 Teelöffel getrockneten Basilikum
2 Teelöffel Gyros, Souvláki oder Fleischgewürz
100 ml Olivenöl
Salz, Pfeffer
Auflaufform

Zubereitung
Zwiebel schälen und in kleine Stücke schneiden. 80 ml
Olivenöl in die Pfanne geben, erhitzen, Zwiebeln andüns-
ten. Dann Hackfleisch dazu geben, mit Fleischgewürz,
Pfeffer, Salz, Oregano und Basilikum würzen und gut
vermischen. Anbraten. Knoblauch schälen, vierteln und
Cocktailtomaten waschen, vierteln und beides zum Ge-

hakten geben. Umrühren und 15 Minuten köcheln lassen. Zucchini waschen, in dünne Streifen schneiden, salzen. Eine Schicht in die Auflaufform legen, dann die Gehacktes-Masse, danach Zucchini. Tomaten waschen in dünne Scheiben schneiden und auf der letzten Schicht verteilen. Mit Oregano, Basilikum, Pfeffer und Salz würzen. Schafskäse zerbröckeln und mit dem geriebenen Schafshartkäse vermischen und über die Tomaten geben. Die restlichen 20 ml Olivenöl zum Abschluss drüber träufeln. Ofen auf 180 Grad Umluft vorheizen. Auflaufform mit Alufolie abdecken und 20 Minuten auf die mittlere Schiene geben. Danach aufdecken und nochmals 10 Minuten im Ofen lassen, bis der Käse verlaufen ist.

Zucchini mit Champignons

Zutaten für 2 Personen
2 Zucchini
500 g gemischte Champignons weiß und braun
200 g Cocktailtomaten
5 Knoblauchzehen
½ Teelöffel Oregano
½ Teelöffel Basilikum
Pfeffer, Salz
30 ml Olivenöl
30 ml Balsamico Essig

Zubereitung
Zucchini und Cocktailtomaten waschen und vierteln. Pilze in dünne Scheiben schneiden. Zutaten auf ein Backblech geben. Knoblauch schälen und mit den Gewürzen, Oregano, Basilikum Pfeffer, Salz ins Olivenöl geben. Über das Gemüse geben.
Backofen auf 180 Grad vorheizen. Blech für 25 Minuten in den Ofen auf mittlere Schiene. Wenn das Gemüse gegart ist, aus dem Ofen holen und den Balsamico Essig vorsichtig unterrühren, durchziehen lassen. Dieses Gericht kann warm oder als Antipasti gegessen werden.

Liebe Leserinnen und liebe Leser,

viele Menschen leiden unter verschiedensten Ängsten, da sie wenig gesellschaftsfähig erscheinen. Ein großer Teil verschweigt die Phobie, versucht selbst damit klar zu kommen. Einige erzählen davon und werden leider immer noch häufig belächelt. In den letzten Jahren outen sich Stars, die an einer Phobie oder Angstzuständen mit Depressionen leiden immer häufiger und es gibt die Hoffnung, dass andere Menschen darüber neuen Mut schöpfen und sich ebenfalls öffnen.

Phobien oder Angstzustände vor bestimmten Dingen oder auch Situationen haben die unangenehme Angewohnheit sich auszubreiten und sich damit für den Betreffenden immer weiter zu verschlimmern. Oft hat die Angst, die sich entwickelt überhaupt nichts mit dem ursprünglich Erlebten zu tun. Nehmen wir beispielweise die Flugangst. Dabei wird ein Angstzustand, dessen Ursprung nicht mehr bewusst ist, auf das Fliegen projiziert. Der Kopf und die Speicherung der Angst spielen dabei eine maßgebliche Rolle.

Für Menschen, die niemals unter einer Panikattacke gelitten haben, ist es oft schwer nachzuvollziehen, wie sich jemand in so einer Situation fühlt, was sein Gegenüber körperlich und seelisch in diesem Moment der Panik durchmacht. Es gibt Menschen, die nicht einmal mehr das Haus verlassen, aus lauter Angst, die Panik könnte jede Sekunde erneut über sie herfallen und sie nachhaltig übermannen. Wichtig für das Umfeld der Betroffenen ist, den Menschen mit seiner Angst und Panik zu akzeptieren, wie er ist. Eine Angst- und Panikstörung ist ein anerkanntes Krankheitsbild, das nachhaltigen Schaden hinterlassen kann, wenn der Betroffene sich keine Hilfe von einem Fachmann ins Boot holt.

Ich möchte mit meinem Roman Mut machen, sich seinen Ängsten zu stellen und vielleicht die tiefvergrabene dahintersteckende Ursache dafür herauszufinden. Auf diesem Weg kann die Angst, die häufig unser Leben bestimmt, ihre Macht über uns verlieren.

Herzensdank an Susanne Neumann für ihre professionelle Hilfe bei diesem Text.

Susanne Neumann
Heilpraktikerin (Psychotherapie), Coach, Autorin
http://neue-wege-wagen-sneumann.de/

Herzlichen Dank für die harmonische Zusammenarbeit.

Elsa Rieger
Autorin, Lektorin, Layoutgestalterin, Coach, Schreibwerkstatt
https://www.elsarieger.at/

Elke Schleich
Autorin, Lektorin
http://elke-schleich.de/

Irene Repp - DaylinArt
Grafikdesignerin
https://daylinart.webnode.com/

Über Sigrid Wohlgemuth

Die Autorin Sigrid Wohlgemuth wurde in Brühl, bei Köln geboren. 1996 erfüllte sich die selbstständige Kauffrau ihren Traum, zog nach Kreta und machte die Insel zu ihrer Wahlheimat. Die Mittelmeerinsel, ihre Bewohner, die kretische Küche und das Schreiben wurden zu ihrem Lebensmittelpunkt. Es entstanden Geschichten und Romane, die überwiegend auf Kreta spielen. Nicht nur in ihren Erzählungen, sondern auch bei Lesungen, bei VHS Kochkursen in Deutschland und auf Kreta, sowie in Live-Kochshows auf der Insel möchte Sie dem Gast die kretische Kultur, sowie Land und Leute näherbringen.

Das Lebensmotto von Sigrid Wohlgemuth: „Lebe deinen Traum, bevor es zu spät dazu ist.“

Veröffentlichungen

2020   Schrei in der Brandung. Kreta
Roman

2019   Weihnachtskind – Anthologie Weihnachtsgeschichten - Selbstverlag
2019   Ein Stück Süden für dich. Kreta
Roman, Franzius Verlag GmbH
2017   Und tschüss … Auf nach Kreta!
Kreta Roman mit Rezepten, Franzius Verlag GmbH
2015   Der Duft von Oliven. Kreta Roman,
Der kleine Buchverlag/Lauinger Verlag
2013   Drei Stühle. Köstliche kretische
Geschichten & Rezepte, Stories & Friends Verlag
2012   Bis am Baum die Lichter brennen
Anthologie – Weihnachtsgeschichten, HS Verlag – Öster-
reich

Zahlreiche Veröffentlichen in Anthologien und Zeitschriften.

Seit 2017   Beiträge: Zeitschrift Das La-
vendelo
Natürliches. Selber. Machen

Weiteres:

August 2018 – Food-Expertin für ADAC Reisemagazin Kreta

https://www.facebook.com/sigrid.wohlgemuth/
https://kreta-erzaehlungen-rezepte.jimdofree.com/
sigrid.wohlgemuth@yahoo.de

Σε αγαπώ. Κρήτη